スマラン慰安所事件の真実

BC級戦犯岡田慶治の獄中手記

田中秀雄 編

芙蓉書房出版

岡田慶治（大尉時代、29歳）

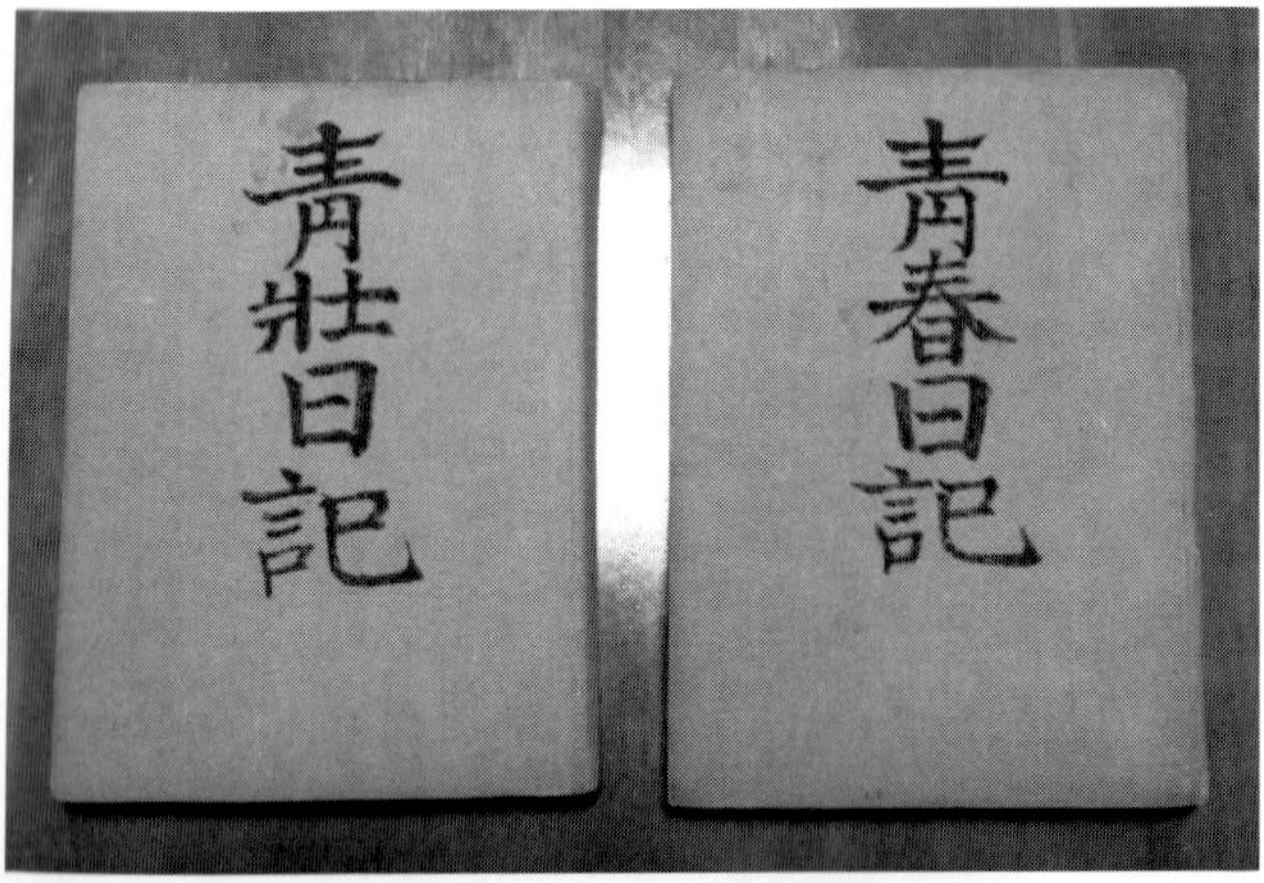

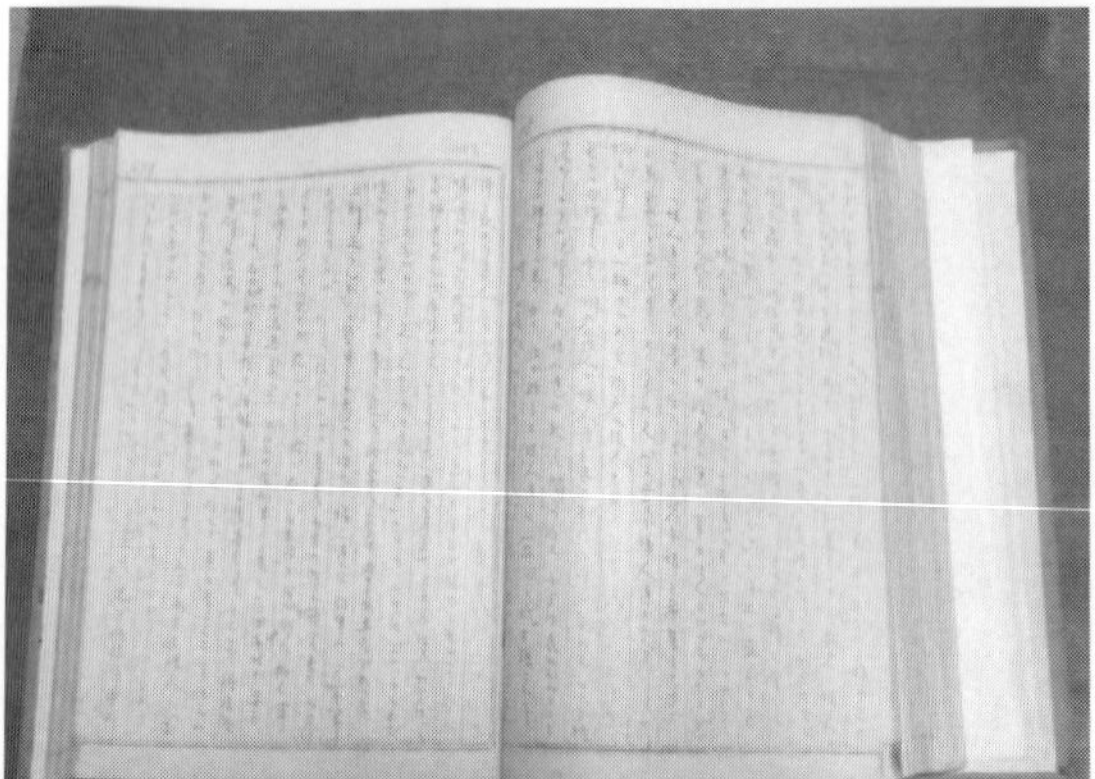

岡田慶治が獄中で書いた手記。「青春日記」「青壮日記」の2冊。
縦約24cm、横約18cm、厚さ約3cm。布張りの厚紙で見事な上製本の体裁となっている。恐らくチピナン刑務所に、製本技術を持った兵隊がいたのではないか。陸軍便箋、軍用罫紙に、1ヶ所も改行することなく、びっしりと書かれている。下の写真はカナリーランで慰安婦を分配している場面。

チピナン刑務所の
死刑囚の独房
（茶園義男編『日本BC
級戦犯資料』所収「試煉
のアルバム」より）』

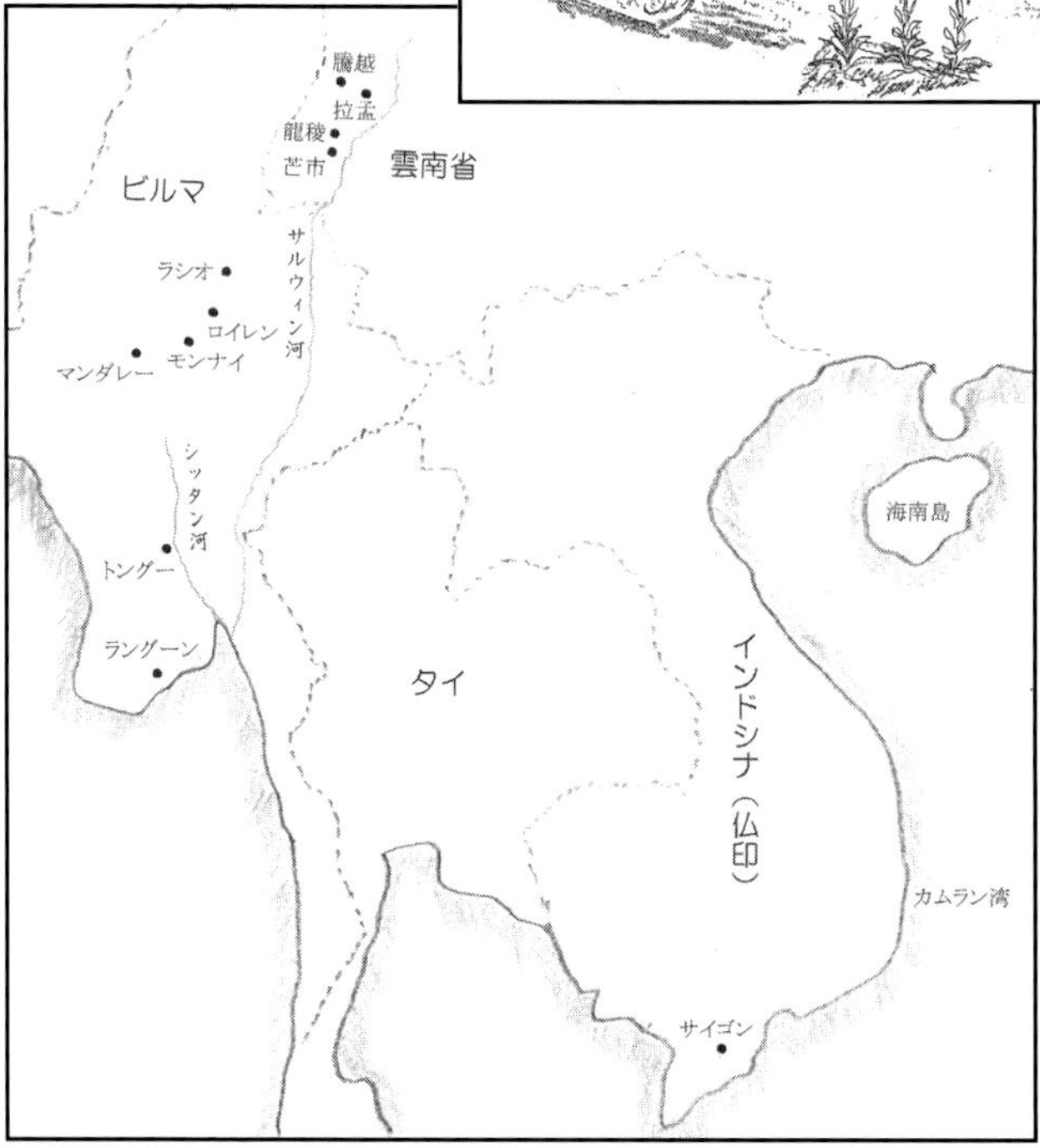

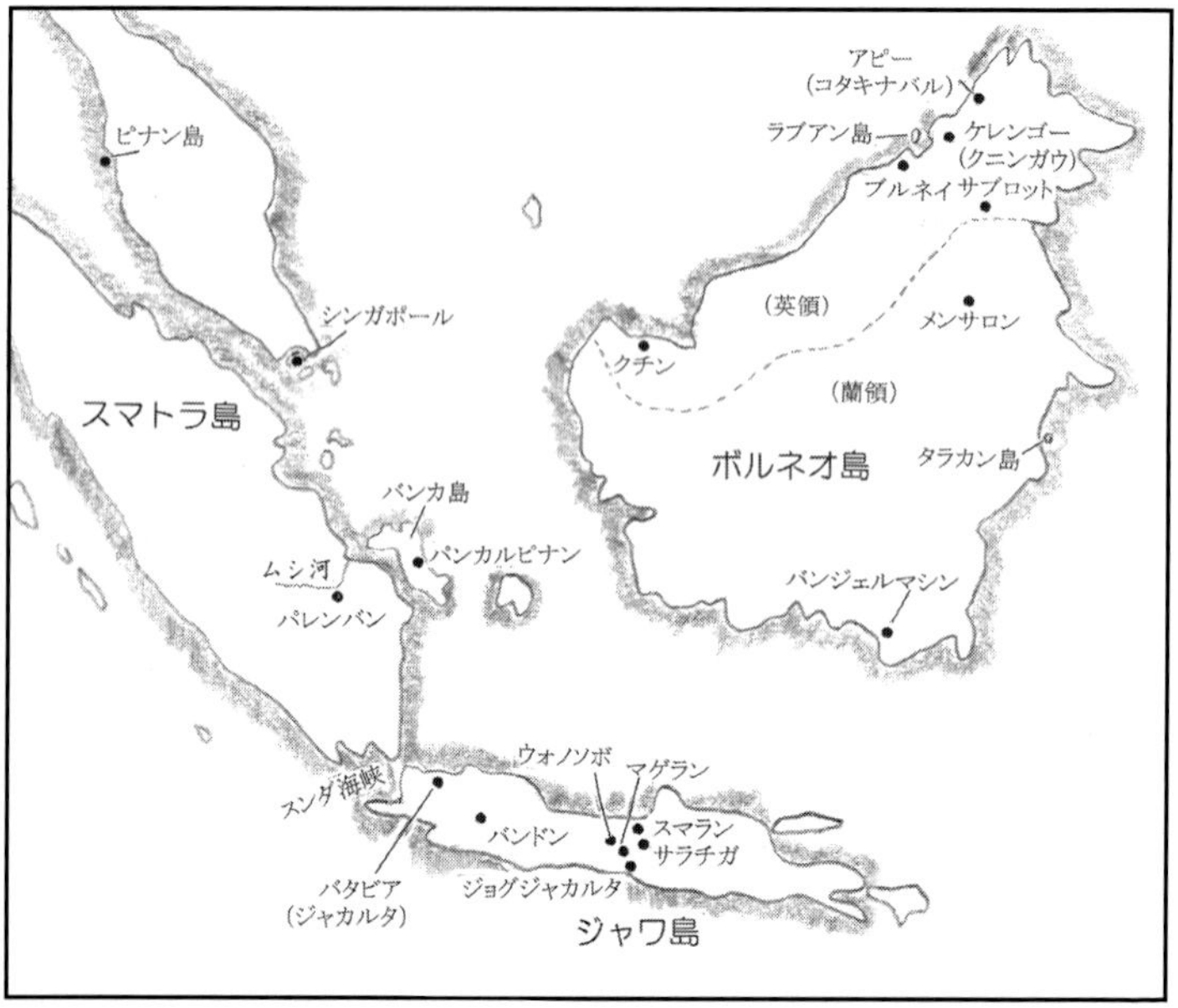
ピナン島
シンガポール
スマトラ島
バンカ島
パンカルピナン
ムシ河
パレンバン
スンダ海峡
バタビア
(ジャカルタ)
バンドン
ウォノソボ
マゲラン
スマラン
サラチガ
ジョグジャカルタ
ジャワ島
アピー
(コタキナバル)
ラブアン島
ケレンゴー
(クニンガウ)
ブルネイ
サプロット
(英領)
メンサロン
クチン
(蘭領)
ボルネオ島
タラカン島
バンジェルマシン

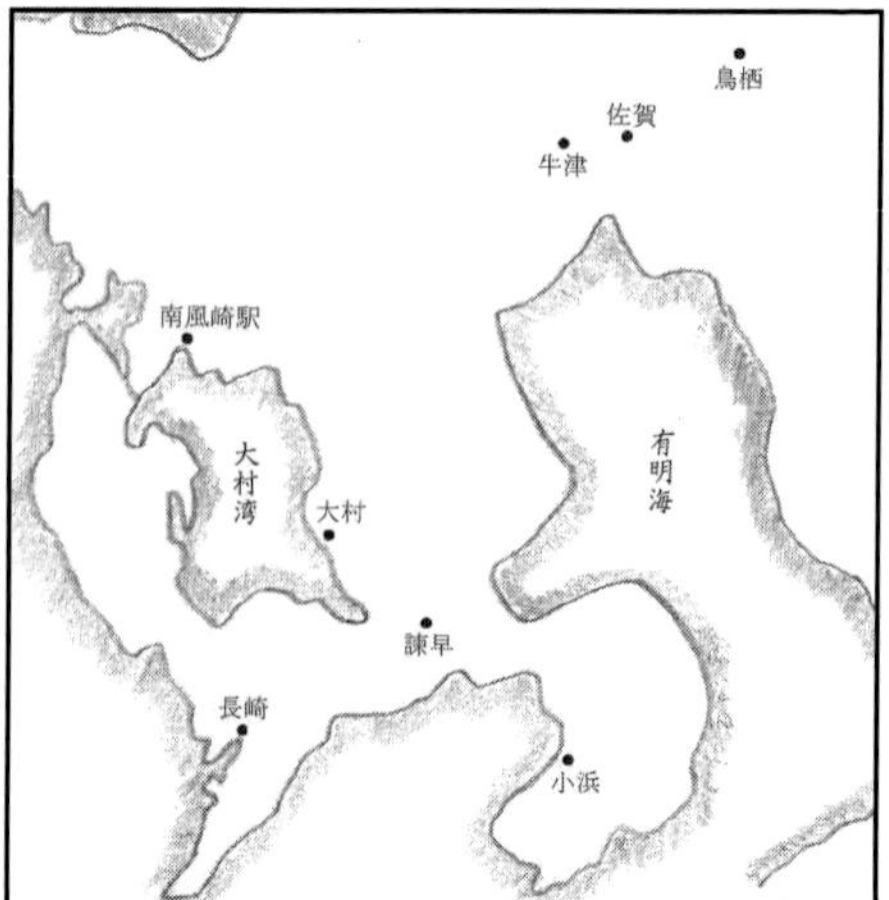
鳥栖
佐賀
牛津
南風崎駅
大村湾
大村
有明海
諫早
長崎
小浜

まえがき

本書は、大日本帝国陸軍軍人だった岡田慶治の獄中手記である。彼は戦後昭和二十二～二十四年にかけて蘭領インドネシアで行われたバダビア軍事裁判において、オランダ人女性を慰安婦にした、いわゆる「スマラン事件」の主謀者として唯一死刑になった人物である。

彼は死刑判決が出てから処刑されるまでの八か月間に膨大な獄中手記を書き残した。陸軍士官学校を卒業してから死刑直前までの自伝である。それを「青春日記」、「青壮日記」二冊の自筆稿本（計一〇八九頁）に残した。本書はその後半の約三分の一であり、英米との戦争が始まった直後の昭和十七年以降の部分である。

いわゆるスマラン慰安所事件の真実は、死刑を覚悟してからこれだけの冷徹な自伝を、使命感と集中力、記憶力を以て書き記すことのできる岡田慶治という人物を理解することから始められなければならない。

まずは、岡田慶治の昭和十七年までの略歴を紹介する。

明治四十三（一九一〇）年一月十四日、広島県福山市に岡田家の九人兄弟の二番目、二男として出生。広島幼年学校第二十八期生から、陸軍士官学校に入学（陸士第四十三期生）。満洲事変直後の昭和六年十月、少尉に任官。新潟県新発田の第十六聯隊を皮切りに、昭和八年村松分屯隊（新潟）、それから長崎県大村の第四十六聯隊に勤務、ここで終世の伴侶久子と出会う。昭和九年三月中尉に進級と同時に、満洲の独立守備隊に配属。満洲各地で匪賊討伐の任務に就く。昭和十年末大村に帰還。久子と結婚。昭和十一年四月、大村聯隊は北満に治安部隊として移駐。岡田は大隊副官。十二月に留守隊付となり、大村に帰還。翌年、盧溝橋事件後の八月一日に大尉に進級。十一月、杭州湾上陸作戦に第十八師団第五十五聯隊の歩兵中隊長として参戦。蕪湖、杭州、上海と転戦。昭和十三年十月、バイアス湾（香港東方）上陸作戦に従軍、この時に恵州城を一日で攻略、三つの鉄橋を一日で架橋するなど、数々の武勇伝を残す。昭和十四年三月より聯隊副官。昭和十五年十月、広島幼年学校生徒監に就任。翌年八月、少佐に進級。日米開戦後の昭和十七年一月十八日、南方軍付に補さる。

この時点で岡田は長女順子と次女弘子をもうけていた。なお彼は手記を「小方《おがた》」という人物に仮託して書いている。

田中　秀雄

スマラン慰安所事件の真実―ＢＣ級戦犯岡田慶治の獄中手記❖目次

第二章　運命のジャワへ

第三章　ボルネオの苦闘

第四章　バタビア報復裁判に戦う

第一章　大東亜解放の聖戦へ

「青壮日記10」　仏印、マレー、ビルマ

▼昭和十六年十二月八日、日本は英米蘭との戦争に突入した。戦争は太平洋の真ん中のハワイ攻撃で始まったが、戦争に必要な膨大な資源は英領マレーや、オランダ領インドネシアの東南アジアにあった。その資源地帯を抑えるために南方軍が設立された。その総司令部は南部仏印進駐（十六年七月）で支配下に置いたサイゴンにある。応召された岡田はまずサイゴンに向かう。総司令部でシンガポールを攻略した第十八師団での勤務を命ぜられた岡田は、シンガポールに移動。そこで第五十六聯隊の大隊長としてマレーを経由し、ビルマに進軍する。重慶の・介石を援助するビルマルートを遮断するためである。ほとんど道もないジャングルや土俗的な暮らしの村々を通過して、シャン高原の中国軍を撃退し、遂に彼の部隊は深い山を越えて中国雲南省に侵攻する。（田中記）

出征

広島から同行した従弟は光駅で下車した。彼はここの海軍工廠の技術者である。下関では伯父夫婦が一緒に連絡船に乗って来て、重箱を開けて出征祝いの祝杯をあげてくれた。近くの乗客も「ご出征ですか、しっかりやってください」と励ましてくれた。博多行きの汽車では、旧部隊の山川主計中尉と一緒になった。「どちらまで」「博多まで」「では僕も博多だ」「はい、木村君から連絡がありました」「そうですか」。

博多駅には矢張り旧部隊の木村中尉が出迎えに来てくれた。小川少佐や石松獣医も来ていて皆で旅館に案内してくれた。その晩は木村君が音頭を取って、川沿いの料理屋で壮行会をしてくれた。酒もよく回り、話も広州湾に行ったり広東に飛んだり上海に戻ったりなかなか尽きそうもなかった。翌朝（注　昭和十七年一月十八日）飛行場に着くと旧部下の倉成准尉が来ていた。「隊長殿、暫《しばら》くでした」「いや、どうもわざわざ有難う」「昨日でしたら子供達も来られたのですが」「皆さんお元気ですか」「お陰様で」色々話し合っているうちに東京から飛行機が着いた。

倉成と別れて乗り込むとすぐにエンジンがかかり離陸した。段々内地が小さくなり五島の上を飛んだ。飛行機は雲の上に出て一路西に向って飛び続けた。海が黄色くなって揚子江の河口が見えてきた。給油のために大場鎮《だいじょうちん》に着陸した。ここで大佐が一人乗って来た。「君が小方君ですか」「そうです」「僕は中釜です。今度は君と一緒らしいですね。どうぞ宜しく」「そうですか。こちらこそ宜しくお願いします」「僕は戦争は初めてです。君は随分やってきたらしいね」「いいえ、それほどでもありませんよ」離陸した飛行機は杭州湾の上を飛んだ。上陸した辺がよく見える。午後四時過ぎ台北に着いた。バスで旅館に運ばれ、中釜大佐と同室になった。

彼は豊橋の教導学校から来たと言っていた。二人で色々教育の話をやった。

　翌二十日早朝再び飛行機に乗り込み、福州の沖を飛んだ。香港ではまだタンクが燃えていたし、沈んだ船が海中に逆立ちしていた。やがて飛行機は珠江《しゅこう》に沿って北上し始めた。九龍半島を右下に見ながら北へ北へと飛ぶ。あちこちに日章旗が翻っている。新しい戦場である。中山《ちゅうざん》大学が森の中に見え出し、広東の町が眼の下に展開した。小方は一年前のことが思い出されて懐かしかった。ここで昼食を取って再び機上の人となり、海南島を右下に見て飛んだ。大五指山が雲の上に勇姿を見せていた。「あの山にも来たことがある」昔の事が頭に浮かんで来る。仏印の海岸が白い波を立てて見える。

　台北で夏服に着替えて来たが、高空を飛ぶ飛行機は意外に涼しかった。小さな飛行場に下りて給油して西貢《サイゴン》（注　現ホーチミン市）に向かう。「今度は少し寒いですよ」パイロットが言った通り、山脈を越えるため、高度を上げるにつれて鼓膜が圧せられ機内温度も急に下がった。四千米《メートル》位だろうか。下腹が張って来たので、後尾のトイレに行って排泄した。メコン河が見えて来て、飛行機は高度を下げ始めた。街路樹に囲まれた西貢の町並みが美しい。

　着陸して一歩機外に踏み出すとムーッと熱気が襲ってきた。軍司令部に電話して車を呼び、中釜大佐と同乗して兵站《へいたん》旅館「日本亭」に向う。市街地に入ると規制の二十キロに速度を落として走る。インド人や支那人が行き交い、シクローと呼ぶ三輪車も走っている。自転車も多くなかなか賑やかな町である。徐行する自動車に突然左側から飛び出して来た自転車がぶっつかって倒れた。フランスの陸軍大尉である。金筋が入った四角なケピー帽を被って一見チンドン屋風だが、肩章はまぎれもなく大尉である。運転手が下りて行ったが相手が怒っていて納まりそうもない。小方が近寄ってみるとリムが曲がっているが、明らかに非は相手にある。「君が自動車にぶっつかってきたのだぞ」と日本語で言うと、大尉は急いで名刺を出した。キャプテンと書いてある。小方も名刺を出して一寸《ちょっと》少佐という単語が思い浮かばなかったのでコロネルと言って渡した。大尉は三輪車を呼び止めて自転車を積んで走り出した。ホテルに着くと小方はすぐ軍司令部の渉外班を呼び出していきさつを伝えておいた。ホテルは川沿いに建てられた大きな建物で、三階の向かい合った部屋が割り当てられた。暑くてたまらないのでバスタブに水を入れて浸かってみたが、出ると又汗が吹き出してくる。天井の扇風機をいっぱい回して凌いだ。

サイゴンで待機する

翌朝司令部に出頭して寺内大将（注　寺内寿一南方軍総司令官）に申告した。次いで申告した参謀長から「君達は聯大隊長要員だ。今の所何の用事もない。ホテルにいるか、時々ここに来て戦況や兵要地誌でも研究してくれ」と言われた。「よしよし、近く第一線に行けるぞ」希望が湧いてきた。帰りに軍の酒保に寄って開襟の上着とシャツ、煙草等を買い求めた。更に町を探して二人で半ズボンと半袖のシャツを買った。ついでに短靴も買った。遊びに出る時はこれにすることにした。ホテルに帰ってみると、次の補充要員、大佐一人と少佐三名、大尉一人が到着していた。計七名の浪人者が職を待つことになった。しかし考えてみれば、聯大隊長の戦死か戦傷を待つのだから因果な立場である。又何処の戦線に行くのか見当もつかず、皆で無聊《ぶりょう》をかこってよく飲み歩いた。三食出て来るのはフランス料理ばかりである。初めは珍しくて喜んでいたが、すぐ鼻につき始めた。

夕食後一人でブラリと町に出た小方は、とあるフランス人のバーに入ってみた。「ボンソワール、マダム」フランス語を使ってみた。「ご機嫌いかがですか」「大変結構です」「どうぞ、お座り下さい」「何をお持ちしましょうか」「ウイスキーとソーダを下さい」「あなたフランス語上手ですね」「いいえ、少しです」若い婦人が笑顔で運んできた。「貴方は士官ですか」「ウイ」「いつ日本から来ましたか」「四、五日前に来ました」「西貢はどうですか」「暑いです」「ほんと暑いですね。今何処にお住まいですか」「ホテルにおります」白い服に赤い房の飾りを付けたフランスの水兵が二三人入って来た。「又どうぞ」「さようなら」金を払って出て来た小方は足取りも軽くアスファルトの歩道を歩いた。八年間苦しめられた仏語が初めて役に立った。しかしこんな所で役に立つとは夢にも考えなかったことである。夜店をぶらついて耳掻き一本三銭で買ってホテルに帰った。

翌晩は三、四名で街に出てカフェーに行こうということになった。「八重美」という店に入ってビールを注文した。二階に上がって行った女給の顔に見覚えがあるような気がしたが、とっさには思い出せなかった。暫くして彼女がホールに下りてきて小方と目が合った。「まー、オーさん兄さんね」と声をかけられた。「うん、どこかで見たようだが、君は誰だい？」「オホホ……オーさん兄さん、私よ、良子よ」「ああそうか、広東の菊水にいたんだね」「そうよ、姐さんも来ているわ」「姐さんて誰だい」「オーさんの好きな仲居の姐さんよ、今呼んでくるわ」と言い残して奥に走り込んだ。

「小方さん、これは奢るべきですよ、ハハ……」「知った女に会ったって奢ることないさ」と言っている所へ「ママママア、オーさんね、お久しぶりね。あんたどうして来たの」「どうしてって命令で来たのさ」「でも久しぶりね、二階に上がりなさいよ。飲みましょう」「君何してるんだい、ここのマダムかい」「ええ、そうよ。さあ皆さんもどうぞ」「どうする、皆さんも上がるかい」「それは上がらねばなあ」皆賛成した。

「よし、それでは上がるとしよう。おいマダム、注文があるぞ」「何ね、オーさん」「味噌汁食わすかい」「何ね、カフェーに来て味噌汁なんてどうしたの、オーさん」「いや我々は毎日フランス料理ばかり食ってるので味噌汁と沢庵が食いたいのさ。一つ何とかしろよ。そうすれば二階に上がって飲んでやるよ」「まあまあ相変わらず偉い鼻息ね、ええ作りますよ」「そうかそれじゃあ」と皆で二階に上がった。マダムと良子がビールや料理を運んだ。「今味噌汁を作りますからさあどうぞ」とビールを注いで回った。普通の客はビール二本に制限されていたが、彼らには幾らでも持って来る。

「オーさん、フーちゃんのこと知ってる?」「知らんよ」「そう、あの人ほんとに馬鹿よ」「どうして」「どうしてってねえ、そら貴方を怒らせた頃の人よ。変な男に引っかかったのよ。その男が会社の金を使い込んだのよ、それでねその男と一緒になってね、とう〳〵又売られたのよ。広東じゃもう恥ずかしいってね、奥地の慰安所に行ったのよ。でね、言ったわ皆で。オーさん怒らしたから罰だってね。そのオーさん、永久の福丸さんを請け出して故郷に帰したことも皆知ってるのよ。オーさんあの人どうしたの」「どうもしないさ、俺は知らんよ」「まあオーさんらしいのね。フーちゃんも大分後悔しているらしいわ」「それは可哀想だったね、ああされれば、こっちだってああするわね」「それはそうよ、お母さんもそう言ってたわ。オーさんって案外しっかりしてるねってね、オホホ……」

とかく他の連中は忘れられ勝ちになる。「これは失礼しました」とマダムは急に他の人達にお酌して回った。「又ちょいちょい来て下さいよ、この人私の仲良しですからね、オホホ……」その内に味噌汁にご飯も出来てきて沢庵も添えてあった。皆大いに満足して帰った。

フランス人の女

小方はその後ちょいちょいフランスバーに行った。ある日帰りかけると、そこで馴染みになった若い婦人が一緒に出て来た。「今からどちらへ？」「散歩です」「私も散歩したいわ、ご一緒にね」「婦人が手を差し出したので、小方は腕を組んでゆっくり歩いた。「どこに行きますか」「どこでもいいわ」街角に来た。「左ですか、右ですか」「左ね」人通りの少ない方に歩いて又辻に出た。「左ですか」「ええ左にしましょう」同じ町を何回も歩いた。「お疲れですか」「少しね」「どこかで休みますか、貴女のお宅は？」「私の家にお出でになりません？」「遠いですか？」「いいえすぐそこよ」「家族の人は？」「家族おりません」「お一人ですか？」「そうです」「でも婦人一人の所に夜行くのはいけませんね」「いいえ構いませんわ、貴方さえよろしければ」「僕は構いませんよ」「ではどうぞ」彼女がリードして歩き出した。

「貴女のご職業は？」「事務員です」「昼間お勤めですか」「そう朝九時から午後一時までですのよ」「貴女はあのバーによく行くんですか」「ええ時々話をしにいくんです」「あそこはよく水兵が来ますね」「でも水兵は酔っぱらうから嫌いです」アパートに着いて彼女は鍵を開けた。「どうぞ」誘われて小方もついて入った。カーテンの向こうに寝台があり、その先がバスになっている。小さなテーブルの上にはフランス語の雑誌が乗っていた。女はグラスとウイスキーを持って来た。「お一つどうぞ」「アポーツルサンテー」「アポーツルサンテー」グラスが鳴った。「貴方奥さんは？」「日本におります」「子供さんは？」「二人おります」「淋しいでしょう」「少しはね」二人は笑った。

「あたし一寸失礼するわね、これ飲んでいて下さい」女は寝台の向こうに消え、バスを使う音が聞こえた。所在なさに小方は雑誌を取上げてみた。何かよく判らないが、広告が多く載っていた。やがて女はイブニングドレスを着て出て来た。「少しもお飲みにならないのね」「酔っぱらうからです」「いいのよ、ここは」女は立ってドアの鍵をかけてきた。「ねーいいでしょう。飲みましょうよ」小方はグラスを口に運んだ。若い女と二人きりの部屋である。女は甘えて小方の椅子の横に腰かけた。煙草の煙が狭い部屋に充満したので、女は窓を少し開けてきて今度は小方の膝の上に座った。小方も悪い気はしない。女の軟らかい体の感触がじかに伝わってくる。「貴女はお幾つですか」「二十四です」「結婚しましたか」「しました。でも夫は国に帰って戦死しました」「それはお気の毒ですね」「そう思って下さいますか」「思います」「有難うね」女の手が首に回され、唇が近づいてきた。小方がじっとしていると女は強く吸いついてきた。

「そうそう、スリッパね」女は立ってスリッパを取って来て、小方の靴と靴下を脱がせてスリッパに履き替えさせた。「ねえ、あちらに行きましょう」女は小方の手を取って寝台の方に誘った。「バスへどうぞ」と彼女は扉を開けた。

小方が裸になって浴室に入ると、彼女も裸になって一緒に入って来た。バスタブから小方が出て来るのを待って、彼を座らせ全身に石鹸をつけて「私の可愛い坊や」と言いながら、頭から足の先まで洗ってくれた。終って小方がバスタオルで前を隠して出て来ると、女も乳房をタオルで覆っただけの姿で出て来て「さあどうぞ」と寝台を指さした。小方は立ったままで女を抱き上げてベッドに横たえて、彼自身も寄り添うように横になった。既にタオルも外した。双方全裸である。女は強く抱きついて燃えるような唇を押しつけて来た。小方の血が逆流し始めた。長い間二人はもつれ合って戯れた。アルコールも程よく回っていた。一騒ぎを終った所で、又バスを使い、再び時間を惜しむように寝台上で絡み合った。十二時を告げる教会の鐘が聞こえてきた。小方は服を着て別れを告げた。「さようなら、又来てね」女は小方の手を握った。小方も握り返した。小方は朗らかな気持で足取りも軽くホテルに戻った。

帰ってみると仲間の矢沢大佐が小方の弟の隊の聯隊長に発令され、明後日出発という事だった。誰言うとなく小方の音頭で送別会をすることになった。小方は八重美に行ってマダムに準備を頼んだ。夕食後皆が着いた時は立派に席がしつらえてあった。「これは素晴らしい」「さすが小方さんじゃなあ」冷やかすのか褒めるのか判らない嘆声が上がった。マダムが出て来て挨拶し、賑やかな宴会が始まった。

適当に酔いも回ってきた。「ねえオーさん、あの歌聞かしてよ」「何だ何だ、お安くないぞハハ……」「オホホ……」「何の歌だい」「そら、あの土人の娘の十三の歌よ」「あれか」「何だ何だ」「ねえオーさん、久しぶりにね」「うん」「小方君唄えよ」中釜大佐が催促した。「赤い太陽の……」小方が唄い出すと、皆黙って聞いていた。「うまいうまい、小方君なかなかやるじゃないか」パチパチ手が鳴った。「おいマダム、お前小方のあれか」「ええあれよ、オホ……」小方の方を見て笑う。「何だそうか、俺達はだしか」皆で大笑いになった。ご馳走も随分出て、最後に味噌汁とご飯が出て来て皆を喜ばせた。一同満足してお開きになった。「マダムよく出来た。有難う」「いいえ」小方は会計を済ませて表に出た。

帰りかけたが「あの女はどうしてるかな」と思い出してアパートに回った。部屋をノックしたが鍵がかかっていた。「いないな、又あのバーかな」階段を降りかけると下から女が上がって来た。「今晩は」「おや今晩は」顔を見合わせて立ち止まった。「さあどうぞ。忘れなかったのね」「二寸来てみたが留守だから帰ろうと思ったのです」「一寸これもらいに行ったのよ」女は小さな包を見せた。「何ですか」「何か当てて見なさい」「白粉」「いいえ」「パン」「ノンノン」小方が包を取上げてみると少し重い。臭いを嗅いでみた。「ハハ……」「オホホ……」ソーセージである。「お好き」「食べますよ」ウイスキーを飲みながら二人でソーセージをかじった。「貴女の朝飯を食ってしまったなあ」「いいのよ。今夜何処で飲みましたか」「日本人のカフェーで飲みました」「日本人の女の人きれいね」「そうでもないよ」「でも私そう思うわ。日本人の恋人ありますか」「ないねえ」「嘘でしょう」「ほんとです」「女の友達おりますか」「いません」「可哀想ね、やはり私の友達ね」女は目を細くした。小方は結局その晩彼女の所に泊まって朝帰りをした。

「八重美でしょう」一人の少佐が聞いた。「違うさ」「いやそうらしい」「小方さん、大したもて方だもの、きっと昨晩は泊められたのだよ」他の者も言った。「昨夜の会費は」「ああそうか。これだ。しかるべく頼むよ」受取を一人に渡した。「何だ、無茶に安いぞこれは」「ほんとだ、我々が一寸行ってもこれ位なのに、あんなに御馳走があってあんなに飲んで…」「今度から矢張り小方さんを引っ張って行かねばならんなあ」成程安かった。結局小方はマダムのあれと決められてしまった。小方は笑って想像に任せた。

西貢の東南一里位の所にショロンという支那人街がある。電車も走っており、楽天地という娯楽場があって、中に芝居もあれば映画館、手品、飲食店、賭博場等がずらりと並んでいる。あちこち見て回るだけで半夜は優に遊べる。安南娘もいいのがいるし、なかなか面白い所で時々遊びに出かけた。いつ戦線に行くことになるか判らないと思うと、つい遊びたくなる。同宿の仲間も逐次買いがかかり、後は中釜大佐と一期後輩の平松という少佐と小方の三人だけになった。「とう〳〵後の鳥が先になりましたねえ」中釜大佐と顔を見合わせて笑った。

サンジャック（注　サイゴンの東南約六十キロ）まで自動車を飛ばしてジャングルを研究したりしていたが、二月に入って三人は第十六軍勤務を命じられ、ジャワ作戦を準備することになった。しかしここでも司令部に出勤しても昼食を食べに行くだけで特に何をするという事もない。しかし今村司令官（注　今村均第十六軍司令官）のユーモアあふれるお話はなかなか面白かった。同行の平松少佐はB型の典型のような男で、いつもくよくよしていてO型の小方がいつも元気付ける立場であった。

カムラン湾に行く

二月十日に小方と平松は軍から命令を受けて、カムラン湾で船に乗っている第二師団に配属された。同時に第三十八師団に作戦命令を伝達する仕事も命じられた。急なことで何処に挨拶に行く暇もなく、その日の夕刻汽車に乗ってカムラン湾に向った。途中インド人の商人のような連中が乗り込んできた。廊下に立っていたので中に入れてやった。彼らは二等切符しか持っていないが、日本の将校がいるので車掌は何も言わない。喜んだ彼等は鶏の丸焼きやウイスキーを出して勧めた。小方も片言で話し合いながらご馳走になった。

暁闇の中、カムランの最寄駅に着いた。インド人に教えられて列車を降りた二人は人力車に分乗してカムランに出発した。夜の白む頃海岸に到着した。部隊は海岸のそこここに天幕を張って野営していた。停泊場に行って任務を伝達すると、とりあえず朝食でも済ませて下さいと言われて一室に案内された。粉味噌で作った汁も珍しく、兵食もおいしく食べた。沖には四、五十隻の輸送船が停泊していた。小方は発動艇を出して貰って第三十八師団司令部の船に行くと作戦主任の中佐参謀が何かぶつぶつ言う。小方が作命を出すと更に何か不平を言おうとする。「私は作命を持って来ただけだ、何も知らん」と言って早々に下船して第二師団司令部の熱田丸に向った。

船に着いて師団長、幕僚長に申告した。丁度紀元節の日で甲板で遥拝式をやっていた。そこで小方は平松と一室を与えられた。「又貴様と一緒か」小方は少々うんざりした。准尉が一人訪ねてきた。「小方少佐殿は十六聯隊におられたのではありませんか」「そうです」「矢張り教官でしたか。私は野口です」「おおそうか、今何してるか」「はい、管理部におります。ご不自由な物は何でも言って下さい」小方の初年兵であった。

「まあ掛けろ」「はい」「何年になるかね」「十二年ですね」「そうか、初年兵が准尉さんだからね、ハハ……」当時のことを懐かしく語り合った。「では又参ります」「又来いよ」小方が酒好きのことをよく知っている野口准尉はブランデーとグラス二つを持ってきてくれ、缶詰も四つ五つ置いて行った。「世の中は本当によく出来ているなあ」「ほんとに小方さんは何処にも知った人がいてよくしてくれますね。一寸我々と違いますよ」平松が感心したように言う。

「小方さん」「何だい」「あんたよく西貢で朝帰りのようでしたが、何処に泊まっていたのですか。矢張りあのマダムのですか」「馬鹿言え、あんな婆さん誰が相手にするか」「ではまだ好い所があったのですか」「あるさ、幾らでも」「へえ、それは知りませんでしたが」「貴様らの知っている筈がないよ」「どうしてですか」「酒は飲まんし、部屋の中で歯ばかりほじくっていては判らんよ」「でもあのマダムも相当なものだと皆で言ってましたよ」「欲しかったらやるのに、誰も何も言わんからあのままさ」「ではどんなのがいたんですか」「言ったって一寸判らんだろう、どうせB型にゃあ」「B型でも男ですからね、少しは判りますよ」「そうかい、ボンソワールさ」「何のことですか」「それみろ、それさえ判らんじゃないか。今晩はというフランス語さ」「ではフランス人ですか」「うん、いいのがいたぞ」「へえ、早いなあ」「ぐずぐずしてても誰も相手にはしてくれんよ」「その話聞かせなさいよ」「秘密、秘密」「ふう、フランス人か……」又考え出した。「その癖が悪いのだ」「どうしてですか」「世の中をくよくよ考えるなよ、出たとこ勝負だよ」「でもフランス人でおかしいな、淫売じゃない人ですか」「馬鹿言え、ちゃんとしたマダムさ、ハハハ……」

　夕食も紀元節で賑わった。高級部員と一緒に祝杯を挙げた。作戦参謀も同じテーブルであった。「一体ジャワは幾日位で奪《と》れるだろうか」「そうですね、まあ十日位でしょうね」「何だと、十日だと。馬鹿言うな、出鱈目《でたらめ》も程があるぞ」「何が出鱈目です、貴方はそれじゃ幾日位と思いますか」「貴様どうして十日位と言うのだ」「僕は今まで支那で随分作戦してきました。大抵目算をつけて色々と準備しましたが、一度も間違わなかったです。南京も私が言ったより十日早かったです。戦争をしているとちゃんと判るから不思議ですよ。あんた戦争したことがあるんですか」「僕は戦争したことはないが、お前のように十日で奪るなんて考えられんよ」「十日で奪ってはいけんのですか」「いや奪れればいいさ、しかしそんな無茶なことは考えられんのだよ」「頭が悪いんだなあ」小方はそれ以上相手にしなかった。参謀はプリプリ言っていた。

小方はやがて師団の交通整理班長を命じられた。「ハハ……やっと交通整理か」それでも地図を出して交通上の要点等を研究して準備を進めた。「今度は自動車が多いから一仕事あるぞ」と覚悟していた。「第一線部隊と共に上陸させて下さい」と申し出ておいたので、十八日、第一線部隊の船に移乗することになった。少数の下士官と兵を連れて発動艇に乗り移った。艇はまだ用事があるらしく熱田丸に繋がれたまま待機していた。「小方少佐殿」上から准尉が呼んだ。「おおい、何だい」小方は上を見上げて答えた。「今電報が来ました。すぐ西貢に帰れです。早く上がって来て下さい」小方は下士官に趣旨を伝えて上って行った。参謀から「君はすぐ西貢に帰れと言ってきたからね」と伝えられた。再び師団長、参謀長に申告して下船した。平松少佐と又もや一緒だった。この晩船団はカムラン湾を出帆した。

二人は海岸に放り出されたと同然である。「小方さんどうしましょうか」「さあなるようになるさ」小方はあちこち眺めていた。仏印の安南兵が七、八人と後ろに同数の女がついていた。下士哨の交代と言っていたが、紺の筒袖とスカートのようなものを身にまとい、小さな包を背負った女房同伴である。「あれが全財産か」小方はおかしくなった。空の自動車が一台走ってきた。ナトラン（注　カムラン湾の北方約四十キロ）に行くと言う。ナトランには飛行場もある。小方が同乗を頼むと、インド人の運転手がＯＫと言ってくれた。平松が又「どうするのですか」と聞いた。「よいよい、心配するな」二人は急いで乗った。ナトランでホテルを探して交渉し、ホテルから兵站に電話して翌日飛行機が一機来ることが判った。取りあえずホテルに落ち着いて風呂に入った。

「小方さん」「何だい」「僕はお金を皆日本円に替えているんですが」「ああそうか、俺も金はない。貴様持ってると思ったらないのか」「困りましたね」「まあ何とかなるよ」風呂から上がって小方は荷物の中から貯金通帳を取り出した。「これで金が出せればいいがのう」「さあ取れますかしらん」「行ってみるさ」すぐ野戦郵便局に出向いた。「今日はもう時間が終りました。明日にして下さい」係員が言ったが「一寸所長に会わせてくれ、急ぐのだ」田舎のことで事務員のような男が所長だと言って出て来た。小方は状況を話して何とかしてくれと頼んだ。所長も暫く考えていたが「よろしいです。何とかしましょう。いくら払いましょうか」「出来るだけ多く」「では一円だけ残して下さい」小方は丁寧に礼を言ってホテルに戻った。「おい平松、金は出来たぞ。もう安心しろ」「そうですか、よかったですね」「矢張り当って砕けろさ」「なかなかくれなかったでしょう」「いやすぐさ、矢張り話せば判るさ」

　このホテルに四十年もいるという婆さんがいた。「刺身作りましょうか」「いいねえ」久し振りで刺身を食った。ブランデーもご馳走してくれた。二人の他に泊まり客はいない。裏がすぐ海になっている。「平松、貴様女はいらんかい」「あんまり欲しくないですね」「そうかい、この男も妙だね」聞いていた婆さんも笑った。「婆さん、別嬪《べっぴん》おらんかい」「おりますよ」「こいつはいらんと言うが、俺は船で十日もいたんだ。一つ頼むぜ」「若いのがいいですか、年取ったのがいいですか」「若くてきれいなのがいいね」「欲深ですね、若くてきれいで人が好くてでしょう、オホホ……。まあいいのを見つけてきましょう」二人は部屋に帰った。「小方さん、あんた平気であんなことを頼めるんですか」「うんあれ位は平気さ、貴様金はあるぞ、遠慮せんでいいぞ。頼んでやろうか」「いいえ私は女はいらんですよ」

その夜婆さんが二人の安南娘を連れてきた。小方は体つきから二十二、三の女を取った。十七、八歳の娘が一人残った。「ではこの娘帰しましょうか、もう一人のお方、どうでしょうか」「あいつはいらんと言ったが」「もう一度聞いてみましょう」「平松、平松」小方が呼んだ。平松が寝間着姿で出て来た。「どうだい、この娘、貴様抱いて寝んか」「そうですね」眼をキョロキョロさせた。「婆さんいいよ、置いて行きなさい。いくらくれたらいいのかね」「そうですね、三円でいいのですが、五円もやれば大喜びでしょう」「そうか有難う」「ごゆっくりね」婆さんは帰って行った。「平松決心ついたか」まだぐずぐずしている。「よし帰れ。二人で」と、とう〳〵二人を隣の部屋に引き取らせた。小方はその娘にマンデー（注　インドネシア語の水浴）しろと言うと、彼女は素直に浴室に入って行った。小方もついて浴室に入ると、娘は支那人との混血らしく、色も白く案外きれいな身体をしていた。十分男の扱いにも慣れていて、小方は久しぶりに満足させられた。翌朝女達に五円ずつ渡して帰らせた。彼女達は何度も何度も頭を下げて帰って行った。朝食の席で「平松どうだ、女は矢張りいいだろう」と冷やかすと「ハハ……」と赤い顔をした。

占領地シンガポールへ

二人は飛行場に行って天幕の中で一日待った。夕方に一機来たが、戦闘機で乗ることが出来なかった。やむなく停車場司令部に行って、夜半の汽車に乗って西貢に向った。明け方西貢に着いて再び日本亭に帰り、前の部屋に入った。軍司令部に行くと二人とも第十八師団の大隊長に補せられていた（注　岡田は歩兵第五十六聯隊の大隊長）。「飛行機があり次第赴任して下さい」と言われた。シンガポールも十五日には占領していた。「何日頃になりますかね」「さあ早ければ明後日です」ホテルに帰ると、平松は疲れたと言って寝てしまったので、小方は一人で八重美に出かけた。

「暫く来なかったわね。どこか行ってたの」「うん、少し遠くまで行ってきた。又行くぞ」「どこに行くの」「シンガポールだ」暫く飲んで八重美を出た。フランス人の所に寄ると既に寝ていたらしく、ドアを開けたら彼女は驚いた。「長く来ないから何処かに行ったと思っていた。ここにいて来ないとは」と怨みを言われる。「ノンノン」「何処に行っていたの」「一寸遠くに行っていたのだ。又行く。今日がお別れだ」「何処に行くの」「言えないよ」「そうね」バスに入ってまたふざけ合った。久し振りだったし、これでお別れということもあって、女は小方を寝かせなかった。小方は少しぼーっとして朝ホテルに帰った。帰りがけに五十円渡すと、「有難う」と彼女は素直に受け取った。ホテルで昼寝して体力を回復させた。夕方電話が入り「明朝飛行機が出る。自動車を回すのでそれで飛行場に行ってくれ」と言われた。

翌朝飛行場に行くと昭南（注　シンガポール）への初飛行という事だった。小方らはそれに乗り込んだ。「西貢よさらば」メコン河の河流がぐるぐる回っている。部落、森、林が段々小さくなっていく。いよいよマレー沖にさしかかる。どこを見ても蒼い海ばかりだ。プリンス・オブ・ウェールズ号の沈んだ所だ、どの辺かなあ。この蒼い海に白い航跡を見つけた荒鷲の喜び、攻撃して僅か五分で轟沈した快感、後に浮かんだ泡と重油、今もその重油が浮かんでいる様な気がする。

暫く飛んでジョホールバルの白い塔が見え出した。軍港に日本の軍艦が四、五隻浮いている。シンガポールの町も見えてきた。附近の丘の上に陣地の跡が見える。「あそこでもやったな」「ここでもやったな」戦友の奮闘を偲んでいる内に、飛行機はどんどん高度を下げてテンガーの飛行場に着陸した。逆立ちしている英軍の飛行機、壊れた格納庫、爆破された高射砲等が散在している。機外に出ると急に暑い。

天幕の所で休んでいると、何処へ行くのかと自動車の兵が聞いた。第十八師団司令部と答えると、すぐに連れて行ってくれた。途中あちこちで英軍の捕虜が荷物を運んでいる姿が目につく。ぐるぐる回って大きな建物の前に出た。「ここです」「有難う」小方と同行の平松が副官室に入って行くと、丁度橋本参謀が来ていた。「よう、小方来たね」「今度は大変ご苦労様でした」「うん、やったぞ」手を握られた。広東で知っている人である。「さあ、こちらに来い」参謀長室に連れて行かれた。申告すると武田参謀長が「小方よく来たね、しばらくだったのう」「はい、参りました、どうぞよろしく。今回は大変なご奮闘でおめでとうございます」佐藤参謀が入って来た。広幼（広島幼年学校）以来の友人である。「よ、よく来たね」「うん、おめでとう」「少々やったぞ」「知ってたよ、敬意を表すぞ、ハハ……」「ハハ……」

佐藤参謀が案内して牟田口師団長（注　牟田口廉也）の所へ連れて行かれた。申告して「今回はご奮闘誠にお目出度く存じます。どうぞ宜しくお願い致します」「うん、兵がよくやったよ、全くね。小方君は前、五十五におって随分やってくれたそうだね。皆聞いて知っている。

貴官を迎えて益々心強く思うぞ。しっかり頼むぞ」立ってきて、むずと手を握られた。平松が変な顔をしていた。

久し振りで会う司令部の人々にお祝いを述べたり、挨拶をしたりしていると、一人の大尉が入って来た。「私は第三大隊長の林大尉です。どうぞ宜しく」「僕小方です。どうぞ宜しく」二人は連れ立って出て、新しい自動車に乗った。「いい車ですね」「戦利品です、ハハ……」旅団司令部に寄って鈴元副官の所へ行く。「副官殿、又来ましたよ」「うんよく来たね、待っていたよ」「今度はよくやったですね」「うん、まあね」佗美少将の所へ行って申告した。「今回はコタバル上陸以来のご奮戦でおめでとうございます」「ああ、お蔭でね。なに佐藤参謀がよくやってくれてね」

旅団司令部を辞して聯隊に向った。丘を迂回して自動車を走らせると、将校が路上に一杯集まっていた。警笛に驚いて彼等は道をあける。それとなく顔を向けると「あ、副官殿」「おー、一寸止めてくれ」車を降りると二十人ばかりの将校が小方を取り巻いた。「副官殿、今度はこじゃあないのですか」「うん。五十六だ」「やれやれ、うちかと思っていたのに五十六ですか」「今度は随分やったね。おめでとう」「やるにはやりましたが、多く殺しました」「柳下も元木も死にました」「佐藤大尉も、荻原もやられました。全くなってないですよ」「まあ元気を出すことだなあ。香川大隊長どうしたい」「入院しておられます」「また会おう。今日着いたばかりで忙しいけんのう」「では又」「ご機嫌よう」再び自動車に乗った。「少佐殿は五十五におられたそうですね」「そうです。中隊長と副官をやっていたんです。十五年の暮れに帰りました」「そうですか、うちでも将校達はよく知っておりますよ」「そうですか、ハハ……」

第五十六聯隊第一大隊長に就任

聯隊本部に着いた。那須聯隊長は旗手に軍旗を捧持させて待っていた。小方は申告を済ますと軍旗に敬礼した。かつては兄弟聯隊の軍旗として拝んだこの軍旗が今日から自分たちの軍旗である。「今回は大変なご奮闘おめでとう存じます」「有難う、皆よく働いてくれました」「どうぞ宜しく」「君は第一大隊長です」「はい」「第一大隊は強いです。しかし今回、大隊長も中隊長達も多く負傷しました」第三大隊長の松岡少佐も来ていた。挨拶すると小方より六年の先輩であった。聯隊副官の岡崎大尉がやってきた。「大隊長殿、ご苦労様でした、どうぞ宜しく」「いやどうぞ宜しく。君は何処かで見たようだな」「はい、十五年の夏、広東に来た時、一週間ほど泊めて頂きました。あの時はお世話になりました」「ああ、そういえばそんなこともあったね」

翌日から早速マレーの粛正と次期作戦の準備である。聯隊長も転任されることになっていたが色々指示があった。それの終るのを待って大隊の将校の申告を受けた。「諸君が上陸以来、奮闘したことは総軍にいたのでよく知っている。君達と一緒に御奉公出来るのは満足です。お互いにしっかりやりましょう」「はい、やります」一斉に敬礼した。「今夜は大隊長の歓迎と聯隊長の送別と戦勝を兼ねた祝宴をここでやります」「それはどうも」と言っている内に将校達がどんどん集まってくる。兵が料理やビール、ウイスキーを運んで庭に並べた。本当の野宴である。聯隊長の挨拶があり、小方も一言挨拶した。いよいよ宴に入った。シャンパンを抜いて乾杯、乾いた喉にシャンパンが気持よく流れ込んだ。「豪勢ですね」小方は隣の聯隊長に言った。「いや、チャーチルの贈り物だよ、ハハ…」ビールもどんどん出て来る。「このビールは貴公の大隊が押さえているんだよ、ハハ…」「そうですか、いいですねハハ……」

月が椰子の樹の間から上り始めた。「いい月だなあ」「おお、いい月だ、さあ飲め」「大隊長殿、一つ」「有難う」「大隊長殿はよく知ってますよ」「そうか、どうしてだい」「広東で遊びに行く途中で自動車を呼び止めて叱られました」「そんなことがあったかのう」「ありましたよ、そうして乗せて貰って、永久とかいう家でご馳走にまでなりましたよ、ハハ……」「ああ思い出した。そんなこともあったなあ」「大隊長殿、よくお出でになりました。私は〇〇です。動員の時はお世話になりました」「何て、動員って随分昔じゃあないか、ハハ……」「あの時は泣くほど嬉しかったです」「何がだい」「何がって私は教育召集で大村に行ってたんですよ、そこへ赤紙でしょう。一度家に帰って出かけたいが時間がない。聯隊副官にお願いしたら、明朝聯隊長が来られて申告してから行けと言われた。我々は腐ってしまって、とにかく週番司令に頼んでみようと恐る恐る行ったですたい。その司令が大隊長殿でしたよ」「そうかい、確かにあの時俺は週番していたよなあ」「そうして色々お話したら、大隊長殿は、『そうかよしよし、帰れ。後は俺が聯隊長に言っておいてやるよ』と言われたでしょう」「そうだったかなあ」「そうですよ。我々は余り軽く言われるので、嘘か本当か判らん位でしたが、急ぐので帰ったのですが、後で聯隊長に叱られなければいいがと言っていたのですよ。その後歩兵砲隊長で大いにやっておられるのを時々拝見して、いつもあの時のことを思い出して感謝していたのです」「そんなこともあったかね。ハハ……」「お蔭で私どもは家に一寸寄って応召出来ました。そうでなかったらあれっきりですからね」「よかったねえ」色々昔の話が出て来る。

隣の聯隊長の所にも人が来て話している。「小方君、君は五十五におったが、うちの将校達がよく噂していたよ。君は余程人に好かれる性だね。今度は皆張り切っている。君の大隊は運がいいと言っているぞ」「いや、それほどでもありません。まあ敵がおらん位でしょうよ」皆いい気持になり歌も出て来る。月も大分高くなった。「では、明日もあるから今日はこれ位で」と解散になった。大隊の将校達は小方を宿舎に連れて行った。英軍の兵舎らしい。一本高い椰子が聳えている。中隊長代理や大隊副官代理が集まって来ている。「大隊長殿、今度は大隊の歓迎会です」「そうか」小方は又、庭に準備してある席に着いた。中隊に二人位ずつしか将校がいない。戦死、戦傷したのである。「我々は小方大隊長を迎えて大喜びしております。確《しっか》り使って下さい」「お互い確りやりましょう」又、皆がぶがぶ飲み出した。月が大分回った。

「では又」と皆帰って行き、小方は準備された寝台に入って眠った。

翌朝はマレーに出発である。顔を洗っていたら兵隊が前の広場に集まり出した。「何だい、あれは」大隊副官が「大隊です。隊長殿の訓辞を受けて、停車場に行くのです」「そうかい」小方は大急ぎで朝食を掻き込んだ。大隊が整列を終ったと報告して来たので、小方は台の上に立った。一同を見回すと兵隊は皆真剣な眼差しで新大隊長に注目している。「コタバル上陸以来御苦労であった。諸士の奮戦振りはよく知っている。この大隊と共に今日から御奉公出来ることは最も光栄で、最も名誉であると共に誠に心強い。前大隊長と同じつもりで大いに奮闘してくれ」小方は強く短い訓示をした。兵の顔に満足の色が浮かんだ。やがて兵は停車場に向って行進した。運転手が「これは大隊長の車です」と言ったので、小方は改めてその自動車を見た。新しいフォードである。「そうか、なかなか良いなあ」「はい、昨日ショーウインドウの中から出して来ました」運転手は得意のようであった。自動車は将校が引率して新警備地に向った。小方は停車場で車を降り、それに追求させた。

新大隊長の実戦的教育

汽車は案外ガタガタであった。一大隊一列車に乗って昼過ぎ発車した。ジャングルの中を縫うようにして列車は走る。シンガポールの方ではまだガソリンタンクが燃えていた。「黒い雨が降った」とか将校達は色々の話をしてくれた。夕方ジョホールバル（注　マレー半島最南端シンガポール島の対岸にある）の警備地に着いて駅前の民家に宿営した。掠奪の後で、足の踏み込みようもなかった。粛正は大したことがなかったので各中隊に命じておいて、小方は専ら次期作戦の準備をした。

「俺になってから戦力が下がっては申し訳ない。俺は自信があるが部隊が俺の思う通り動かねばならん、訓練だ」新しい聯隊長も着任された。「聯隊長が着任されます。どうしたら良いでしょうか」「どんなにしましょうか」皆小方が聯隊副官として隣の聯隊を動かしていたことを知っていたから、小方の所に次から次へと聞いてくる。その都度「こうしたらよかろう」「ああしよう」と小方は答えてやった。

新聯隊長も堂々たる体格の、しかも温顔の偉丈夫だった（注　藤村益蔵）。陸軍省の枢機に列していた人だけに、何となく皆心強く思った。申告を済まして大隊長三人と副官とで夕食を共にした。「小方君は戦上手だそうだね。俺は戦争は初めてだから何分頼むぜ」「今迄のは支那軍相手ですよ。大したことはありません」「いや、僕は皆調べて来たから知っている。他の大隊長はマレーでやっているし、この三人の大隊長がいれば僕は心強いぞ」命課布達式もやった。

ついでに小方自身のもやった。聯隊長の時は小方も分列行進をした。小方の時には第一大隊がやった。堂々たるその一歩一歩、小方は強い自信を持つことが出来た。やがて内地から将校、下士官、兵が補充になって到着した。小方は教育訓練に没頭した。聯隊長はよく小方の教育を見に来られた。小方が色々と講評して注意した後、「聯隊長殿、何か」と言うと、「いや何もない」と一言も言われなかったが、二人になると「小方君、君の教育は徹底してるね、感心したよ。あれでなくては本当の戦には使えんだろうね」「はい、私は戦地が主ですから、いつもあれ式です。教育法には叶っていないかもしれませんが、まあ小方流です。ハハ……」「いやいや、内地の学校教育なんて子供の戦ごっこだよ、本当に」こんな話をよくした。

聯隊長から旅団長に、旅団長から師団長に話されたらしく、以後小方の教育は他聯隊の将校達の見学で賑わった。小方はいつもの通りやっていた。彼は又、新しい戦場の教訓を次々と取り入れた。皆は感心して見ていた。ある日、小隊教練で陣地攻撃をやった。聯隊長も旅団長も視察された。堅固な敵の陣地に対する中隊の一翼小隊である。攻撃が進むにつれて、側防火器が現出する。

「小隊長殿、前の森の左端に機関銃一」火線分隊からの報告である。「よし承知」「擲弾筒《てきだんとう》分隊あの機関銃制圧各筒四発」「小隊長殿、右の家に機関銃」「よし承知」「擲弾筒分隊右の家の機関銃制圧、各筒四発」擲弾筒分隊長は号令をかけ、兵は擲弾筒を空撃する。「小隊長殿、前の火点に自動火器一」「よし承知」「おい擲弾筒前の火器制圧各筒六発」小隊は大分敵に近迫して、前の敵の自動火器があちこちに現出する。その度に報告がある。その都度小隊長は擲弾筒分隊に制圧を命じる。いよいよ突撃に移るための擲弾筒の突撃支援射撃を命じた。小方は伝令をやって擲弾分隊に「弾薬なし」と状況を与えさせた。小隊長はそれを聞くと困ってしまった。
とう〳〵支援は中隊長がやる状況にして突撃した。陣内の戦闘に移った。小隊長は貧血で倒れた。小方は「小隊長は重傷、その場を動けぬ、後一分で戦死」と状況を与えた。「第一分隊長、俺はやられたぞ」と小隊長は悲痛な声をあげた。「小隊長、もう言うことはないか」「天皇陛下万歳」「もうないか」「ありません」「いかんいかん、考えてみろ」しかし小隊長には思い出せない。演習は終った。

小方は先ず兵、下士官の動作の講評をして休ませた。小隊長の講評になった。見学の将校達も集まった。「小隊長、擲弾分隊の携行弾数は？」答がない。「何発だ」「知りません」「それを知らんで戦するのか。お前の擲弾分隊使用法はなってない。擲弾筒を乱用しているから、最後の最も大事な時に弾がなくなるのだ。分隊長が残弾を報告しないのもいけないが、小隊長も常に兵の残弾を考慮して戦をせねばならぬ。一筒二十四発だぞ。お前はそれ制圧各筒四発々々と言うが、あんなに使ってはすぐなくなるぞ」皆初めて知ったという顔をした。段々に講評を進めて小隊長戦死の場面に来た。小隊長は戦死するのに、ただ分隊長にやられたぞと言った。他に何かないかと言ったら、天皇陛下万歳だという。小隊長あれで成仏出来るのか。天皇陛下万歳はよろしい。しかしまだ大事なことを忘れている。なぜ小隊長は分隊長に「俺に代わってあの陣地を必ず奪え」と命じなかったか。斃《たお》れて後已むではいかん。斃れても尚已まぬのだ。自己の任務はどうしてもやり通すのだ。その気迫がなくてはいかんぞ。判ったか」「はい、判りました。そうでした」皆もほっと息をのみ込んだ。

聯隊長は小方の話の済んだ後で一同に対して「今日の演習は全く実戦同様である。小方少佐の指導に敬服した。実は自分も擲弾分隊がいくら弾薬を持っているか知らなかった。小方少佐の言う通りだ。弾薬をよく考えて使わねばならぬし、又小隊長戦死の心得も全く同感である」と言われた。小方の教育は常に数理的、科学的であり、その中で精神教育も織り込んでいた。小方は一日一日大隊の戦力が充実するのを楽しみにしていた。「小方大隊に期待するぞ」聯隊長はよく小方にこう言われた。大隊中、皆が張り切っており、各級指揮官、列兵に至るまでこの精神が浸み込んで行った。

弟との再会

昭南の戦跡「筑紫山」に牟田口兵団の記念碑が出来上がった。除幕式に大隊長以上が招待された。小方は自分の戦闘した所でないから、誰か将校をやりましょうと言った。「僕も戦わなかったが行く。後で戦史の研究もあるそうだから」と聯隊長に言われて小方も行くことにした。当日自動車で出かけた。昭南の町に入ると「矢沢部隊進入路」という表示が目に入った。「これは弟の部隊かな、矢沢大佐なら西貢で一緒にいて、弟のいる聯隊の長に行かれた人だ」小方は少し考えた。「どうもおかしい」ここに部隊が集まったのかな。ひょっとすると来てるかもしれない」除幕式も終り、祝宴の後、諸所の戦跡を見学して回ることになり、当時の実戦体験者が説明をした。小方はその時もさっきのことを考えていた。行事も終って解散になった。聯隊長はすぐ帰ると言われたので小方は「どうも弟の部隊がいるようですから調べてきます」と話すと「さあ、どうぞゆっくりして来たまえ」と言って帰られた。小方は第二十五軍司令部に行って聞いた。新任地に転任するために集結して、明日から乗船するという事が判ったので、聯隊本部の位置を図上で教えて貰って訪ねた。

　先年広東で会って別れた弟は速射砲の砲手と言っていたから多分戦死しているだろう。若しそうなら戦死の場所だけでも知りたい。出来ればその地を一度弔ってやりたいと考えていた。聯隊本部に入って行くと、聯隊長は他出されて不在だったが、副官に弟のことを話した。「一寸お待ち下さい」丁度命令会報の時間で、各隊から命令受領者が来ていた。

　副官は一人の曹長を連れて来た。「国村曹長です。速射中隊です」「僕は小方の兄です。弟はどうしたでしょうか」「小方上等兵は大変元気です」小方は一瞬耳を疑った。「生きているのか」急に会いたくなってきた。副官は「それでは国村曹長、中隊にご案内しろ。命令は隣の中隊が受けて行くから」「はい」

　曹長は小方の自動車の運転手の隣に座った。またぐるぐる丘を回った。「生きていた、元気だ」小方は頭の中で繰返して見た。やがて黒い兵舎の前に来た。「ここです」曹長が降りて階段を上がって行った。小方もついて部屋に入ると、夕食時で若い中尉が准尉や下士官と食事をしていた。小方は名刺を出して、弟がお世話になっておりますと挨拶した。その中尉が中隊長で小方より十期後輩だった。「かねてお話は聞いていました。ようこそお出で下さいました」准尉が椅子を勧めた。下士官が一人下りて行った。「今夕食中です、一つ失礼ですが」と中隊長が杯を出した。小方はそれを受けて「やんちゃもんですが、お役に立つでしょうか。何分よくご指導願います」と言うと、准尉が「あの兵は勇ましいのですが、少々向う見ずでしてね。作戦中に鉄帽に弾が当たって前が壊れてるのですよ。それで換えてやろうと言いますとね、同じ所にはもう当らんからいいと言って聞かないのです。今もその壊れたのを使っております。

しかしよく働くです」皆笑っていた。小方も弟らしいと笑っていた。

丁度そこへ大きな上等兵が入って来た。「おお、正じゃないか、生きてたね」「ええ兄さん、生きてぴんぴんですよ。兄さん又どうして来たの」「今日一寸来たら、どうもこの部隊がいるらしいので探したのさ。元気そうだね」「ええ」もう涙ぐんでいる。中隊長以下、この光景を見ていた。分隊長も上がって来た。小方が広東で会っているので、向こうも覚えていた。二人は挨拶した。「部隊は明朝から乗船します。午前中に帰して頂ければいいです。一晩お連れになりませんか。この兵は一番古参兵ですからご遠慮はいりません。小方の装備は分隊で持って行きますから」皆もそれがいいと言ってくれた。小方は「では一晩お借りしましょう。明朝桟橋に連れていきますから」と弟の身柄を預かった。

中隊長以下に挨拶をして、弟と共に自動車に乗った。他の兵隊が不思議そうに見ていた。佐官の旗を立てた自動車は走り出した。「兄さん、この間お手紙有難う。あれを受取ったので、兄さんが近くにいることを知りました。ここに集結する途中そばを通ったので一寸寄りたいと思いましたが、兵隊ではそういうわけに行かずここにやって来ました」「そうかい、しかし今日会えたのも全く偶然だね。今からどうするか。何か欲しいものはないか」「そうですね、旨い物を腹一杯食わせて下さい」「相変わらず欲が深いなあ。よしよし、では支那料理をご馳走しようか」「いいですね、この自動車は兄さんのですか」「うん戦利品さ」小方は運転手に「一番大きな支那料理屋に行け」と命じた。

運転手は道を聞いて南天という支那料理屋に行きかけて補助憲兵の腕章をしている歩哨に止められた。「ここは入ってはいけません」「そうかい、お前は何処の隊だい」「五十五の八中隊です」「中隊長は竹本大尉か」「そうです」「中隊本部は何処だい」「あの先の黒い大きな家です」小方は竹本大尉の所に行った。「やあしばらく」「ああ誰かと思ったら副官殿ですか」二人は旧部隊の仲間で、小方が随分可愛がった男である。小方が事情を話すと「では私の車で一緒に行きましょう」小方は自動車と運転手を預けた。曹長が出て来た。「菊地曹長だね」「はい副官殿」小方は運転手を可愛がってやってくれと頼むと共に翌日弟の戦友達に贈るべき果物を買ってくれと金を渡して頼んでおいた。「今度はこんな役ですよ」竹本はブランデーを一本手にして笑った。

三人は南天に入って最上等の料理を注文した。やがて沢山の料理が次々に運ばれて来た。ブランデーを飲みながら、色々話したり食ったりした。弟も満足した様子でニコニコしていた。食事も終った。「もう何かないか」黙ってニヤニヤ笑っている。一寸言えないのは女らしい。「女を知ってるかい」「兄さん、僕もこれで三年兵ですよ。ハハ……」「そうか、よしよし」竹本大尉に相談したら、四月一日から開業の日本料理屋がある。何とかなるでしょうと言うので三人はまたそこに行った。竹本大尉が交渉していたが、「いいそうです」三人で入って又飲んで、そこに泊まった。

翌朝中隊本部に帰って顔を洗い、朝食を済ました。菊地曹長はバナナやランプータン等沢山買ってくれていた。小方はそれを積ませて、弟と一緒に車で桟橋に向った。弟の中隊はもう到着して装具を解いて乗船準備をしていた。中隊長に会って礼を言った。弟はその間に戦友を呼んで天幕を持って来させて自動車から果物を出して包んだ。「これは少しだが戦友にやって下さい」「この前も広東で大層頂いたそうで又ですか。有難うございます」下士官に何か命じていた。「この船には聯隊本部も乗ります。聯隊長はもう乗っております」「では挨拶して来よう」

小方はタラップを登って行った。聯隊長はサロンにおられた。「矢沢大佐殿しばらくでした。今度は又ご苦労様です。御隊に弟がお世話になっております。どうぞ宜しく」「小方君かい、どうして君はここに。又弟さんは何処にいるんです」小方は説明した。「そうですか、それはようこそ」腰を下ろして西貢以来の話をした。懐かしかった。やがて小方は船を辞してもう一度弟の中隊に顔を出した。分隊長がやってきて果物の礼を言った。「皆仲良くやって下さい」言い残して小方は自分の大隊に帰って行った。弟は大変喜んで桟橋で手紙を書いて郷里に報告したらしい。小方は後日、一寸弟と会って一晩飲んだとだけ書いて知らせた。

ビルマ戦線へ

部隊は次期作戦の準備で忙しかった。「シンガポールは陥《おと》しても、まだ進軍はこれからだ」兵はもうこんな歌を歌っていた。二月末に小方達も昭南に集結した。「ビルマらしいぞ」と語り合った。月末に捜索聯隊と同じ船に乗って出発した。輸送指揮官は捜索聯隊長だったので、小方は客分のような取扱いで暇だった。時に英潜水艦が出るという事で海岸沿いに船団運行で進んだが、別にどうという事もなく十日でラングーンに着いた。小方の自動車も積んであった。パゴダが青い空に聳えている。いよいよビルマか。翌日から上陸という事だったが、小方は船と交渉して自動車だけ下ろして、主計を補給廠に行かせた。翌日部隊は上陸した。集結地は公園の近くで案外きれいな所だった。小方の自動車は定数外だが、小方は平気で持って来た。上陸して一寸休んでいると旅団長がラングーン見物に車を貸せと言ってきたので貸してやった。これで旅団長は小方の自動車を認めたことになるのだと笑っていた。主計が被服等すべて受領が完了したと報告した。二三日は暇だろうと思っていたら、翌日すぐ出発と言ってきた。

鉄道輸送で暑い平地を、貨車はあちこち停車しながら走った。トングーでは生々しい戦闘の跡を見て通った。「まだ北か」翌朝エジンという駅で下車した。大隊はここで集結し、聯隊も次々に到着した。馬はマレー以来海岸に残置してきたので、ここで乗馬を買うことになった。聯隊長は小方にどれでも気に入ったものを取れと言ってくれた。小方は二十三貫もあるので、強い馬が必要だった。小方は大きな輪の牛車が通るのを見て、ここですぐに牛車の研究を始めた。現地の輸送機関の利用が常に小方の念頭にあった。南支で牛を使った時もそうだった。こんな暑い所で重い装具で行軍したらすぐ参ってしまう。聯隊長にも意見具申して聯隊でもやることになった。小方の大隊では各中隊四両で予備弾と糧秣《りょうまつ》、それに防毒面を積ませることにした。兵の服装は軽くなった。

聯隊長がトングーに命令受領に行って帰ってこられた。すぐ出発という事である。第五十五師団がピンマナの陣地を攻撃中だが、中々捗らない。第十八師団は東の方、シッタン河を渡ってジャングルの中を迂回して、その後方を攻撃せよというのである。聯隊長は地図を出して師団命令を書き込まれた。「小方君、どうじゃ出来そうかね」「図上演習ならまず満点という所でしょうね」「どうだい、実際は出来るか、君二十七里あるぞ、これを二日二晩で行って三日目から攻撃せよと言うんだが、どうだい」「まずできませんね、しかし参謀の下手な所は部隊でやってやらねばならんでしょう。三日かかるか七日かかるか、やってみましょう」「うんやってみなければ仕方ないね。そこで御苦労だが君、又一つ前衛頼むぜ」「承知しました」「では今夕出発、先ずトラックでこの渡河点に行って工兵の架橋作業に協力、それから明朝から前進だ。準備はいいかね」「よろしいです」

小方は大隊に帰って支度した。牛車部隊は残しておいて本道をマンダレーに向って来いと言っておいた。夕方小方は自動車で出かけた。第五十五師団の部隊がばらばら前進している。この辺だ。自動車を止めて工兵の中隊長と川辺に行った。図上の部落がない。川の曲がり方ではここである。対岸に部落がある筈だなあと言っていたら、ザブンと誰か飛び込んだ。工兵の小隊長だ。「一寸見てきます」もう泳いでいる。暫くして帰って来た。矢張り十軒ばかりあるから部落でしょうと言った。とにかくここに決めよう。小方の大隊と工兵の中隊が到着した。大隊は殆ど全力で工兵の材料収集に協力した。工兵は払暁から架橋を始めると言っていた。

ジャングルの行軍

払暁聯隊主力も到着した。「こんなもの待っておれぬ」小方は工兵の折畳《おりたたみ》船で渡った。十万分の一の地図は極めて粗雑である。小方は大隊を連れて歩いた。初めは小道もあったが、段々ジャングルに入ってしまった。暑い。三十分歩けば三十分休まねばならない。新しい堅朋《かたどう》の長靴が滑る。足が痛い。なかなか楽ではない。とう〳〵二時間ばかりして二三軒家を見つけた。土民もいた。牛も馬もある。小方は牛車を準備させた。その上で羅針盤を見たり、地図を見たりした。土民がビルマ刀で上手にジャングルを切り開いていく。牛が進む。部隊が進む。夕方一寸した部落に着いた。調べてみると朝からの第一目標の村である。地図上では二里だ。「何だ、やっと二里か」夕方で炊事しようにも水がない。近くの谷川に僅かにあるのを兵が見つけて来た。「よしそれで炊け」大休止した。

「もう聯隊長は先に行かれたかもしれん」小方は後で笑われるような気がしたが、今はもうどうにもならん。腹を決めて大休止した。彼自身も朝からの行軍で大分参っている。道路斥候を出した。ここから又小道がある。一時間半位休んで出発しようとする所へ主計が「馬がなくてはお困りと思ったのでやって来ました」と馬を曳いてやって来たので小方はほっとした。兵も大休止をしてやや元気を恢復した。

　真暗なジャングルの中を黙々と進んで道路斥候に追いついた。「ここから先は道路が判りません」「そうか、ご苦労じゃったのう」「大隊長殿、申し訳ありません。兵を一人見失いました」「どうしたのだ」「道路がないのであちこち探しにやりました。とう〳〵一名帰りません。随分呼んでも見ましたが帰りません。申し訳ありません」「よしなんとかしてやる」「大隊副官、その近くに火を焚け。喇叭《らっぱ》手を三四人集めて集合喇叭を吹かせよ」「ひとまず休憩だ」と部隊を止めた。

　尖兵中隊長がやってきた。代理だ。若い少尉である。「大隊長殿、申し訳ありません。どうしても道が判りません」「道がないのは仕方がない。お前のせいではない。斥候を出して探せよ」「はい、一一組出しております」火を焚いて喇叭を吹いている。「よしこのまま寝ろ」部隊はそのまま道端にごろごろ寝た。暫くして兵が一名帰って来たと斥候長が届けて来た。「よかった。一名たりとも見捨ててはできんぞ」「はい気をつけます」小方も馬の手綱を足に引っ掛けて横になった。疲れてすぐに寝入ってしまった。

「おい大隊長」大きな声に目を覚ました。懐中電灯で照らされている。馬上の聯隊長だ。小方は起き上がった。「聯隊長殿、申し訳ありません。道が判らんようになりましたので寝ております」「うん、よかったよ。俺は又、小方大隊はどんどん行ってしまうし、俺達は遅れるし、これはしまったと大急ぎで歩いたら夕方又シッタン河に出てしまったのだ。これはいけんと又歩いたらジャングルの中に火が見える。何の火だろうという事になった。小方大隊が炊事しているのだと皆が言う。いかに何でも敵の前で炊事することはあるまいと言うと、小方少佐はそれくらい平気でやる男だと言うんだ。そうか、では先ずあの火に向って歩けとやって来た所だ、会えてよかった。兵も疲れているだろう」「はい昨夜も寝ずですからね」「うん、そこで今から一体どうするかね」「道はなし、疲れてはいるし、まあ寝るより他ないですね」「うん寝るのか」「はい」「捜索しているか」「やっております。ジャングルを切り開くにしても、夜は作業が捗りませんからね」「そうだね、俺はどうするのだ」「聯隊長もここに寝られたらいいでしょう」チークの葉ががさがさと音を立てた。「そうか、そうしよう」聯隊長も小方の左に横になられた。小方は又眠った。

中国軍を追及して

目が覚めたら少し明るくなりかけていた。聯隊長は起きて座っておられた。「小方君、君はよく眠るねえ」と感心したように言われた。そこへ尖兵中隊長が又来た。「今斥候が小道を見つけて来ました。村まで続いているそうであります」「そうか、ご苦労だったね」「大隊長今度は俺が行く。君は後から来たまえ」第三大隊を連れて聯隊長は出発された。小方大隊はその後方を前進した。ジャングルには水が一滴もない。昨夜から兵も水を飲んでいない。喉がからからだ。馬が夜露のしたたる青草を食っている。「ああ、馬はいいなあ」兵が羨ましそうに言った。やがて一里程歩いて、二三十軒家のある村に入った。

人もいる。鶏も走っている。小方はここで炊事と大休止を命じた。聯隊長は進んで行った。主計に命じて鶏を買い集めさせて中隊に分けた。「塩汁でも作って兵に飲ませろ」と言った。各中隊は大急ぎで炊事をした。村人が井戸から水を運んでくれた。飯を食って休んだら、皆元気が出た。よし前進だ。どんどん歩いた。しかし聯隊長は余程急がれたと見え、夕方まで追いつかなかった。

夕方道はシッタン河の端に出ていた。前の方で銃声がした。小方は馬を飛ばして行った。第三大隊の兵が道を空けた。皆があちこちに入っている。聯隊長と第三大隊長が地図を広げて話していた。「小方大隊只今到着」馬から下りた。「おお、良い所に来てくれた」「どうも遅くなりました」聯隊長と第三大隊長が前の敵情を説明した。それによると、前横の山に支那軍の陣地がある。川向うにも支那兵がいる。時々襲ってきて既に二名の負傷者が出たという事だった。「小方君、君の対支那軍戦法では大胆にやるほどいいと言っていたが、この敵を攻撃していたのでは時間がかかるから、この間を縫って今夜中に行かれんだろうか」「行けましょう。少しずつ手当てしておけば支那軍は出撃して来ませんから、間を通ることは出来ます」「では日の暮れるのを待ってそうするか」「いいでしょう」話はすぐ決まった。

小方は一度大隊に戻って食事をしながら各中隊長を集めて今夜のことを話した。各自の地図に明朝の目標を赤鉛筆で印してやった。「どんなことがあっても、明朝はここに集まれ。相手は支那軍だ、騒ぐなよ」と言っておいた。聯隊長は小方に本部と共に前進せよと言われた。小方は大隊を先任の中隊長に任せて、副官と伝令を連れて本部に行った。既に日は暮れている。小方は矢張り馬に乗っていた。「小方君、今夜は下りんか」と言われて馬を下りた。皆一列になって第三大隊の後を前進した。止まったり進んだり、前の進み方に合せて前進する。その内三十分以上も一箇所に止まって動かない。

聯隊副官が前に連絡に行った。「聯隊長殿、機関銃一小隊いるだけで他はおりません」「何だ、どうしたのかい」「機関銃の分隊長が眠っていたので、前の部隊が動いて行ったのを知らんのです。困りました」小方はそばで聞いていた。「ありそうなことだ。しかし今からどうする」一人で考えていた。「よし、私が行ってみます」小方は歩き出した。副官と伝令が従った。聯隊長も後から来られた。「もう少し前まで行ってみます」小方は又歩き出した。

両側の山の上で何か支那語で騒いでいるような気がする。鞍部を通過中なのだ。進むけれど敵も味方もいない。「副官、後ろに行って皆前進するように伝えろ」「はい」副官が下がって行った。入れ替わるように聯隊長が来られた。「小方君、どうだい」「何もおりませんよ、前進しましょう」「警戒はいいか」「今やります」小方と聯隊長、後四、五名だけである。小方は軍刀の鯉口《こいくち》を切っていた。暫く黙って様子を見ていた。山の上では矢張り支那兵が何か大きな声で言っている。敵中に只五、六名で入っているのだ。

やがて軍旗中隊から一小隊来た。小方はこれを連れてどんどん歩いた。部隊も後に続いた。大分歩いたら広い田圃《たんぼ》の中に出た。水はなくよく乾いている。「よし、ここまで出ればこっちのものだ」四囲に警戒させつつ、部隊を集結させようとしたが、本部の後が来ない。軍旗中隊と大隊本部、それに先程の機関銃一小隊だ。止まって待った。小方は田の中に寝ていた。「あんまり来ない。変だぞ、大隊長処置せよ」小方は各隊の命令受領者を斥候として迎えにやって、小方は又寝た。考えてもしょうのない時には寝ることに決めている。

グウグウ鼾をかいて寝たらしい。斥候が帰ってきて起された。「夕方の所まで行ってきましたが、一兵もおりません」「何だおらんか」支那軍がバリバリ山の上から何処か撃っているが、応戦の音はしない。小方は聯隊長にこのことを報告した。「大隊は多分道を間違って北に入ったのでしょう。明朝になれば渡河点に来ます。このままではいけません、前進しましょう」「いいかい、それで」「他に方法がありません、行きましょう」渡河点まで小方は馬に乗ることにして二、三名の兵を連れて歩き出した。皆後に従って歩いた。村を通り、河を渡って進んだ。夜がほのぼの明けかける頃、目的の渡河点に出た。川辺を見るが部隊が渡った跡は全然ない。しかしここは見通しが利く。一先ずここに集結することにした。聯隊本部は川を渡るというので、小方は機関銃隊に援護を命じた。聯隊本部は渡渉して行った。

小方達は川の左岸に腰を下ろして後続を待った。僧侶と土人が集まって来た。手に手に果物、椰子の実等を持って来てくれた。僧侶は皆英語が話せるので、色々状況を聞いた。日本軍はまだ通らないと言うので、早速部隊を探してきて貰うことにした。小方は紙切れに「〇お」と書いて渡した。「日本軍を見つけて、これを渡してここに案内してくれ」僧が土民に命令していた。土民が駆け出して行った。牛乳や砂糖、米、缶詰等を次々に持って来てくれる。当番が牛乳を沸かしてくれた。旨い。幼い頃、兄が病気して寝ていた時、牛乳嫌いの兄に代わって飲んでやった頃の感じがまざまざと思い浮んでくる。

やがて土民の案内で第三大隊が到着した。昨夜道を間違えて九十度東に行ったとのことだった。松岡少佐は急いで聯隊本部を追求した。小方の大隊は渡河点に向って川沿いに来つつあった。矢張り敵陣の中で間違って九十度西に行動していた。小方はやっと部下を掌握することが出来た。

きれいな水がとうとうと流れている。炊事をさせたが、中には早々と水浴している兵もいた。遅い朝飯を食って川を渡った。馬の腹位の深さであった。対岸には既に聯隊本部も第三大隊もいなかった。急いで北上したのである。小方大隊も後を追って行軍を始めた。途中あちこちの村から女や子供や僧侶が、水や果物等を持って来て出迎えてくれた。兵達は「おい、又国防婦人会が出迎えているぞ」と喜んでいた。全く親類の所に行ったような気持である。内地の秋季演習さながらの光景だった。

夕方前方で撃ち合う銃声が聞こえた。小さな部隊にいた支那兵を攻撃したらしい。左千米位の所を自動車道路が北走している。隊伍整然と北進する部隊がある。「さては、もう五十五師団が北上したのか、間に合わなかったか」と思って双眼鏡で見ると、日本兵でなく支那兵である。「おやおや支那軍が退却している」機関銃を据えてダダ々々と撃った。支那兵は道路の向う側に下りてしまった。聯隊本部と第三大隊は小さな部落を占領して入って行った。小方もその夜は警戒を厳重にして、そこに村落露営した。

中国軍との遭遇戦

翌二十日未明前進を起こした。今度はいよいよ目的地キダウィンカンに向うのである。聯隊長から特に言われて小方大隊が前衛になり、自動車道路上に行軍縦隊で集合した。どうしたのか尖兵中隊がおらない。探したら南に向って前進を準備している。中隊長に「それは南だ、北に行くのだぞ」と言うと「はいこちらが北です」と聞かない。北斗七星がはっきり輝いている。磁石を見ても正しく北は反対である。やっと中隊長も納得して歩き出した。一里位行った所から左に入って旧街道を進んだ。払暁小さな川の岸に来た。橋がないので取りあえず尖兵中隊だけ渡して休憩した。休憩中に尖兵中隊長が大尉以下十名の軽機二挺を持った敵を捕獲した。道路に寝ていたというので小方は敗残兵と判断したが、後で考えてみたら監視部隊だった。

将校斥候をキダウィンカンに向わせた。その到着時間になっても銃声一つしない。「おらない」小方は馬の上でこう判断して前進した。聯隊長が馬を飛ばして追いついてこられた。小方が状況判断を報告すると、聯隊長も同感で「部隊をとにかくキダウィンカンの部落に入れよう」と言われて、小方大隊に北方に対する警戒を命ぜられた。小方はすぐ書記を尖兵中隊にやって「尖兵中隊はキダウィンカンの北端を占領せよ」と命令した。三十分位前進すると、前の方でパチパチ撃ち始めた。敗残兵でもいるのだろうと、小方は馬を飛ばして尖兵中隊の後尾に追いついた。不意に迫撃砲の射撃を受けた。

馬を寺の陰に隠して寺の中に入った。垣から顔を出して見ると敵のトーチカがある。尖兵中隊が攻撃を始めた。敵も寝ぼけているのか、ぼつぼつ撃ち出してくる。大隊砲を呼んで、銃眼にぶち込んだ。第一中隊を右から回らせた。射撃は益々激しくなってくる。「何だ、いるぞ」

聯隊長が来られた。二人で敵状を見た。これは立派な陣地だと判断した。「第一大隊は当面の敵を攻撃せよ。俺も第三大隊を連れて右に回る」と言われる。「私が追い出しますから、少し離れた所で待ち伏せして下さい」「よしそうしよう」聯隊長は第三大隊を連れて遠く迂回して行かれた。

連日の行軍で各隊落伍者が続出して三分の一位の兵力になっている。小方は二個中隊を第一線に出して一個中隊を予備隊にしている。他の一個中隊は軍旗中隊として聯隊本部に行っている。攻撃は一向に進捗しない。右の中隊からも左の中隊からも攻撃前進が出来ないと言って来る。「待て待て、網を張ってからだ」小方は攻撃を手控えている。聯隊長からまだ準備が終ったという連絡がない。寺の中に井戸が一つある。兵が水汲みに集まると機関銃を撃って来る。兵は井戸桝の所に伏せて手だけ出して水を汲んでいた。青いマンゴーがなっていて、初めは木片を投げて落していたが、とう〳〵竿を持って叩き落し出した。又機関銃がそれを撃って来る。昼になって弁当を食った。兵が青いマンゴーを剥いてくれた。「隊長殿、これを食うと喉の渇きが止まります」「そうか、有難う」一寸齧ってみた。とても酸いが、渇きは幾らか止まるようだ。

聯隊長から「準備出来たから攻撃を開始せよ」と言ってきた。「よし前進」小方は本部を連れて右中隊の方に行った。一面の水田は干上がってカチカチである。砂糖黍の畑があちこちにある。その陰を出て水田の中を前進した。パチパチ機関銃の射撃を受けた。「伏せ」皆田の畔に伏せた。三十糎《センチ》位の高さである。頭の上を弾が飛んでいく。小方は頭をあげて敵状を見た。右中隊がすぐ右前にいる。左中隊は砂糖黍の陰で見えない。敵の銃眼が二つ三つ見える。「機関銃前へ」「右第一線中隊に協力せよ」中隊長が勇ましく中隊を連れて走って行く。「大隊長殿、やりますよ」中隊長代理の根本中尉が手を上げた。「しっかりやれよ」小方も手を上げて答えた。右第一線の方に機関銃隊が行ったので、元気づいて攻撃前進しているが二百米位まで近づいて後は進めなくなった。

小方は躍進して前に出た。本部の者が三名、五名と後を追って躍進する。その度にバリバリと機関銃弾が飛んで来た。左の方もしきりに撃ち合っている。両中隊とも前進出来なくなった。「第一中隊弾薬がなくなりました」「第二中隊残弾なし」大隊砲も弾丸がなくなった。一中隊は左後方に対して警戒させている。小方は無電で聯隊長に当面の敵状と大隊の状況を報告して薄暮攻撃をする旨を言った。聯隊長から「待て、明日弾薬を補給する。それまで今の態勢でおれ」と言ってきた。ぼつぼつ落伍兵がやってくる。中隊に帰すので幾らか弾薬も増えてきた。工事をしようと思っても、乾いた水田は粘土が固まって円匙《えんぴ》も十字鍬《くわ》も歯が立たない。

やがて日も暮れかける。負傷者も大分出来て来た。軍医が小方の近くに包帯所を開いた。「皆よくやってくれた。元気を出しておけよ」「何、頑張ります」暑さは暑い。焼けた土の上に伏せているのである。どうやら日も暮れた。時々パチパチと撃って来る。兵が砂糖黍畑に走って行って三四本切ってくる。それを剥いてくれる。当番がどこで煮たのか、熱い飯と汁を運んでくれた。小方は近くの負傷兵に少しずつ食わせた。「隊長殿、すみません」「旨いです」涙をぽろぽろ流している。とう〳〵小方の分はなくなった。

日没と共に負傷者を寺まで運ばせた。「当番有難う。旨かったぞ」と空になった飯盒を返した。兵が小方の顔と空の飯盒を眺めていたが、何も言わずに下がって行った。小方は畔の所に鉄帽を置いてその中に頭を入れた。枕のようで気持がいい。空を仰ぐと星がきらきら輝いている。「明日も又暑いかな」そう思った。反対側の足のずっと向うでパチパチ撃ち合っている。曳光弾が飛んでいる。「あそこでもやっている、五十五かな」こんなことを考えていたら眠ってしまった。

中国軍を撃滅する

翌朝眠りから覚めた時も第一線は元の通りである。聯隊長から聯隊砲中隊と速射中隊を配属すると言ってきた。同時に一個中隊を本部にくれと言ってきた。第一線両隊共に傷つき弾薬もない。健在なのは第四中隊だけである。しかし全般のことを考えると勝手なことも言えない。とう〳〵第四中隊を聯隊長の下に行かせることにした。主計が来た。「隊長殿、兵を四五名貸して下さい。米でも探さなければもう皆持ちません」「うん、副官に言って本部の伝令を連れて行け。気を付けて行けよ」「はい」主計が四五人連れて散開して下がった。敵はこれを追いかけて撃って来る。バリバリ、小方は「当たらぬように」とその方を見ていた。幸い皆元気で部落の陰に入って行った。左第一中隊から「中隊長戦死」と言ってきた。「そうか」昨朝のことがまざまざと思い出された。小方は手に一兵の余裕も持っていない。如何とも仕方がない。「弾はなくなる、腹は減る。これは大隊長第一回失敗の巻か」淋しく笑った。

聯隊砲と速射中隊が来た。小方は銃眼を一つ一つ示して射撃させた。近いのでよく命中した。他の兵は昨日のままでじっとしている。野戦重砲から連絡が来て部落を射撃すると言ってきた。小方は部落の前端には味方がいるから内部を撃ってくれと言った。ドン、ゴウゴウ、ドカンと腹に響くように撃ち出した。今度は師団から必要あれば戦車を配属すると言ってきたが、小方は「配属するなら貰うが大して必要はない」と答えた。とう〳〵戦車は来なかったが、戦車に引き摺られてこちらの計画通りの戦いが出来なくなることを考えたから辞退したのである。

小方は夜間攻撃を考え、各隊に準備を命じておいた。「今夜はどうしてもあれを奪る」小方は決めていた。午後になって第四中隊が帰って来た。丁度聯隊の弾薬班から弾薬も到着した。主計は各村を探して玄米を少し見つけて炊事をした。各人に握り飯一つずつあると言う。第四中隊に弾薬と握り飯を運ばせた。第一線には天幕に包んで足にくくりつけ這って運ばせた。各隊は弾薬を受取り、握り飯を食って元気づいた。小方はいよいよ薄暮から攻撃を開始しようと考えていた。

牟田口師団長が二、三人の部下を連れて小方の所に来られた。「小方少佐、連日ご苦労、今からどうするのか」「只今から薄暮攻撃、次いで夜間攻撃をやります」「うんそうか、ご苦労」聯隊長と何か話しておられた。今朝電話も開通したのであった。小方も電話で攻撃開始を報告した。今度は小方は右第一線中隊に重点を置いて各火器を集めてその両側を制圧させた。猛烈な銃砲声が暮れ方の天地にこだました。小方は左第一線を連れて右中隊の後方に移った。やがて右中隊が突撃して「陣地の一角を占領した」と報告が来た。「よしそれを確保せよ」「小方少佐、勇壮な攻撃を見て満足じゃ、頼むぞ」牟田口師団長が小方の手を痛い程握って後方に帰って行かれた。

小方は右中隊に追求した。大隊の全力を挙げて占領した所を確保した。「よし、後はぼつぼつだ」この突撃では損害は全くなかった。「明払暁近く陣内攻撃をする。それまでに敵が退却すればそのままにしておく」と聯隊長に報告した。聯隊長も「退却してくれば網を張っているから追わんでおけ」とのことだった。零時頃、赤や青の信号弾が敵陣の中に上がった。「いよいよ退却か。よしよし、よく注意しておれ」皆の顔に初めて笑いが浮かんだ。およそ二時間位経って遥か右の方で激しい銃声がした。「網にかかったぞ。今のは退却した敵が第三大隊にぶつつかっているのだ」大隊の駆り出し任務もこれでいいのだ。聯隊長から電話で「敵を撃滅した」と言ってきた。

翌払暁から村落内を掃討した。あちこちで寝ぼけた支那兵が捕えられた。陣地を見て回ると、枕木で掩蓋《えんがい》まで作ってあってよく出来た陣地だった。聯隊長も来られて色々話し合った。陣地を見て「よく、これが取れたね」と顔を見合わせた。部隊は部落に集結した。一個師の兵が守っていたが、攻撃が猛烈なので大軍来れりと退却した模様である。戦死者を荼毘に付し、負傷者を後送した。戦線から後送された患者が少し良くなった時、文無しで困るという事を聞いていたから、小方は主計に話して傷者に五百円ずつ持たせてやった。死傷合せて五十名程の損害であった。戦い終って井戸水で顔を洗い、三日間の戦塵を流して次の行動を準備した。いよいよマンダレーに向うことになった。

シャン高原の平定作戦

マンダレーに向う行軍では、一番激しい戦闘をした小方大隊が本隊となり、旅団長も全ての采配を小方に任せてくれた。小方は努めて炎天下の行軍を避け、夜間行軍にしたり午前中だけ歩かせたりして兵を疲れさせないように配置した。時には川の側で宿営して貝拾いをさせたこともあった。復旧作業中の鉄道隊に頼んで列車を動かし、三日行程を半日で移動したこともあり、兵は英気を取り戻しマンダレーはあっけなく陥落した。町に入って二日目の夕刻転進命令を受領した。城と濠、多くのパゴダに月が青い光を投げかけていた。町のあちこちでまだ火災が続いており、そこに小方は亡国の姿を見た。翌朝、全員自動車で転進を始めたが、北上する部隊が多く、行進は思うように捗らなかった。今度はシャン高原の平定作戦である。二日二晩走り続けてやっとロイレンに到着した。高原の空気は爽快だった。緑の芝の上に腰を下ろして次の行動を準備した。「南の方に支那軍が沢山いる」という情報が入った。小方大隊は再び夜間移動でモンナイという所に向った。

深夜出発して予定通り払暁目的地に着いた。モンナイは一寸した町だった。入口に止まって、二個中隊を町の南端と西端に出した。土民がぼつぼつ集まって来た。総理大臣と名乗る頭に桃色の布を巻いた男が来て、色々状況を知らせてくれた。小方は南方の支那軍の敗走に備えて小高い台上に陣地を敷いて、部隊には一切の自由行動を禁止した。ここには州庁があり、町の総理大臣は州の総理大臣でもあった。その親父はよく協力した。先頭に立って間諜を出して捜索したり、食糧を集めたりしてくれた。支那軍に荒らされたので州の土侯（注　族長、首長）は田舎に避難していた。土民は皆支那兵を恨んでいる。酷い掠奪をやったらしくパゴダの仏像は皆首を折られていた。日本兵は大人しくて神兵と崇められた。

ここは地形がよく南から来る筈の支那兵を全滅させるにはもってこいの場所だった。小方は腕を撫して待っていたが、とう〳〵敵は別の道を通って東の方へ逃げたことが判った。小方は各隊を分派して掃討をやった。支那兵狩りには必ず土民が随行した。その結果、七、八十名の

敗残兵を捕えることが出来た。小方はその度に一弗の軍票を土民達に与えた。土侯が帰って来

て家族を連れて挨拶に来た。第一、第二、第三夫人まで連れて来た。五十歳位のしっかりした

土侯である。竹の柱に草の屋根ばかりの土民の家の間に、赤煉瓦に緑の瓦葺《かわらぶき》の立派な家を構え

て住んでいた。屋敷は一丁四方位、プールもあればテニスコートもあった。大隊は丘の上の学

校や英人のバンガローに分宿した。

頼りにされる小方大隊

聯隊主力はロイレンから敵を追って東方に作戦していた。旅団長の連れた他の聯隊も同じ方面で作戦をしていた。敵は退却兵を収容するために頑強に抵抗した。小方大隊も自動車でその方向に送られることになった。出発に当って防諜上小方は総理大臣に、一寸支那軍を追撃してくると言った。「何日位かかるか」「一週間位だ」恐らく再び戻って来ることはあるまいと思ったが、小方は何の気なしにそう言っておいた。旅団正面は一陣地の攻撃に一週間かかっていた。師団長は早く奪れと急がせたが埒があかない。そこで小方大隊を注ぎ込めという事になったらしい。

途中師団司令部によると、師団長は今の戦況を話して「とにかくぐずぐずしてるのだ。小方大隊なら一遍だ。旅団長の指揮下に入れるから早く奪《と》ってくれ」と又小方の手を握られた。現場に到着して旅団長の指揮下に入ると旅団長は「小方大隊をやるからすぐ奪れと師団は言っておる。しかし今迄骨を折った聯隊長、大隊長がもう一晩待ってくれ、必ず奪ると言ってるのだ。君は不服かもしれんが、一晩待ってやってくれ」「私は命令通り動きます。何も兵を殺して手

柄しようとは思いません。前の人達の気持も判ります、待ちます」と答えて小方大隊は予備隊となった。

夕方又師団参謀が来た。「小方大隊をどんなに使うのか聞いて来いという事です」旅団長は少し困っていた。「小方大隊の一部を敵の左側背に回します。主力は明朝突進隊として中央を突破させるつもりです。これでどうでしょう」「いいでしょう」と参謀は帰って行った。かくて小方大隊から第四中隊を最右翼に注いで敵の左側背を攻撃させることになった。第一線の聯隊、大隊も猛烈な攻撃を繰返した。翌払暁には敵は退却を始めた。小方大隊は中央を突破して行った。小方はどんどん追いかけたが、逃げることは支那兵の方が上手であった。

夕方サルウィン河の岸に到着した。大きな木橋はたもとが爆破され、中央が燃えている。対岸には敵の陣地があり、時々射撃して来た。小方は重火器を並べて撃ちまくった。旅団副官が来て「小方君、あの火を消せよ」と言った。水の上五米もある橋の床の火を消す方法がない。「やりましょう。しかし方法が判りません。いい方法を教えて下さい」「うん、そうだのう」それだけだった。橋の近くの家に入ろうとした他隊の兵が戸を開けたとたん爆発して吹き飛んだ。小方は注意深く兵を河から少し離れた草叢に隠した。突進目標に到達したのだ。渡河や次の戦闘の命令がある筈だが旅団長は出て来ない。副官も帰ったままである。

小方は旅団長の所に行った。「突進目標のワンコンタンに到着しました」「うん、ご苦労じゃった」小方は河の有様や敵状を報告した。「今後の渡河や追撃はどうしましょう」「そんなことは判ってるじゃないか、お前がやるんじゃ」「そうですか、ではやります」小方は旅団長の言い草にいささか不快感を持った。真っ先に出て来るべき旅団長が出て来ないで今の文句だ。

「よし、やるぞ」少々腹も立って大隊に帰って来た。

渡河作戦

河幅四百米、流速は緩いが舟はない。橋の杭に筏《いかだ》が一つと敵の陣地の前に小舟が二隻ある。小方はそれを集めて渡ることにした。第二中隊長代理の米田中尉を呼んで「我と思わん決死隊を十二名出してあの舟と筏を取ってこい」決死隊が出て来た。「水町軍曹以下十二名参りました」「そうか、よく来た。この任務は一寸重いぞ。日没後あれを取りに行け。皆泳げるか」「泳げます」「今から裏の川に入って身体をよく馴らしておけ。今から敵陣を射撃してやる」小方は改めて敵陣に射撃を加えた。

元々重火器の隊長だから各種火砲の使用法はお手の物である。銃眼を次々に潰していった。陣地から逃げる敵には機関銃を掃射する。日が暮れて決死隊が出て行った。小方は渡河に関する命令を下達した。約一時間で小舟二隻と筏一つを取った決死隊は裸のまま大隊長の所に報告に来た。手榴弾を各人一つ手拭の鉢巻きに挟んでいる。「よくやった。流石《さすが》は九州男児じゃ。副官、姓名をつけておけ。中隊長に言ってこの十二名を全部殊勲にせよ。よろしいご苦労だった。帰って休め」皆ニコニコして帰って行った。渡河作業隊が出来て渡河の準備を始めた。

「頼むぞ」小方は横になると昼の疲れですぐ寝入ってしまった。

目が覚めたら払暁になっていた。川岸に出るとそここに兵が集まっている。作業隊に「第一中隊、渡河終ったか」「いいえ、未だやりません」「なぜ命令通りやらん」「旅団長閣下と参謀長殿が来て、この川をこの小舟では暗くて危険だから、月が出てからやれと言われましたが、月が出ませんでした」「そうか、大隊命令の通りやるのだ。では今からすぐ始めよ」「はい」小舟には三人位しか乗れない。筏には一分隊位だ。

そこに旅団長がやって来た。「小方、もうどの位渡ったか」「少しも渡っていません」「何だ、今まで何していたか」「私ですか、私は寝ておりました。もう大分渡っただろうと思って来てみたら、閣下から月の出を待てと言われたと言ってまだ渡っておりませんから、今渡そうと思っている所です」「何だ、まだ少しも渡っておらんのか。何をぐずぐずしてるのだ。月が出ぬなんて言い訳だ」小方はこの言葉でむかっとした。「閣下、言い訳とはどういう意味ですか。作業を止めさせたのは一体誰ですか。大隊長が命令してるのに誰が一体、月の出を待てと言ったのですか。大隊長の命令は旅団にも出してある筈です」「そんなことはどうだってよい。月の出を待って朝までぐずぐずするのは恐ろしいからだろう」「何ですか、何が恐ろしいのですか。支那軍なんて恐ろしくはありません。しかしこんなお言葉を聞こうとは思いませんでした。小方が臆病か臆病でないか、ではお目にかけます」

大隊全部朝食を止めて全員で渡河作業を始めた。工兵隊長が来て「この河をその舟では無理だよ。少し待て。今折畳船を持って来るから」しかし小方は渡河作業を続けた。折畳船も到着した。「もうその舟はやめよ」「これは兵隊が命懸けで取って来たのです。ではその船の横に抱舟して下さい。兵にすみませんから」抱き舟して小方は小舟に乗った。大隊の半分は渡河を終った。小方は直ちに追撃前進を始めた。残りの半分も追いかけてきた。少し行って朝食をした。旅団司令部はまだ渡っていないという事だった。小方は急進撃を続けた。敵は姿も見せなかった。小方は足が丈夫ではなかった。脚が引きつって来た。軍医を呼んでビタミンＢの注射を打たせて又進んだ。工兵小隊が人家から椅子を持って来て、竹の棒を組んで籠を作ってくれた。土人を雇って担がせた。小方はその上で地図を出して見ていた。

旅団長を無視する大隊長

後から「旅団司令部の到着まで待て」と言ってきたが、小方は知らん顔して前進した。「旅団命令、小方大隊停止」又言ってきたが、小方は無視して前進した。とう〳〵旅団長が追いついてきた。足だけは丈夫らしい。「おい、小方待て。大隊は止まれ。司令部がまだ来ないのだ」それでも小方は知らん顔して前進した。敵の中である。旅団長一人残るわけにもいかず、一緒に歩きつつ停止、停止と言う。小方は「又止まると臆病だと言われますからね」と笑った。「あれは取消す、もう止まれ」とう〳〵夕方まで歩き続けた。

支那軍の兵舎のような所があった。「おい、今夜はここに宿営だ。小方大隊はここに宿営して前進を準備せよ」「今度は本当ですか。又恐ろしいの臆病だのとは言われませんか」「いつまでもそのことを言うのか。もう言わぬ、停止せよ」そこで小方も宿営と決めた。大隊の宿営準備が終った頃、旅団司令部がやって来た。

翌日も前進した。他の道を前進した聯隊長は、既に敵の後方を衝いて撃破していた。小方は聯隊長に会った。ロイレン以来十数日目である。懐かしい思いと共に昨夜の旅団長の言葉が思い出されて聯隊長にそのことを報告した。「こんな言葉を聞かされたのが残念です」と話した。「よし、僕が言ってやる」聯隊長は同情して言われた。まだ怒江（注　サルウィン川）の対岸に敵がいる。川幅は百米位だが流れは速い。小方は渡河攻撃を願い出て、聯隊長も許してくれた。小方は中隊長を連れて岸の丘に登り、敵状を見ながら渡河攻撃の命令を下した。今度は折畳船が来揃ってから渡ることになった。敵はバリバリ撃って来る。時々迫撃砲弾も飛んで来た。小方は「今に見ろ」と張り切っていた。

突然「追撃中止、シャン地方の警備に復帰」の命令が来た。小方は聯隊長の所に呼ばれた。旅団長も同席していた。「閣下、変なことは言わないで下さい。小方は大変憤慨しているようです。小方のように敵を見ればすぐ喰いつくような男に、やれ恐ろしいじゃとか言われては困ります。私はいつも小方の手綱を引くのに苦労している位ですから」丁寧ではあるが、痛い所をグイグイ言ってくれた。旅団長は困っていた。「いやそんな気で言ったのではないがね。そう怒るなよ、小方」小方は何も言わなかった。警備の地区が決められた。小方大隊がモンナイを占領したのだからと聯隊長が横から言った。

救援軍として国境を越える

結局小方大隊はモンナイを警備することになった。又自動車を連ねて帰って行った。兵隊たちも大喜びだった。この作戦では死傷はなかった。小方は副官をモンナイに先行させた。小方本人は大隊を引き連れて午後悠々と入城した。土民も土侯も出迎えた。大隊は元の町に入った。早速総理大臣がやってきた。「一週間で帰ると言われたから家も警官に監視させました。それからバナナも丁度いいように準備しましたが一寸傷みました。見掛けは悪いけど今が一番旨いですからどうぞ」とトラックに一杯持って来てくれた。丁重に礼を言ってすぐに兵に分けた。何という親切だろう。兵もその親切に感謝していた。

土侯が喘息で苦しんでいたので、小方は軍医をやって注射させた。薬がよく利いて日毎に快方に向った。聯隊から「相当長期になる。宿営設備を整備せよ」と言ってきた。土侯に相談して百人の大工が集められた。日ならずして竹と茅で兵舎と厩が完成した。日々の野菜や肉類もよく集めてくれた。煙草も出来るし紙も作れる。小方は一ヶ月間は兵を休ませることにして、専ら宿営設備の充実に力を注いだ。

「やれやれ」と一息していた所へ急に電話がかかってきた。「雲南地区に転進する。すぐ本部の位置に来い。自動車を迎えにやる」「おやおや」大急ぎで出動準備をした。夕方自動車でロイレンに向った。町は出動準備で大混雑している。第五十六師団が支那軍に逆襲されて至る所で包囲され、苦戦しているというので救援に出動することになり、先ずラシオまで躍進することになった。この道は既に同師団が北上した道だが、随所で崩壊しているので修理のために工兵小隊が配属になった。トラックと言っても片方のライトがなかったり、扉が外れかけていたりで速度は出ない。小方は偵察を兼ねて乗用車で先行した。何とか二昼夜でラシオに到着した。交通の要衝だけに一寸した町である。援蔣物資を送るための自動車駅や運転手相手の飲食店の跡等が多い。

第五十六師団からの悲痛な電報が転送されてくる。「よくこんな電報が打てたものだ」と聯隊長と顔を見合わせた。予想通り五十六師団に配属され「すぐ来い」という電報を受け取った。小方大隊だけで三十六両に分乗している。援蔣ルートのくねくねした道を昼夜兼行で急いだ。炊事の時間が運転手の睡眠時間である。国境の町には凱旋門が作ってあった。ビルマに派遣する兵を歓送した名残である。その兵達は「東京に行く」「大阪に行く」と言われて運ばれたに違いない。それが日本軍に撃破されてちりぢりになり、ビルマ土人軍に追い回され捕えられてビルマ刀の錆になっている。哀れな話である。いよいよ雲南に入った。道は遠くをぐるぐる迂回して続いている。日本人ならトンネルを作るか、切り取る所を辛抱強く迂回して上ったり下ったりしている。あちこちに警備部隊がおり、諸所に戦闘の跡を偲ばせるようにトラック、乗用車、装甲車が転落している。更に二日走って芒市という町に入った。

ここが第五十六師団司令部のある所だ。小方は聯隊長と二人で入って行き、師団長に申告した。中居中佐が情報参謀として壁の地図で示しながら戦況を説明した。ここに二個師、ここに三個師、ここにも二個師と説明していった。この計算では敵は大変な数になる。小方は何だか馬鹿臭くなって思わず笑った。中居中佐は「君は師団の情報を馬鹿にするのですか」「いいえ、馬鹿にはしませんが、あんまり多いんじゃありませんか。私も情報をやったことがありますが、敵はなかなか宣伝が上手ですからね」「では君はこんなにおらんというのですか」「そうです。第一こんな山の険しい所に二個師を入れて何をするのですか。又補給はどうしますか。いくら支那軍でもそんなことはせんですよ」「では君はここにはそんなにおらんと言うのですか」「そうです」「ではどの位居ると思いますか」「まあ多くて一個聯隊でしょう」聯隊長が小方を一寸つつかれた。「もう言うな」という事らしかった。「私がここに入ってもいいです。一大隊あれば沢山ですよ」小方は言い切った。この中居参謀は小方が陸士の時の同じ中隊の区隊長で、気が小さく生徒にあまり尊敬されない人物だった。

小方大隊の独立作戦

「とにかく龍稜の旅団長の指揮に入れ」と言われて、更に六里程離れた龍稜に向った。時々支那軍が谷を隔てて射撃して来た。ガン、小方の車に命中した。運転手は速度を上げて山陰に入って止めた。「隊長殿」「おい」「当たりましたね、どこかお怪我はありませんか」「ないよ」二人は下りてみた。弾は乗降口の扉に当っていたが内側には異常はない。ガラスを繰り上げてみると穴が開いてひびが入っていた。丁度小方の膝の辺である。「危なかったですね、よくここで止まりましたね」二人は顔を見合わせた。「もうこれで厄払いだ」小方は笑っていた。

龍稜で旅団長に申告し、宿舎に入った。ここも数日前に襲撃されたという事である。主計が来てここでは何も補給するものがないと言った。粉味噌で汁を作って小方も兵も一緒に飲んだ。「今にご馳走してやるぞ」小方はそう言って慰めた。

夜になって聯隊長から呼ばれた。小方は伝令を連れて出かけた。「明日からすぐ行けと言うのだが」「そうですか、どこですか」「拉孟を救援してここの渡河点を押えよという事だ。どうしようかね」「ハハ……、あの山ですね。二個師居ると言った。ここにはおらんですよ。私が行きましょう。何、一大隊おれば沢山ですよ」「うん、しかし若しいたらどうする」「戦しますよ。山の中では幾ら多くても直接戦闘をやるのは先頭だけですからね。大丈夫ですよ、私をこの渡河点に行かせて下さい」「では君に頼もう。よく注意して無理しないようにせよ。大きな敵がいたら待っておれ。すぐ行くからね」「はい、私の方は先ず大丈夫です。聯隊長殿は?」「俺は先ず拉孟に行って後はその時のことにしよう。では明日ここまで一緒に行くことにしようね」「はい、そう致しましょう」作命も出来た。小方は翌日の集合だけ命じておいた。

翌日自動車で同じルートを拉孟に向う。道路もあちこち損壊し、支那軍も時々出ると言うので警戒を厳重にして前進した。東京街と言う部落の上で自動車を下りて、聯隊長と現地を見ながら話をした。小方はここから貢蔡山脈を横断して目的地満八晧に行くのである。山には雲がかかっている。六千呎《フィート》五千九百呎という山また山である。山砲一中隊、工兵一小隊が配属になった。一中隊といっても膂力《りょりょく》搬送だから一門である。小方は聯隊長と別れて、道路から部落の方へ下りて行った。部隊主力を乗せた車の列が曲がりくねった道を進んでいく。

独立した任務、それは小方の最も好む所であった。思う通りにやれるので、戦闘も行動も意のままである。大隊は一列になって山や畑を通り抜けて、夕方早く熱水塘と言う部落に着いた。ここは山の八合目である。ここから後は山を下らなければ人家はない。ここに大隊は野営をすることに決めた。捜索警戒の処置を講じて「ここは名から見ると温泉だ。少なくとも泉はある筈だ」と皆で探して、きれいな水の湧いている所を見つけた。湯ではなかったが鉱泉らしかった。

豚も鶏も多く野菜も十分にあった。兵達は喜んでご馳走を作った。「昨夜よりいいね」大隊副官と話しながら飯を食った。一日中歩いた後なので特に旨かった。「ある時しっかりご馳走を食っておけ」これが小方の方針である。翌朝又少し昇って下った。谷川にはきれいな水が流れていた。下りが長かったので足ががたがたと震えた。小方は尖兵中隊だけを山に登らせて、大隊は一時間半休憩をして食事をさせた。疲れているので、冷飯に水をかけて流し込むという有様だった。

中国陣地を殲滅する

出発しようとしたら尖兵中隊の方で銃声が聞こえた。「いよいよおるな」小方は急いで登って行った。青竹の杖をついて双眼鏡と地図だけを持って行った。他の装具は下士官や兵が分け合って持ってくれた。地下足袋姿で急ぐが中々登りつけない。尖兵中隊から伝令が来た。「この前の稜線に敵の陣地があります。尖兵中隊はあの高い所を占領しております」小方はその高地を見て「よしよし、ご苦労、中隊長に言え。この戦いは勝ちだと。尖兵中隊はよくやったと伝えてくれ」「帰ります」兵はとことこと登って行った。小方はやっと稜線に辿りついた。前の稜線に敵の陣地があり時々撃って来る。小さな谷を隔てた向こうである。道は谷を迂回している。部隊は一列で登ってくる。長径一里以上になっている。小方は逐次部隊を稜線の陰に集結して休ませた。

「五九八七高地に敵あり、大隊は独力を以て殲滅せんとす」六号無線で聯隊長に報告した。機関銃中隊が到着した。各中隊も概ね集結した。一時間もかかっている。小方は右の稜線の後方に機関銃中隊を展開した。中隊長、小隊長、分隊長が交々敵状を見、陣地侵入の準備をした。歩兵中隊を山頂の尖兵中隊の右隣に展開させた。「その後の状況知らせ」聯隊長から聞いてくる。「目下、展開中」戦闘力を消耗しないように各隊はゆっくり展開している。又聯隊長から聞いてくる。大隊副官が「又同じですか」「うん」六号機で報告する。更に一時間位かかった。敵は尖兵中隊だけと思っているらしい。知らん顔して陣地内で動き回っている。各隊とも攻撃準備が完了した。「機関銃の射撃が攻撃前進の時期だ」伝令が各隊に伝える。「副官、聯隊長に報告。只今より攻撃、一挙に敵を殲滅せんとす」「機関銃中隊、陣地侵入と共に射撃開始」機関銃が匍匐《ほふく》で陣地侵入をする。

ダダダ、ダダダ六挺の機関銃が一斉に撃ち出した。山から山へこだまして何倍にも聞こえる。敵陣地に土煙が上がる。敵は頭も上げ得ない。小方は稜線に座って見ている。左の山から銃剣をつけた兵が散開して下りてくる。第二中隊が潮のように敵陣の右翼を包む。機関銃弾がそれに呼応して逐次右の方に移って行く。ウワウワア喚声がこだまする。敵は前から撃たれ横から突かれ一溜りもない。

小方は予備隊を連れて前進した。二個中隊は敵を追っている。予備隊を新方面につぎ込む。戦場は森や林に包まれているが、あっちでもこっちでもウワーワー、パチパチ。「もうよし、長追いは無用。すぐ部隊をここに集結せよ」伝令が各隊に飛ぶ。敵陣地には機関銃が転がっている。迫撃砲もある。屍が転がっている。各隊が逐次集結して来た。「その後の状況知らせ」又聯隊長から聞いてくる。「各隊共に死傷者なし」「よし、よし」「大隊副官、聯隊長に取りあえず電報だ」「攻撃四〇分にして敵を壊滅せり。我に損害なし。戦果調査中」各隊ごとに戦利品を届け、捕虜を連れてくる。小方は次の警戒処置を下令する。

戦果が明らかになったので報告する。「迫撃砲一、機関銃二、軽機七、小銃その他多数。目撃する屍七十、捕虜四十二、大隊は〇〇に宿営、明日満八皓に向う。一同士気旺盛」中隊長達が集まってくる。「隊長殿、今日の戦闘は面白かったですよ」「うんよかった、こんな戦闘なら毎日でもいいね、ハハ……」「前から撃たれて頭も上げ得んでいる所に横から不意に銃剣でしょう。いや奴さん達、驚くの何の、ざまはないですよ」「そうだろうね、ハハ……」色々戦闘の話をしている。兵は夕食の準備に豚を追い回している。聯隊長から「大隊長以下の奮闘を祝す。損害なく戦果大なるを喜ぶ。一同によろしく」早速各隊に通知する。戦闘して損害のないほど嬉しいことはない。当番がウイスキーを出して来た。水筒の蓋で各隊長と乾杯。士気益々旺盛だ。「隊長殿、あんな戦術があるんですか」「あるよ、ちゃんと作戦要務令にある」「そうですか」「まだまだ読み方が足らんぞ。ハハ……」

渡河点の殲滅作戦

翌朝満八晧に向う。小雨が降り出して山道は歩きにくい。午後満八晧の渡河点が眼下に見え出した。「あれだ」どんどん下って行った。昨日の経験から小方は休憩のやり方を変えた。一地に集まっては尺取虫のように又歩いた。三十分歩いている間に大半の者が集まるからである。こうしておけばいつ敵と遭遇しても対応出来る。将校斥候を渡河点に出した。尖兵中隊が道を間違いそうなので小方は尖兵中隊に続行した。「今日中に満八晧を奪らねばならん」と元気を出して歩いた。思ったより道は遠い。

山を下ると丘陵地帯である。その間を縫って小道が続いている。一列になって曲がりくねった道を進んでいく。日暮れが近づいてきた。敵の弾薬箱等があちこちに落ちている。「昨日で懲りたな、もう逃げたか」等考えながら歩度を早めた。次々に丘が現れ、赤禿の丘に松まで生えている。「丁度、高良台《こうらだい》（注　久留米）のようですね」郷土の演習場を思い出して兵達が言う。「うん、よく似ているね」「あそこではよく鍛えられました」

山奥の日暮れは早い。「もう少しだ」赤禿の上に所々工事の跡が見える。「敵がおったのだな」と考えた瞬間、いきなりバリバリ、パチパチ、ドンドンと射撃を受けた。「伏せ」小方はそばの地隙に飛び込んだ。ガーン、バリバリ、迫撃砲も撃って来る。機関銃も盛んに撃って来る。「しまった。今日はやられたぞ」銃砲声からすると三方向、少なくとも二方向に敵がいる。幸いなことには一列で部隊は長く、後尾はまだこの丘の後にいる。「後に逓伝《ていでん》、機関銃中隊は前の稜線の敵を掃射せよ」逓伝が伝わって行く。「軍医殿、負傷者です」「どこをやられたか」「腹をやられております」「今行けん、少し待て」「隊長殿、右の高地にも敵がおります」「よし判った。低い所に入っておれ。今機関銃に撃たせる」小方は弾の間隙を見ては敵方を観察した。「やりやがったな」いまいましいが仕方がない。後方の台地から味方の機関銃が撃ち始めた。ダダダダ、これで幾分か気分がよくなった。「後二三十分すれば日が暮れる。それまでの辛抱だ」味方の射撃が始まると敵の射撃は少し衰えた。やがて日が暮れ、どちらも撃たなくなった。

「明払暁から改めて攻撃する。尖兵中隊は現在地に兵を集結して工事、よく捜索警戒をやれ。本部はこの丘の上に移るぞ」小方は丘の上に移り、次の攻撃を考えて各隊を区署して工事、警戒、捜索をやった。携帯口糧乙、皆堅パンを齧った。小方の頭の中には夕方見た地形が焼き付いている。色々翌日の攻撃法を考えていた。「軍医殿、患者を連れてきました」「どれだ」「腹をやられたのです」「どこにいるか」「ここにおります」「何だ、歩いてきたのか」「はい、大丈夫だと言って歩いて来ました」「おいおい、腹をやられた者を歩かしてはいかんぞ」「でも本人が歩くと言ってきかんのですよ」「よしよし、すぐ見よう」天幕をかぶせて、その中で懐中電灯をつけて見る。「何だ、腹は腹だけど、皮だけだよ、ヨーチンヨーチン」他に負傷者もいないようだ。小方は救われたような気がした。あれほど急に撃たれてもっと損害が出ただろうと思った矢先だ。「よかった、よかった。明日は目にもの見せてやるぞ」攻撃に関する命令を下した。

小さな木の下に兵が天幕を敷いてくれた。水筒の水を飲みながら堅パンを齧る。「隊長殿、これはどうですか」大きなコップに支那酒が入っていた。「旨い。どうしたんだい」「戦友がさっきの村で見つけて来ました。もう一杯上げましょうか」「うん、あるならくれ」又一杯持って来てくれた。五臓六腑に沁み渡り、じめじめ降る雨も気にならなくなった。副官が報告に来た。「全部終りました。山砲と大隊砲は迎えに行きました」「そうか、ご苦労、これを一寸飲め。旨いぞ」「これは上等ですね」「うん旨いよ。皆飲むなよ、ハハ……」「では寝るか」マントを被って横になった。戦場は静かで虫の声もしなかった。

翌朝目を覚ました小方は「頭の上に木がある、マントを被っている、妙だな、昨夜は酔っぱらったのかな、ここは一体どこだ……あ、そうか、戦闘しているのか」当番が水筒に水を汲んできた。「隊長殿、顔を洗って下さい」「おい、昨日から戦しているんだなあ」「はあ」兵が変な顔をしている。「どうしてこんな所に寝ているのかと今考えていた所だ。ハハ……」小方は起き上がった。兵が水筒の水を手にかけてくれた。「隊長殿のいびきは大きいですね。しかしよく眠られますね。私共もあれを聞いて安心して寝ました」「そうか、そんなに大きいか」「はい」兵が笑いながら去って行った。また堅パンを齧った。「山崎只今到着、遅くなりました」「いやよく来たね、ご苦労ご苦労」「大隊砲只今到着」「ご苦労ご苦労」小方は立ち上がって各砲の陣地を示し任務を与えた。第一線中隊も工事を続け、少しずつ動いている。

「各隊攻撃準備終り」「よしやるぞ、第一中隊攻撃前進」伝令が伝える。砲と機関銃が一斉に撃ち出す。第一中隊正面の陣地に土煙が上がる。第一中隊が前進する。敵がばらばらと逃げかける。第一中隊が突撃して先ず右の要点を占領した。日の丸を振っている。「よし、今度は第三中隊だ、前進」又伝令が伝える。今度は又、砲と機関銃が向きを変えてその正面を撃つ。土煙で陣地が隠れる。第三中隊が前進する。又突撃する。日章旗を振る。

次は中央を第二中隊が同じように攻撃する。両側を奪られて敵は一溜りもない。「第二中隊占領」「よし」「第三中隊前進、機関銃中隊は第二中隊の位置まで前進、第三中隊に協力」第一中隊の占領した高地を軸にして、左から巻き上げて行く。右は怒江の激流である。第一中隊が高地の上から川を流れる敵を撃っている。対岸の高地を逃げる敵に対し、山砲が射撃する。

「まるで検閲のようだなあ」小方がつぶやいた。皆顔を見合わせて笑った。六月三日の太陽が山の上に出て来た。ここにいた敵は第三中隊が川岸まで追い込んだ。川に飛び込んで流れる敵を第一中隊が撃っている。飛び込まぬ敵は撃つ、捕える、全くの殲滅である。

昨夕後方部落に聯隊本部が前進して来ていた。早朝出発するという事だったので、小方は聯隊長を待っていた。聯隊長に会って戦闘経過を報告した。「やったね、うまいもんだな」「皆よく働きますので」「一昨日は又びっくりしたよ。急に激しい銃声が聞こえたので、てっきり大きな敵にぶっつかったと思ったよ。こんな山で負傷者でも出たら大変だからね。そうしたら損害なしで、あの戦果だ。全くほっとしたよ。君の大隊はここ暫く警備のため旅団長の指揮に入れ、僕は今から又北に行く。そうして騰越の方に出る。では気をつけてやってくれ」「では、御大事に」聯隊長は部隊を連れて北上して行かれた。

中国軍をおちょくる大隊長

小方は部隊を川岸の村に集結した。「今日は取りあえずここに宿営だ。明日は他に移るぞ」「どうしてですか」「今日は敵が逃げているからいい。明日はひょっとすると撃ち込んで来るぞ」小方は敵の逃げた陣地に藁人形を作って並べさせた。支那兵の服を着せ、鉄帽を被らせた。竹を切って迫撃砲も作らせた。部隊は翌日早朝、隣の村に移動した。案の定、敵が元の村を撃ち始めた。「ハハ……撃ってるだろう」「本当ですね、あそこにいたら危なかったですね」「うん、それを考えんといかん。ここも明日位から撃たれるぞ」小方は次に移る所を考えていた。

米がなくなったので、徴発隊を出して籾《もみ》を少し手に入れた。豚や鶏は沢山いる。勤務中隊を作って籾摺りと米搗《つ》きを始めた。「一日一人頭三合出来ます」主計が報告した。よし米一合と雑穀三合でやれ。二合ずつ携帯糧秣《りょうまつ》にせよ」一方で警備をしながら一方で糧秣の備蓄に精を出した。豆の多い所で、兵達はおはぎを作って食ったりしていた。夕方徴発隊が土民を十人程捕まえた。調べたらその中に士侯の伯父が一人いた。「いい男を捕まえた。これを人質に糧秣を出させよう」

小方は士侯宛に手紙を書いて、その中の一人に持たせて帰した。「明日までに千人分の五日間の米と野菜と肉を持って来い。買ってやる。持って来なければ伯父を殺すぞ」と書いてやった。「きっと来るさ」小方は笑って伯父という男を中隊に預けておいた。

翌日夕方、歩哨が「何か一隊向うから来ます」と後方を指さした。副官が行ってみると、牛を連れた一隊がやってくる。「隊長殿、米を持って来たようです」小方が歩哨の所に行くと、成程一隊が近づいてくるのが見える。士侯が米や野菜を持たせて来た使いの者らしい。まさに肉が米や野菜を背負って歩いている。主計が受取伝票を渡し、伯父を帰してやった。これで当分の食糧は出来た。小方の隊は途中、ラシオ、芒市、龍稜でマラリヤが多発したので皆病院に入れて来たから、実員は五百名程である。千名の五日分は十日分の食糧になる。敵にこちらの兵数が判ってもこれなら損はない。米も上等のものを持って来た。

夕方五、六発の迫撃弾が飛んで来た。「もうここもいけない。よし善は急げだ」夕暮れの中を大隊は次の部落に移動した。今度は迫撃砲の射程外なので安心して休める。各隊を警備、掃討、休養の三つに分けた。掃討隊は一日中近くを掃討しながら併せて食糧の徴発をやる。警備はいつでも戦闘できる態勢にあり、休養はゆっくり休んでいる。これなら何ヶ月でも持久出来る。

小方は又、土侯を呼んだ。「対岸の敵を攻撃するために筏を作れ」「幾つ作りますか」「千名だから十個作れ」千名に力を入れる。「このことは絶対支那軍に漏らさぬように」土侯は「明日から竹を切って岸に運ぶ」と言って帰った。「絶対言うな」と言うことはすぐ支那軍に通知が行く。元々支那の土地である。こちらが出撃しなければ向うが来る。攻めるふりをすれば、相手は防禦に力を入れる。中支以来の戦法である。

翌日から土民が竹を切って岸に運んだ。敵がそれを射撃する。小方は砲隊鏡で敵を監視させた。新しい工事が行われている。「ハハ……もう渡河を知って準備しているぞ」前に居た村々に斥候を出して朝昼夕、炊煙を上げさせる。陣地の藁人形をあちこちに移動させる。又時々軽機を持って行って射撃もさせる。敵は遠方から持って来た迫撃砲弾を撃ち込む。本部の書記がその数を記録している「もう六十発撃ちました」「そうか、六十発なら十五箱で馬七頭半だ」

こちらは遊んでいて相手だけ働かせている。小方は庭の池で鯉や鮒を釣っていた。のどかな戦場風景である。食糧はたっぷりある。敵の弾を数えながら遊んでいるのだ。「しっかり休んでおけ。渡河して行くぞ」こう言うと支那軍に判るらしい。工事に一層精を出す。「隊長殿、あんなに工事されては一寸渡河が出来なくなります」「いいよいいよ、何のことはないさ」小方は笑っている。

十日程して旅団から「龍稜に帰って来い。いつ拉孟街道に迎えの車を出そうか」小方は返電を打って各隊長を集め、渡河攻撃の命令を出した。翌朝未明各隊は決死の覚悟で集結して来た。集合が終ると小方は「ついて来い」と言って歩き出した。或る中隊長が「隊長殿、道が違いませんか」と首を傾げて聞く。「いや、俺はちゃんと調べているから心配するな」とどんどん先頭に立って歩き続ける。夜が明けて敵の陣地も河も見えてきた。既に二里は歩いている。各隊は狐につままれたような顔をしてついてきた。そこで小方は初めて龍稜に帰ることを告げた。皆はほっとすると共に騙されたことを知った。「昨夜は本当に死ぬと皆覚悟していましたよ」「酷いなあ、心配しましたよ」「ハハ……敵を騙すには先ず味方から騙さねばならんさ」小方はカラカラと笑った。「そうか」皆急に元気が出て来た。

モンナイの駐屯地

二日行軍をして街道に出て、迎えの自動車に乗って龍稜に帰って来た。旅団長に申告に行くと「大変ご苦労様でした」とウイスキーを出された。「ここは物資がないから芒市に集結して下さい」と言われ、翌日芒市に移った。師団司令部の扱いは余り親切でなかった。ここで又々多くのマラリヤ患者が出た。やっと原駐地に帰ることになった。数日後再び自動車行軍をやり、三日かかってクレオに着いた。思えば遠く来たものである。

翌日ロイレンに向って出発し、二日後ロイレンに到着した。陽はまだ高い。「よし、モンナイまで帰れ」又走り続けて一月ぶりに本拠地に帰り着いた。兵も皆、故郷に帰ったようにやれやれと思った。行きには五十五、六両の車両が、帰った時は十四、五両になっていた。三分の二がマラリヤにやられたのである。

駐屯地に帰った小方は徹底的に対マラリヤ工作をやる事にした。患者は逐次治って部隊に復帰して来た。死亡した者は数名で、作戦による死傷は軽傷二名に過ぎなかった。小方は先ず給養をよくして兵の体力を回復させようと主食を二割増給した。米も現地米を買い上げて食べさせた。補給米はボロボロでまずかったが、現地米は日本の寿司米のように旨かった。鶏や豚も飼わせた。

一方、軍医に蚊が一匹もいないようにせよと言った。市瀬軍医は「それは不可能です」と言う。小方は「やらずに不可能もあるか。とにかくどんなにしても蚊をいなくせよ。それが出来なかったら不可能と言え」と強く言ってやらせた。そのため将校の指揮する防疫隊を作り、人夫百人をつけて毎日毎日溝さらえ、草刈、ジャングル切りをやらせた。生垣も切った。大きな木の枝も三メートル以下は皆切払わせた。草も掻き起させその後に野菜を植えさせた。蠅もおらぬようにしようというので、便所も特別深くして太陽の光線が入らぬように工夫して作らせた。溝は皆暗渠にした。塵捨場《ちりすてば》も深くして蓋をした。残飯は囚人を使って二キロほど郊外に運ばせ、そこで支那人を使って豚を飼わせた。兵舎も厩舎も整備して入浴場も大きなものを作らせ、薬湯もたてて皮膚病患者を治療した。蝿取り競争をやらせて軍医が毎日集計した。兵は葉書で蝿叩きを作って蝿を追い回した。そのうち蝿も殆ど姿を見せなくなった。多く取った中隊には煙草や酒が賞品として与えられた。

屋根つきの土俵も作って相撲を取らせた。又小さな祠を立てて大隊の戦没者を祀った。共栄神社と名付け七月二十日に鎮座祭をやった。それまでに色々の宿営施設は殆ど完成していた。各中隊は神輿を作って神前に並べた。聯隊長も出席され、土侯も三人揃ってお参りに来た。前日から各隊は御馳走作りに精を出した。当日は朝十時から式典を行なった。小方が祭文を朗読して、益々団結して御奉公する事を誓った。終って中隊対抗の相撲や銃剣術の試合をやった。昼食は営庭に全員集まって会食を開いた。席は聯隊長を中心に各隊を放射状に配置した。酒も十分用意しておいた。午後は演芸会をやった。芝居、詩吟、独唱と色々の出し物が出て喝采を博した。土侯の家族も呼んでやったし、一般の土民にも参拝と見物を許したので、花を髪に差した娘達もやってきて賑わった。夜には将校は小方の所に集まり、兵達は各中隊毎に会食した。小方は「うんと騒げ。しかし点呼後は静粛にせよ」と言っておいたが、皆よく厳守して、午後神輿を担いで営庭狭しと騒ぎ回った連中も一日の楽しみの疲れでよく眠った。

モンナイの慰安所

慰安所が追及出来ないから現地毎に作れと言う指示が届いた。小方は委員を作って州と交渉させた。三つの州が協力してくれて案外いい慰安所が出来た。シャンには美人が多かった。委員の監視が行き届いて運営もうまくいったようである。主計が来て「隊長殿、土侯が隊長は慰安所に行けまいから、お嫁さんを世話しようと言ってますがどうですか」と聞いた。小方は「しかるべく」と一任しておいた。数日して軍医が来て「診断してきましたが、いい女です」と言うので、小方は金を出して渡した。お嫁さんは大蔵次官の娘で十八歳、一寸可愛い娘だった。小方は夜時々その家に行くと、家族が皆喜んで迎えてくれた。源氏物語に出て来るように、女の所に通っていくのがこの地方の習慣である。彼女は優しい親切な娘だった。ラメイという名だったので、小方はラー子と呼んでいた。聯隊長に会った時、慰安所の事を報告したら「大隊長は困るだろう」と言われたので、お嫁さんを買ったと話すと「それは良かった」と笑っておられた。

モンナイの小方軍政

この地方はチーク材の産地である。英国の営林省がやっていた官民合同のＴＤＦと言う会社があって、象を百五頭使っていた。これを早く管理しないと荒くなって使用出来なくなると土侯から具申して来た。小方は三人の土侯に三十五頭ずつ保管を命じて、経費を負担すると共に上に報告した。取りあえず切ってあるチーク材をサルウィン河岸まで運ばせる事と、支那軍に焼かれた橋の修理を命じた。象は力が強く大きな原木をずるずる引っ張って歩く。小さな橋なら原木を二つに割って並べ、両側に杭を打ち込めばトラックを通す事も出来る。飛行場の弾痕埋めでも大きなローラーを軽々と引っ張って活躍する。電柱なら一度に七、八本も引きずって行く。

モンナイの土侯の所で自家発電をしていた。重油さえ補給すれば電力は余っていたので、大隊でも各隊に電灯をつけることにした。電柱は象が引っ張ってきて一本ずつ置いていく。帰りがけに人が掘った穴に象が皆立てていく。土侯の所の予備品でコード、ソケット、電球も皆間に合った。深夜まで点灯できて大変便利になった。重油は大隊から補給してやった。土侯の家には電気冷蔵庫がある。毎日牛乳でアイスクリームを作って、夕方ボーイが魔法瓶に入れて持って来てくれた。土侯の息子が時々猟に行って鴨を持って来たり、池を干したと言って大きな鯉を四、五十匹届けてくれたこともある。小方もマレー以来ブローニングの二連銃を持っていた。それで時々鴨や鶴を撃って来て、その都度中隊長を集めて一杯やることにしていた。

この地方は山奥なのに炭を焼くことを知らない。英国時代から高い金を出して他所から買っていた。小方は兵の中から炭焼きの技能者を出して炭を焼かせた。後には州から役人と人夫を出させて手伝わせ、民需に当てた。紙も和紙と同じ材料で作られていたが、技術がまずく厚過ぎてもったいない。これも紙漉きの経験者がいたので、設備を改良して十倍からの能率を上げるようになった。州でも驚くと共に喜んだ。

煙草もどんどん買い上げて兵の需要に当てた。葉も茎も根も切り混ぜて、木の葉で巻いたものである。酒保でも一本一銭で売っていた。小方がロイレンの聯隊本部に行った時、副官がさも大事そうにその煙草を出した。小方が何の気なしにその煙草を吸って半分位で捨てた。副官が驚いて貴重なものだと言う。聞いてみると一本十四、五銭で支那人から買ったという事で、酒保には置いてないとも話していた。「俺の大隊の酒保では一本一銭だ」と言うと驚いた。爾後、そこの隊の分も小方の隊から送ってやった。最後には師団の野戦倉庫にも送ってやることになった。紙も同様にしてやった。モンナイの土侯は紙と煙草の製造に忙しくなったが、利益も上がるので喜んでいた。小方は師団から塩や雑貨を優先的に配給して貰って人民の福利のためにも努力した。聯隊長が演習を見に来られた。食後に大きなビフテキがついたので「これは黄牛だね、久し振りだよ。ロイレンでは水牛ばかりでね」と言っておられた。小方は黄牛を三十頭程購入させて、ロイレンに行軍させた。

一方この時小方は幹部の教育に力を入れ、兵は体操などをさせて体力を養わせていた。五里位離れた土侯の猟場に演習場として持って来いの所があった。小方はそこを借り上げて野営用の兵舎を二中隊分建てた。幹部教育が終ると各中隊をそこにやって教育訓練に専念させる。残った中隊に警戒その他の任務を担任させた。演習部隊の給養は特によくしてやった。各隊は週三日ずつそこで訓練した。実弾射撃もやり、査閲も実施した。兵も幹部も目に見えて訓練の練度を上げた。

共栄神社のお祭りは毎月やった。委員の計画によって月々の行事が十日程前に発表される。今度は水泳と野球と演芸とか、次は相撲と陸上競技と演芸とか、色々組合わせてやった。兵達は楽しそうに創意を凝らして準備していた。戦力は日に日に充実していった。内地から初年兵もやってきた。

モンナイの民俗

旅団長が巡視に来て、特に象を見たいと言われるので近くにいたものを集めた。一箇所に三十頭も集まると壮観である。色々芸をやって見せた。象の食物は草や竹や木の芽、バナナの木等である。内地の動物園で見たものは小象であったことを小方も初めて知った。三十歳以上の象は本当に大きく、水牛の四十頭位の力を持っていた。普通に歩いて一分間百米である。五十歳位が寿命とされていた。十五歳位までは遊ばせている。小象が母象の左右を戯れて歩く姿は、仔犬が親犬にじゃれると一緒で可愛いものである。この大きな象も気は小さく、ジャングルの中で不意に水牛に会っても驚いて谷に転げ落ちることもあるという。牙の長さは大きいのは六尺もある。三分の一が歯茎に入っているので頭の大きさも想像できる。象使いは頭に乗っていて、足で耳の後ろに合図を送る。乗り降りは象が座ったり、足を曲げたりする。実に便利な動物で大きいが可愛らしいものである。

この地方も他所と同じく仏教の盛んな所である。小乗仏教で彼らの生活のために仏教ではなく、宗教のための生活というべきであろう。彼らの生活はすべて仏教のためにあるように見える。火祭り、あるいは水祭りと、一月も続く祭りには驚かされる。丁度火祭りの月であった。夕方になると男も女も老人も子供も、盛装して士侯の庭に集まってくる。小さな皿に蜜蝋を入れている。それに火をつけて小さな女の子から歩き出す。先達がいて、音楽をやりながら歩いて行く。段々大きな女の子、娘、細君、婆さん達、ついで男の子、青年、壮年、老人と皿を頭の上に乗せて歩いて行く。パゴダまで行ってその火を納めてくる。終って士侯の庭で芝居や色々の催し物をやる。ジャワのバッサム・ツーラと同じである。賭博場もある。飲食店もある。花火も上げ、祭りは夜通し続く。

翌日は昼の間は寝ていて、夜になると皆出かけていく。これですっかり金を使ってしまう。各家では日本のお盆のような祭壇を設けて供物を供えて祀ってある。この国では僧は最上級の人達である。小僧も和尚も黄色の布を身体に巻きつけただけの衣をまとっている。僧に対しては土侯も敬礼する。寺に入る時は皆裸足になる。寺には厨房がない。毎朝小僧が箱をぶら下げた棒を担いで鐘を鳴らして通る。各家々から朝飯を供える。それが僧達の一日分の食糧になる。午前中は彼等は飲んだり食ったりするが、午後は水だけ飲んで食事は一切しない。従って僧は皆、梅の木のように痩せて骨と皮である。戒律は厳しく、妻帯は許されず、日常寺の板の間に起き伏ししている。男は子供の時皆必ず一度は寺に入って修行させられる。名門でないと僧にはなれない。伯父が僧という事は名門という誇りでもある。パゴダは墓ではない。供養塔である。ビルマ人の第一の希望は一生に一つのパゴダを作ることである。内部には沢山の仏像が安置してある。金泥で塗ったものは金泥だけでも大したものである。

困りものの旅団長

小方と旅団長の仲はワンコンタンの渡河以来ぎくしゃくしたものになっている。旅団長の私行も芳しくない。一度旅団長が不意に小方の大隊にやってきた。分遣隊から旅団長の自動車がそちらに向ったと言ってきた。小方が営門に迎えに出て待っていると、将官旗を立てた車が来た。小方が敬礼すると下りてきて「おうしばらく」「しばらくでした。閣下、公用ですか、私用ですか」「いや公用じゃない。一寸どうしてるか見に来た」「そうですか、ではどうぞ」小方は本部に案内して色々と説明した。土侯がどうして知ったのか、挨拶に来た。

昼食の後、旅団長は土侯の所に答礼に行くと言い出した。小方はその必要がないと言ったが、とにかく行くと言うから小方は随行した。応接間に入った。小方は屡々《しばしば》来ているし、家人とも心易くしていた。第一、第二、第三夫人と息子の嫁さんが出て来て遇した。「小方君は良い所にいるね」「どうしてですか」「だってこんなに夫人達が出て遇す所、他にはないぞ。それにこの町では娘達が平気で見ているね。他所《よそ》ではすぐに逃げ込むぞ」「そうですか、ここでは誰も悪いことはしませんからね」「俺は今日ここに泊まりたいがね」「閣下、それはいけません。軍隊がいるのに、そこにお泊りにならずに他に泊まられては私共の顔が立ちません」「うんそれは構わんよ」「いいえ、いけません。近いから今日はお帰り下さい」小方は頑として譲らない。とう〳〵旅団長は不承不承帰って行った。

「ハハ……帰してやった」本部の連中が心配して待っていた。「今皆で色々考えていた所です。よかったですよ、ハハ……」誰も旅団長を尊敬していなかった。小方はこのことを聯隊長に報告した。「そうか、癖がよくないからなあ」聯隊長も顔をしかめておられた。次に今度は健兵対策視察と称して巡視計画が届いた。午後到着して巡視二時間としてモンナイ一泊となっている。聯隊長に小方は「どうしても部隊内に泊まって頂きます。勝手なことをされては日本軍の名誉上困りますから」「うん俺がよく言っておくが、出来るだけ柔らかく取り扱ってくれ、もう転勤らしいからね」二人は顔を見合わせて笑った。小方は取り扱い方を決めていた。

旅団長は予定の如く到着した。将校が営門に出迎えた。大隊長室に案内して状況報告をやってすぐに隊内巡視に移った。各隊は配当された時間一杯巡視を受けた。次の中隊が受け継いで又巡視だ。軍医、主計、各々受持ちを見て貰った。スケジュール通り一時間も続けると、閣下は参ってしまった。「おい小方、少しは休ませてくれ」「では」と言うので中隊長室で休ませた。「いやよく出来とる。同じだから見んでよい」とう〳〵弱音をあげた。第二大隊長以下、見学と称して遊びに来ている。「こんなに引っ張り回されては年寄りは困るでのう」「計画書にありましたから、その通りやりました」「あの中には休憩も皆入ってるんだよ」「ああそうですか」「もう自動車を呼んでくれ、本部に行って休む」とう〳〵後半分は巡視がなくなった。

大隊副官から閣下の部屋のことを伝えさせた。小方と向い合せの一番良い部屋を準備させた。閣下は仕方なくその部屋に入って行った。風呂の準備が出来た。風呂では当番が背中を流していたようである。「小方少佐、とても良い風呂だね。矢張り大隊長が一番いいね」「閣下、今日見て頂きました大隊の浴場はここより立派でしたでしょう。あれが出来てからここも作りました。それまではドラム缶に入っておりましたよ」「そうかね」あまり興味もないらしい。小方も入浴した。浴後広間で一寸涼んでいた。「小方、ここは蠅もおらずいいなあ」「はい、これも軍医以下が努力してなくしたのです。初めはうんといて困りましたよ。蚊もおりません」「そうかね」上の空である。

　小方は閣下の心の中を読んでいた。副官が恐る恐る小方の所に来て「閣下は土侯の家に泊まるつもりで来られたのですか」「何言ってるんだ。日本軍の、しかも部下のいる所へ来てそこに泊まらずに他所に泊まるなんてことがあるか。君は心配しなくていい。俺がちゃんと考えているから」「はい」渋々下がって行った。小方は旅団長が転任だと聞いたので送別を兼ね、又他大隊の将校の歓迎を併せて盛大な宴会を宿舎でやった。第一は旅団長を酔い潰すことだった。将校達は賑やかに飲んだが、閣下はあまり飲まない。一同メートルが上がって踊りを始める者も出た。他大隊の将校は皆、各中隊が接待役になってもてなした。宴会の最中に軍医が来て小声で「どうも閣下は女が居らんと眠れないようなことを言われます」「いいよ、心配するな」小方は平気で飲んでいた。一同散会した。小方は軍医を呼んで「慰安所のいい妓《こ》で病気のないのを連れて来て閣下にあてがっておけ」と言い付けると、小方はさっさと嫁さんの所へ行ってしまった。

翌朝小方が帰って来ると閣下は顔を洗っておられた。「閣下お早うございます」「おゝお早う。いや昨夜は世話になったな」えらくご機嫌である。朝食を済まして帰って行かれた。軍医は昨夜の妓が大層お気にいったらしいと言っていた。「ご苦労じゃった」小方は笑っていた。聯隊長がどうだったかと聞いてこられたので小方はありのままを報告した。「そうか、それでいい」と言われた。まもなく旅団長は転勤になって内地に帰られた。

評判を高める小方大隊

師団に新しい参謀が来た。聯隊副官が会報で司令部に行った。その夜、副官から直接大隊長にと言って電話がかかってきた。「おかしいな、直接か」小方は夕食を止めて電話に出た。副官は直接お呼び出しして失礼しますと断って「今日司令部に行った時、新しく来た吉田参謀が大隊長に象牙で箸を作って送ってくれるように言ってくれという事でした。どうぞお願いします」と伝えた。小方は少なからず不快に思った。吉田参謀は一期先輩だが、着任の挨拶もなしに箸を作って送れとは何と言うことか、それが参謀のいう事か、小方は「おい、副官。今度行ったらこう言ってくれ。『小方少佐曰く、箸は竹がよろしい』とね。じゃあさようなら」ガチャリと受話器を置いた。

食堂では将校達が何事かと待っていた。「隊長殿、何か用でしたか」「いや、面白くもないよ」と電話のことを話した。「しかし、作った方がいいのではないでしょうか」誰かが言ったが、小方は「いやそれには及ばんよ。煙草吸いがパイプと言うのなら判るが、箸を作ってくれなんて馬鹿にしている。放っておけ」とう〳〵作りも送りもせず、そのまま終った。次に聯隊長に会った時「小方君、箸は竹がよろしいは一寸傑作だったね、ハハ……」と笑われた。愚問愚答の好い例だろうと小方も愉快になった。

いよいよ印度作戦をやる中隊訓練の査閲をやれと言ってきた。各隊は一生懸命で訓練した。そのうち軍旗祭の日が来た。大隊は前日祝賀会をやった。各中隊から相撲と銃剣術の選手が派遣された。式典も終り、中隊対抗の競技が始まった。第一大隊の中隊は勇戦し、相撲も銃剣術も共に一位と三位に入賞した。「第一大隊は大したものだね」「いや、まぐれです」と言ったが嬉しかった。選手が集まって申告した。「よくやった」小方は引率の中尉に百円渡した。「酒でも買ってやれ」「有難うございます。今夜泊まって明日帰隊致します」「ゆっくり休んで帰れ」終って会食になった。聯隊長が聯隊全体の会食を準備しておられた。

師団長も出席されている。久し振りにお会いして小方が挨拶すると「よくやってるそうだね。他を指導してるので君の所に行く暇がない。しっかりやってくれよ」「一度お出で願います」「うん、暇が出来たら行くぞ」「はい」「聯隊長、この会食は面白い思い付きだね。兵も皆一緒でこれはいいな」「はい、元祖はこれも小方です」「そうかい、小方少佐」聯隊長は小方大隊のお祭りの話をされた。「そうか、そうか。小方大隊は戦争も強いからな」ここでも小方は面目を施した。箸を注文した参謀も近くにいたが、相手が知らん顔をしているから小方も黙っていた。「竹の箸を作ったか」と余程聞いてやろうかと思ったがやめておいた。愉快に軍旗祭も終了し、小方はその日遅くモンナイに帰った。

各中隊は訓練に没頭した。小方は時々視察に出かけたが、その時はいつも猟銃を車に積んで行った。途中手頃な獲物があると撃って土産にした。一寸演習を見て、大事な所だけ注意した後で「中隊長、今日途中で鳩を五、六羽獲ってきた。酒も持って来てる。一緒に夕食を喰おうか」中隊があまり夜昼構わず演習をしていると見ると、こんなことを言って将校を夕食に誘う。「夜間演習、集合見合わせ」と中隊長が言う。酒を飲んでいる内に「今夜の夜間演習取りやめ」となる。「うわー」兵は喜びの喚声を上げる。時に小方はこうして若い中隊長の向う見ずの手綱を引く。また、それ程各隊は夢中で訓練に励んでいた。「これで強い大隊が出来る。どんな任務でもやり通すぞ」小方は自信を持って次期作戦に備えた。中隊訓練の査閲も上成績で終った。聯隊長も満足しておられた。

小方に転属命令が下る

十月二十日頃、急に聯隊長に呼ばれて小方は車を飛ばして出頭した。「小方君、少し相談がある」「何でしょうか」「今度、南方軍で下士官候補者と幹部候補生を教育する部隊が出来る。隊からもその要員を出すことになった」と言って職員表を出された。「良い将校をやらねばならんが、誰がいいだろうか」二人で相談して大尉、中尉、少尉の適任者を選出した。「いや、有難う。それから君もその要員だと師団が言って来ているから、その積りでいて下さい」「出発は十一月一日位でしょう」「僕はそんなことより大隊長がいいです。どうかおいて下さい」「いいや、もういいよ。戦もしたし、訓練もしてくれた。師団でも君を歩かせておけんのだよ。行きなさい。僕も片腕を取られるように思うが、大きく考えると矢張り君は行くべきです」「そうでしょうか。では一寸発令を待って下さい。まだ幹部教育が終っていませんから」「よろしい、ではそれが終ったら知らせて下さい」帰ると素知らぬ顔をして再び幹部教育を始めた。小方は全力を傾けて彼らの教育訓練に没頭した。

十日間でそれも終り、その夜将校を呼んで会食した。「今日まで色々やかましく教育したが、まだまだ教え足らない気がする。私の気持が判ってくれる日が近く来るでしょう。しっかりやってくれ」と言った。誰も小方が転任とは思わなかった。小方は教育が終ったこと、転任の命令が出たことを話した。皆初めて知ってびっくりした。「死なば共に」と誓った部下と別れねばならなかった。幾晩も、幾晩も話しつつ皆と共に飲んだ。土侯も別れを惜しんでくれた。土民達も皆そうであった。お嫁さんは特に悲しんだ。「どこへでも連れていってくれ」と言ったが、戦争だからそうはいかないとやっとなだめて別れた。

十一月五日、思い出の地モンナイを出て行く日がやって来た。大隊の兵が営門からずっと並んで見送ってくれた。決死隊の下士官、相撲の兵、色々の兵や下士官達皆が名残惜しそうであった。土侯も総理大臣も土民も町をあげて見送ってくれた。住み慣れた町に可愛い部下を残して一人行く身がつらかった。

ロイレンでも小方達のために送別会が催された。終って又聯隊長と飲んだ。「小方君、君からは随分色々教わったなあ。全く中央部におっては判らんことが部隊には多い。特に戦闘には多いものだのう。何も判らなくなったら寝ろ、これなんか一寸味わえん言葉だのう」としみじみ述懐された。小方も良い部隊長を戴いて幸福であったとの実感を深くして別れた。

翌日、師団に行ったが師団長は留守で、参謀長に申告した。旅団司令部には新しい旅団長が着任しておられた。次の日列車に乗るためサジまで自動車で行き、そこで車を帰した。夕方汽車に乗ったが電灯もつかない車だった。食事も自分で何とかしなければならなかった。偶々第五十六師団の経理部長が兵を連れて乗っておられたので、何かとお世話になった。

翌日ラングーンに着いてホテルに入った。聯隊からの将校、下士官も翌日到着した。ここで飛行機便を待った。十二日か三日、英軍機が爆撃に来た。小方は入浴中だった。同室の横田中尉が「隊長殿、エレベーターが落ちたらしいですよ」「馬鹿言え、爆撃だよ」「はぁー」隣に展開していた陸戦隊が射撃を始めた。高射砲も撃ち出した。小方が出て見ると、高い所を飛んでいる飛行機の下の方でポカポカと白い煙が炸裂していた。

小方は被害を確かめるため出て行った。陸戦隊の前を通りかかると、中から司令が出て来た。互いに顔を見合わせた。「おや、小方君じゃないか」「はぁ、伊藤さんじゃないですか」「どうしてこんな所に」「久し振りですね」「まあ入れよ」司令の部屋に入った。広東で共に警備を担当した司令である。「あの時は面白かったね」「お世話になりました」二人はウイスキーのグラスを傾けながら往時を偲んだ。「ところで君、陸軍機が駄目なら海軍機に乗らんか、明日来るぞ」「お願いします」「よし承知した」早速、下士官に命じて搭乗の手続きをしてくれた。「君、車もないだろう」「はい」「明朝車を迎えにやる。弁当も持たせてやるよ」暫く話して辞去した。

翌日海軍機で昭南に向った。他の将校達は先に船で出発していた。小方は伊藤中佐の友情に感謝した。途中飛行機はエンジンの故障でピナンに一泊、翌日は天候不良でクルワン付近から引返し、都合ピナンに二泊して、四日目に昭南に着いた。船の連中も丁度到着して上陸して来た。ここで下士官候補者隊に行く者との別れの一席を設けた。小方は又皆と別れて、飛行機で新任地ジャワに向った。

後記　小方の大隊はその後すぐにマンダレーに移った。やがて十九年インパール作戦に参加させられ、ミートキーナの敵空輸部隊と激戦した後、殆ど全滅した。勿論次の大隊長も戦死した。その大隊長は偶然にも小方の妻の実家に下宿して、大村部隊に勤務していた人だった。更には小方と同名であったことも何かの因縁だろう。大隊から二三度便りがあっただけで音信が途絶えた。聯隊長は翌年三月に進級してマレーの軍参謀長になられた。小方が大隊長の間にキダウインカンだけで将校二名、下士官五名、兵十名計十七名を失った。

第二章　運命のジャワへ

「青壮日記11」　ジャワ、スマトラ

▼太平洋の各戦線は膠着状態が続いていた。しかし岡田が移動途中のラングーンで爆撃を受けたように、日本軍の快進撃は既に止まっていた。時の経過とともに、戦闘の指揮官となる将校も死傷者が多くなった。幹部候補生教育は戦前からあったが、ジャワ島に作られた幹部候補生教育隊は、熱帯の現地に即した戦闘指揮官養成のための部隊だったのだろう。岡田はその下士官たちの教育のために選ばれる。その後岡田はパレンバン（スマトラ）の臨時施設隊勤務を命ぜられる。戦況は変わり、日本軍の命の綱であるパレンバンの油田地帯が爆撃される可能性も高くなっていた。岡田の強引なまでの指導力がここで発揮され、彼はパレンバンの防空設備を完成に導く。

（田中記）

幹部候補生教育隊

昭南を離陸した飛行機は東へ東へと飛んだ。蒼い海に島がきれいに浮かび、スマトラの海岸線が美しく見えてきた。ムシ河に沿って飛行し、パレンバンに着陸して給油した。ここは空の神兵が占領した所である。飛行場を拡張中で戦闘隊の連中が訓練をしていた。ここを離陸して緑鮮やかなジャングルの上を飛んで一路東に向い、スンダ海峡の北を横切る。リーフに取り巻かれた海岸が美しい。蒼い海、緑のリーフ、白い渚、点在する赤い屋根、絵のような景色が広がる。

やがて飛行機はジャカルタの上空に差しかかった。高度は五、六百であろうか。密集した家並みの多さに驚く。着陸して第十六軍司令部に電話すると、梶村曹長が自動車で迎えに来てくれた。西貢の司令部で一時一緒に勤務した男である。「とう〳〵お出でになりましたね」「やあ、しばらくだったなあ」途中、デズインデスホテルに寄って荷物を置く。司令部に着くと司令官も参謀長も代わっておられたので申告だけ済ませた。「幹部候補生はバンドンですか」「バンドンはいかんとか言って、今マゲランに行っております」と地図で教えてくれた。ホテルに帰ったが、言葉が全然通じない。

翌朝汽車に乗ってスマランに行く。途中の景色は美しく、家もビルマより立派である。「ビルマ乞食にジャワ殿様」ふとこのような言葉が浮かぶ。窓の外を眺めている内にスマランに着いた。目的地はここから更に奥に入らなければならない。連絡は明朝までないと言われてホテルに入る。近くにバッサールがあって人の行き来が激しい。「ジャカルタでもそうだったが、何と人間の多い事だろう」ホテルのボーイの言葉もさっぱり判らない。マレー語は全然通用しない。

翌朝ホテルの日本人が手配してくれた三輪車で駅に向い、停車場司令部に入って時間を待つ。やがて一人の兵が案内してくれて汽車に乗った。「十二時過ぎに着きます」これが唯一のインホメイションである。「まぁ、何とかなるさ」平素ののんきさが役立つ。汽車には一等車がなく二等車だけである。小方の前に混血らしい夫婦が娘を連れて乗って来た。少し英語が判るらしい。「どちらへ」「マゲランまで」夫婦は娘が盲腸の手術をして今帰る所だと言い、菓子や果物を出して薦めてくれた。汽車はのろのろと走る。アンバラワと言う所でこの夫婦は下りて行った。右も左も判らない旅で、彼らの親切は嬉しかった。後一時間程と聞いて安心する。

町に入ると汽車はカンカンと鐘を鳴らして走る。丁度十二時頃、駅員のマゲランと呼ぶ声を聞いて下車した。駅らしい建物はない。下りてもどちらが町か、方角がさっぱり判らない。道を聞こうにも言葉が通じない。とにかく人の行く方について歩いていくと、向うから日本兵が一人やって来た。天の助けとばかり彼を捕まえると、陸軍病院の兵隊で丁寧に道を教えてくれた。その兵の言った通り歩いて、目標の建物に辿りついた。門には「幹部候補生教育隊」（注・以下岡田は「幹候隊」と表記）と表札がかかっており、インドネシア人の門番が敬礼して通した。

中の門を入った所に本部があった。事務室に入って副官を訪ねると、恐ろしく年老いた少佐が出て来て「ああ、君小方君ですか、それはそれは」と隊長の所に案内してくれた。小方が申告すると隊長の少将（注　能崎清次）は「君は経理委員会首座だぞ。目下開設準備中で大いに働いて貰わねばならん」といきなり言われた。「私は教育要員で参りました。経理をやりに来たのではありません。御免蒙りたいです」「いや、今は経理が一番大切だ。君は委員をやった事はないか」「はい、一切ありません」「よい経験だ。まぁやってくれ」

仕方なく承って隊長室を出た。歩兵隊本部に行くと大久保中佐が喜んで迎えてくれた。元々小方は歩兵隊の要員である。装具を置いてすぐ食堂に行く。集まっている十人程の将校に挨拶して席に着いた。時間が早いらしく集まっているのは、各隊長と本部の者だけの様であった。

食事を終って経理室に入ると、ちゃんと首座の席が作ってあった。腰を下ろすと主計が三人来て申告し、今までの事を説明してくれた。一通り終ると小方は又そこを出て大久保中佐の所に行った。矢張りここが一番居心地がいい。夕方皆は官舎に引揚げたが、小方は主計に案内されてホテルに帰った。ホテルでは一番良い部屋が準備してあった。

マンデーしていると河村副官がやってきて「大久保中佐が歓迎会をやるから来てくれ」と言って道順を教えて帰って行った。早めに夕食を済ませ出て行くと、大久保中佐達六、七名が倶楽部で球を突いていた。「小方君、君もやらんか」勧められて仲間入りした。やがて会食が始まった。酒も旨かったが、ビールや洋酒をチャンポンしたのでよく応えた。一次会を終って一応ホテルに帰った。河村副官がついてきて、親父が後備役の大尉という面白い男がやっている近くの食堂に案内した。そこで改めて飲み直した。

翌日から隊に通ったが、大して仕事はない。各隊長は演習場や兵舎の偵察に忙しそうに飛び回っていた。小方はホテルにいても話相手もおらず淋しいばかりなので、引払って官舎に移った。本部の中尉と同室であった。この中尉は現地語も達者で、次の日曜日に自動車を飛ばしてジョグジャカルタへ案内してくれた。時計が故障していたので修理に出し、代わりに五十ギルダーで軽快な音を響かせている懐中時計を一つ買った。銀細工の店にも寄って、カウスボタンとシガレットケースを求めた。水辺を案内されてサラサを描いている所も見学した。小方には総てが珍しいものばかりであった。

スマランへ移動する幹候隊本部

部隊で色々偵察協議の結果、本部と歩兵隊はスマランに、砲兵隊はサラチガに、工兵と輜重兵はマゲランに残る事になった。小方は交渉のため独立大隊の一部がいるスマランに出かけた。前もって偵察した隊長が話をしているものと思って切り出した所、何も知らない大隊長はカンカンに怒り出した。小方は状況を知らなかった事を詫びた。予め大久保中佐から「本部と歩兵隊が一緒におるのはまずいから、本部は独立した施設を探してくれ」と頼まれていたので、小方はスマラン州庁を訪れた。州長官の小宮山中将は小方が士官候補生で初めて越後の聯隊に行った時、付中佐をしておられた方だった。小方が本部を収容する建物の斡旋をお願いすると、快く引受けて貰えた。暫く昔話をして辞去した。マゲランまでの道程は近くはなかったが、夕方までに帰り着き報告を終った。

翌日一部の人を連れてスマランに移動する。取りあえず一軒家を借りて仕事を始めた。文官相手の仕事で中々捗らなかったが本部の建物も見つかり、歩兵隊と本部が同時にマゲランから引越してきた。既に年末である。教育準備を急がなければならない。演習場の獲得が一つの問題である。小方は大久保中佐と相談して小宮山長官と掛け合った。

「今そんなに演習場を取られては困る。少しで辛抱してくれ」「閣下は武官ですか、文官ですか」「前は武官さ、今は文官だよ」「もう少し軍の事に協力して下さい。候補生教育がいかに大切であるか、又急務であるか、近代戦にはいかに広大な演習場が必要かを少し考えて下さい」小方は遠慮しなかった。「それは判るが、土民を宣撫しなくてはならないからね」「それは御尤《もっと》もです。だから替地をやるようにして下さい。必要な立退き料は払いますから」「うん、まあ考えさせてくれ」「閣下は今その土地で何を作っておられますか」「野菜や芋だ」「私に貸してくれたら、其処で将校を作ります」「小方君も中々理屈が上手になったね。昔は可愛い上等兵だったがね、ハハ……」「昔は上等兵でも今は違いますよ。公務ですから仕方ありません」昔にかこつけて誤魔化そうとする。

総軍司令部は現地軍と交渉してやれと言うだけである。現地軍は自分の事しか考えない。とう〱小方は地図に赤線を引いて演習場を決めた。少し山をかけて七五〇ヘクタール程の地積にしておいた。「野菜や芋を作ってもよろしい。しかし踏まれるかもしれないから、税金を免除してやりなさい」と小方は最終的談判をやった。「軍に聞いてみるから」と長官は矢張り確答を避けた。

やがて年も暮れ、昭和十八年の新春を迎えた。下士官が餅を搗いて配った。小方の官舎では経理室の下士官が自分達でご馳走を作って皆で祝った。州長官から演習場の回答があった。二五〇ヘクタール程削られていた。「まあこれでも大体間に合うさ」大久保中佐と二人で笑い合った。最初に掛け値をしておいたので、必要の最小限だけは確保できた。隊長能崎少将は始めから少しにせよと言っていたから、これで我慢する事にして地図を添えて総軍に申請した。

各隊準備に取り掛かり忙しくなった。陣営具、学用品、被服の調達をしなくてはならない。

軍では机椅子も所在の物を利用せよと言っていたが、小方は教育は先ず環境が大事だと頑張って、チーク材で立派な机と腰掛を定員に見合う数だけ注文した。彼は幼年学校の経験から、ノート等の消耗品も取りあえず二年分を作らせた。

教育総監部から教育主任の上京を求めて来たので、児玉中佐が二月初め内地に出張し、彼の仕事も小方が兼務する事になった。課程表、行事予定表、候補生心得等を次々に作成した。大久保中佐も士官学校に勤務していたので教務に詳しく、二人で相談しながらどんどん進めた。候補生の運動服も新しく作った。寝具の準備も出来た、寝台は不便なので床上げスタイルにして建物の改築も始まった。軍経理部は何かとケチケチ言ったが、小方は監督を巧く抱込んで思うように改築させた。各隊は教育要員の教育に没頭していた。偶々南方軍から瓦斯《ガス》防護教範改正の普及のため、適任者を上京させよと言って来て、特業として経験のある小方に出張を命じられた。発令を受けると小方はジョグジャに行って内地への土産物を買った。

久しぶりの内地

二月二十六日スマランを出て、ジャカルタに行き、二十八日飛行機で昭南に向った。総軍に顔を出すと「演習場が小さい。今確保しておかないと将来困るぞ」と言われたが、小方が現地の事情を説明すると「まあ現地軍と喧嘩してもいかんから」と納得した。三月三日早朝の飛行機で日本に向う。途中西貢で給油、広東で一泊する。広東ホテルが満員のため、別の兵站ホテルに泊まった。何処かの部屋で宴会をやっていた。

ぶらりと町に出て昔馴染みの店に顔を出すと、皆懐かしがってくれて喜んでくれた。夜半ホテルに帰って寝につく。翌朝予定のバスが時間になっても来ない。広東ホテルに行ってみると既に出た後である。飛行場に電話すると「済みませんが、何とかして来て下さい」と言う返事。人力車では間に合わない。この飛行機に乗り遅れるといつになるか判らない。まだ朝は早いし思案に暮れた彼は憲兵隊本部に頼む事を思いついた。憲兵隊本部では日直将校が起きて電話に出た。「僕は二年程前警備隊副官をしていた小方です」と先ず名乗って、「乗り物がなくて飛行場に行けずに困っているから自動車を一寸拝借したい」と頼んだ。「それはお困りでしょう、すぐ回します」小方は礼を言って電話を切った。

その日丁度もう一人、昭南に向う少佐がいた。小方と同期で久留米でよく飲んだ仲間である。今度初めて戦場に行くと言うので昨夜一寸話をしたが、今朝二人共バスに置き去りを食ってしまった。憲兵隊の自動車が来たので一緒に乗った。同期生は「貴様がいたので助かった」と喜び、お互い飛行機の出発まで時間があったので色々話し合った。「戦のコツを教えろよ」「コツと言って別にないが、矢張り人の和が第一だよ。次に落着いてやる事さ。時にはユーモア位飛ばしてなあ」

小方は天の時、地の利、人の和の三つを戦闘中常によく考えていた。天の時も出来るだけ利用する。地の利は勿論である。しかし何と言っても部隊の団結力が一番大切である事を身を以て体験していた。初めて戦場に臨むその同期生は真剣に彼の言葉を聞いていた。小方が嘗て救援に行った龍稜に行くと言う。小方は予備知識を与えながら「あの山奥に行くのか」と気の毒になった。しかし当人は初陣という事で張り切っていた。

飛行場で西と東に別れて小方の飛行機は台北に向った。天候が悪化し、飛行機は高度を下げ海面すれすれに飛び、台北で一寸休んで再び内地に向って離陸した。今度は天気も好く、沖縄の島々が脚下に美しく並んで見えた。背振山系を越えて急に高度を下げ、十五時過ぎ、十四ヶ月ぶりに雁の巣飛行場（注　福岡県、海の中道にあった）に帰着した。

飛行場のバスで事務所に行き、木村中尉に電話するとすぐ飛んで来てくれた。「私の事務所に行きましょう」と筋向いの彼の事務所に連れて行かれた。彼は大同製紙の支店長であった。出発時の礼を述べ、昔の部下のこと等話し合った。広島に電報を打とうとすると「こちらで打たせます」と事務員に命じてくれた。「俺がここまで帰っているとは誰も知っていない。久子も順子も驚く事だろう」想像するだけで楽しい事であった。夕食は以前の料理屋でご馳走になった。小方が鼈甲《べっこう》のシガレットケースを木村君に贈ると、大層喜んで芸者達に見せて威張っていた。食事を終って二十一時半博多発の夜行列車に乗った。何から何まで木村君が手配してくれた。列車は空いていたが、スチームもなく夏服の小方には寒さが応えた。やむなく車内を走り回って暖を取った。

広島の家族団欒

翌五日の三時半頃、広島に到着した。市内は灯火管制で真暗であった。小方は更生車を捕まえて乗った。車夫は「兵隊さん、重いですね」等言いながら暁闇の町を走った。その内白島の停留所が見えてきた。「もうすぐだ」と言って走らせると少し様子がおかしい。「おい一寸歩いてみろ。おかしいぞ」小方が下りてみると百米程行き過ぎていた。

薄明りを頼りに家の前まで戻って来たが、起きている気配がなくコトコト戸を叩いたが答がない。「変だな、電報打ってあるのに」考えながら再度叩いても応答がない。煙草をつけて見たら間違いなく小方の表札がかかっている。「電報、電報」今度は激しく叩いた。内側で人の動く気配がして部屋の光が少し漏れて来た。ガチャガチャ鍵を開けている。久子らしい。「おい、一寸帰ったぞ」「はあ」戸を少し開けて何も言わずに、頭から足の先までじっと見ている。「おい、俺だよ。電報来なかったか」「いいえ」小方は自分で戸を開けて入った。「久子、俺だよ」「まあ貴方ね、どうなさったの」靴を脱いで茶の間に入った。「一寸公用で東京へ出張さ。皆元気か」「ええ皆元気です。母も来ておりますのよ」母と子供を起してきた。「まあまあ、びっくりしましたよ」母も喜んで出て来た。順子も大きくなっていて、目をこすりながら母につ いて出て来た。「父ちゃん」「うん、大きくなったね。それ、お土産やるぞ」小方は鞄からチョコレートと革靴を出してやった。「まぁ、お靴」子供は嬉しそうに足を入れてみた。「そうそう火でも起さねば」久子が急いで火を起して火鉢に入れた。「夏服ね、寒いでしょう。外套取って来るわ」慌てて外套を取りに行った。やがて火鉢の火も起り、暖かくなった。「お酒ないわ」「いや俺が持っている」鞄からウイスキーを出して少し舐め始めた。

「何から話してよいやら」と言いつつ、小方の出征してからの一部始終を話し始めた。皆元気であることも、近所や幼年学校の連中が何かとよくしてくれる事も判った。「二、三日はおられるのですか」「うん、当分おられるさ。飛行機が案外うまくいったから」「いつ向うを出られたのですか」「三日に昭南を出たよ」「まあ、丸二日で帰れますのね」色々話に夢中になっているうち外が明るくなりかけた。子供は靴を大事そうに持って寝ていた。「あらあら、もう朝よ。少しはお休みにならねば」「うん、一寸寝よう」と言って床に入りかけると「電報」という表の声に二人は顔を見合わせた。受取ってみると延着と朱書きしてあった。「延着か、人間の方が早いや」二人は大笑いをした。小方は床にもぐり込んだ。十四ヶ月ぶりの布団は温かかった。久子は台所を始めた。一眠りして目が覚めた時は九時を回っていた。

小方は朝飯を済ませると近所に挨拶回りをした。何処でもびっくりして喜んでくれた。「一寸学校にも行ってこよう」学校に出かけ、懐かしい門を通って副官の所に顔を出した。前任者は転任をしていて見知らぬ人であった。下士官や雇員の顔ぶれは変っていない。校長室に入ると、校長さんもびっくりして迎えた。問われるままに戦地の話を少しした。教官室、生徒監の所を挨拶方々遊んで回った。小方の教えた生徒は卒業していなかったが、下級生がいた。小方の顔を見て集まって来た。「皆元気か」「はい、元気です」「内地に帰られたのですか」「いや、一寸出張して来たのだ」「戦されましたか」「うん、少し、ハハ……」高等官集会所で職員と昼食を共にしながら話し合った。例の部長も転勤していなかったし、一年程の間に多くの武官が転勤して顔ぶれもすっかり代っていた。

夕方帰宅すると順子が「父ちゃん父ちゃん」とまといついてきた。広子はやっと一足二足歩きかけていたが、遠慮がちで母にばかり抱かれていて、小方が抱っこしようと言っても近寄ってこない。チョコレートを少し口に入れてやると、顔をしかめて吐き出した。「こんなお菓子食べつけんからね」皆で大笑いした。順子は今度国民学校の一年生になるんだと言って張切っていた。小方は順子を連れて町へ出て、学用品等を買ってやった。広島にないものは東京で買って来てやると約束した。

ついで小方は郷里福山に帰って二日程泊まった。父母や兄弟、妹達も喜んだ。親類の人達も戦話を聞きに集まって来た。上京までにまだ暇があったので、再び広島に帰って暫時の家庭生活を楽しんだ。三月中旬いよいよ上京する段取りになった。久子はまだ東京を見た事はないし、義兄二人も住んでいる事もあって一緒に行きたがっていた。順子の入学が四月一日なのでどうしようかと迷ったが、とう／＼順子は婆ちゃんと留守をして入学をする事を承知した。小方は久子と広子を連れて汽車に乗った。着替えその他の荷物は先に送っておいた。

妻子を連れて上京

汽車はひどく混んでいたが、若い将校が席を譲ってくれたので広子を抱いた久子だけ座る事が出来た。小方は夜行に妻や子供を乗せたくなかったので、神戸で下車する事にして岡山から神戸の伯父に電報を打った。夕刻三ノ宮駅に着くと伯父と娘が迎えに来てくれていた。途中湊川神社にお参りして伯父の家に向った。急な事だったが色々ご馳走を準備して待っていた。近所の人も来て戦争の話を聞いた。翌朝の汽車で東京に向った。相変わらず混んでいたが、今度は何とか座る事が出来た。小方が説明する沿線の風物を久子は喜んで見ていた。幸い富士山も東窓に眺める事が出来た。夕方東京に着き、迎えに出ていた義弟の小四郎に連れられて亀戸の義兄宅に落着いた。義兄は製油所の工場長をしていて広い社宅に住んでいた。既に物の少なくなっていた東京だが、何かとご馳走を作ってもてなしてくれた。

小方は歩兵学校に教材の収集に出かけた。北満で一緒だった西岡少佐や南満時代の中隊長がおられて、お互い懐かしく話し合った。翌日は前橋の予備士官学校を視察した。校長は中支時代の部隊長である。偶々当日は所要でご不在だったが、副官以下心得ていて行き届いた世話をしてくれた。丁度関東地区の配属将校が見学に集まっていて色々行事が行われていた。教務主任は小方が聯隊副官時代の大隊長で、何かと便宜を図って貰えた。夕方には校長が帰ってこられると言うので、小方は駅に迎えに行った。汽車から下りて来られた校長は「小方君、暫くじゃったな。折角君が来るというのに、どうしても外せぬ用事が出来て失礼しました。旅館はどうしましたか」「まだ取っておりません。閣下にお目にかかってからの事と思っておりましたので」「そうですか、それは丁度よかった。私の所に行きましょう」閣下の息子さんが九州の部隊に勤務していて健康が優れないので、家族はそちらに残して単身赴任して豪農の離れに下宿しておられた。

お供をして行くと既に用意されていたらしく入浴食事と手際よくもてなされた。二人は炬燵に入って飲み始めた。四年ぶりの再会である。話も弾み酒も回って、閣下は寝込んでしまわれた。女中に手伝わせて閣下を床に入れると、小方も並べて敷かれた布団にもぐり込んだ。翌朝「お迎えをやりましょう」と閣下はウイスキーを出された。差しつ差されつ軽く一本空けてしまった。学校から閣下の出勤を尋ねて電話がかかってきた。小方が出て「今日は行かれませんから皆さんゆっくりして下さい」と答えた。そばで閣下は笑っておられた。謹厳な閣下が酒を飲んで欠勤された事は後にも先にもこの時だけであろう。小方は夕方の汽車で東京に帰った。

その翌日から教育総監部の普及教育が始まった。後半、教育の現場を習志野に移して見学等が行われた。小方は毎日、亀戸から省線電車で通った。久子はその間、兄嫁や兄弟の案内で市内を見物して回っていた。一度士官学校時代にお世話になった木村さんのお宅を訪ねたいと考えていたので、一日暇を作って夫婦で訪問した。上野から地下鉄で渋谷に着くと駅に木村さんが待っていて、新しい目黒のお宅に案内された。息子さんが大きくなって兵隊に行ったが、「自動車隊で大怪我をして入院している。会いたがっていると思うので一度見舞ってやって欲しい」と言われた。小方は他日を約束して習志野から直接再訪した。亘君は成長して大きな男になっていたが、事故で右手を切断していた。病状も余り良くなかったが、木村さんが病院から一晩借りて外泊許可を取って来たという事であった。小方は色々話をして慰めてやった。「一身を国に捧げる人も多いのだ。腕一本位国に捧げてもいいじゃないか。まだ片手があれば何でも出来る」と言うと「ほんとですね、兄さん」と希望の色を若い顔に表して答えた。両親も喜んでくれたので、小方も来た甲斐があったと安心した。

義兄の工高時代の友人で不凍油を発明して軍に貢献したという近くに住んでいる人物が、今度は防蚊油の研究をしていて戦場の実態を知りたいと言って訪ねてきた。小方がマラリヤについて説明し、是非有効な資材を開発して欲しいと話すと「よし、やるよ」と力強く答えてくれた。その人が蜂蜜で作ったウイスキーを一升瓶で持って来ていたので三人で話をしながら飲んだ。その技師は小方の話を聞いて、軍人にも科学の理解できる人間がいるのかと認識を改めたようであった。元々小方は職務上も興味からも、科学に相応の関心と知識を持っていた。

広島の春

普及教育も終って小方は陸軍省に帰任の飛行機の交渉に行った。スケジュールが詰まっていて、すぐには乗れずやっと四月十九日の博多発便の予約が取れた。「しめしめ、まだ半月あるぞ」帰路福山で下車して故郷の家に寄った。広子も東京にいる内に歩けるようになって、妹達が喜んで遊んでくれた。又親類の人達が集まって来て賑わった。三、四日泊まって広島に帰った。汽車の中で腹が減って困ったが、駅売りもない。故郷の母が順子達への土産にと作ってくれた海苔巻を取り出して久子と半分ずつ齧った。「お行儀が悪いわね。でもおいしいわ」二人で顔を見合わせて思わず笑った。帰って義母に話して大笑いになった。列車が三時間も遅れて家に着いた時は、楽しみに待っていた順子もぐっすり寝入っていた。

暇があったので小方は幼年学校の堀に釣りに行ったが、時候の関係でうまく釣れなかった。夕方小使が本部の職員が釣ったと言って、バケツに一杯鯉や鮒を持って来てくれた。早速隣近所にも配った。翌日はその職員を呼んで夕食を共にした。酒も何処からかちゃんと補給してくれる。恵まれた生活であった。呉の万年筆屋も二升下げて飲みに来た。久子の話によると、この人は留守中よく夫人や子供を寄こして留守宅を見舞ってくれたという事であった（注　呉の万年筆屋は広幼生徒監の岡田と偶然出会って、彼に心酔するようになった人物）。隣組で小方の在宅を幸いに家族全員の総会を開き、折から満開の桜の下で楽しい一日を過ごす事になった。この時も幼年学校の委員が何かと応援してくれた。

順子の第一回の遠足にも、一家総出でついて行った。昼になると一年生は解散して、保護者と一緒に水源地で弁当を開いた。春の太陽が和やかに暖かい日差しを注いでいた。束の間の一家団欒の日々を惜しむ内、出発の日が迫って来た。又親しい人を招いてお別れをした。一日幼年学校から頼まれて、全校生徒に一時間程話をした。「責任観念の強い人が勇敢である」という事を実例を挙げて話したが、生徒達は真剣に耳を傾けていた。きっと何かを捕まえてくれた事だろう。十八日は日曜日だったので郷里から兄が見送りに来た。生徒も沢山見送ってくれた。

一年程前の出征の時と同じような盛大な見送りになった。

ジャワに帰任

博多では又木村中尉が親切に世話をしてくれた。飛行機は予定通り十九日博多を発ち第一日広東、二日目には昭南に着いた。昭南で飛行機を待つ間に、小方は村松時代の中隊長香川中佐を訪ねて一緒に飲みに出た。懐かしい昔話に時の経つのも忘れた。「今夜はここに泊まって行けよ」「もう今夜は帰ります」「君も大分大人になったね、ハハ……」二人は中佐の官舎に帰ってお茶を飲んで別れた。

別の日には藤村少将を訪問した。ビルマの時の聯隊長で、三月昇任と共に昭南の軍政監となられた方である。「あの山は酷かったね」「そうでした」二人は作戦の思い出話をした。「所で内地はどうかね、物はあるかね」「ないないと聞きましたが、矢張りまだあるようですね。時間があって子供の遠足について行きましたが、児童の多くは巻寿司を持って来ていましたし、ゆで卵も大抵持っていたようですよ」「そうかね、それはいいなあ。それほどでもないのだね」「はい、東京でも人々は皆靴を履いていましたし、映画館等も大した混み方でした」「君の話を聞くと朗らかになる。他の連中は悲観説が多いからね。君のいた大隊は今頃苦労しているらしいぞ」「どうしてですか」「今度は北方に移ったし、大隊長も細かいらしいからね」「よく働く強い大隊でしたがね」「矢張り指揮官によるのだよ」このような話をしてご馳走になった。

小方がスマランに帰りついた日は、丁度天長節の日で部隊でも会食を準備していた。「小方君はよく宴会は外さないように帰るなあ」大久保中佐が笑った。「鼻が強いのでしょう」色々内地の話が出た。池田中佐が着任して経理委員会首座をやる事になったので、小方は本来の教育訓練の出来る歩兵隊付に戻り、官舎も池田中佐に譲ってジャチガンに移った。

いよいよ本務に専心できて大久保中佐も喜んでくれた。大久保中佐、中島中尉の二人は魚釣りが好きで、小方を入れた三人で以前からよく休日には朝早くには海に出かけていた。今度は官舎も近く夕方から麻雀をしたり、撞球をやったり、三人で映画を見たりいつも一緒に行動した。年齢も近く趣味も合って気の合う仲間であった。小方は軍で瓦斯防護教範の普及教育を実施する事になった。偶々習志野から稲川中佐も出張して来られたのでバンドンで普及教育を実施した。小方は主任補佐官として何かと世話を焼いた。

教育訓練に励む小方

五月になると候補生が入校してきた。初めての事で中隊長も区隊長も張切って情熱を傾けて教育に没頭した。小方は給養から演習万般に至るまで気を配って世話をした。間には中、区隊の教育を視察し、アドバイスしたり、改善を加えたりした。現地教育も現地戦術も指導した。戦術の多くは大久保中佐が立案したが、指導法の教育等は夜、官舎に中隊長を集めて小方が指導して実施した。終ると洋酒やビールを出して一杯やるのが例となった。

小方は身の回りの世話のため、インドネシアの中流家庭の娘を雇った。色は黒かったが可愛い娘で「愛子」と名付けてやった。彼女はよくジョンゴス（召使）やバブ（洗濯の手伝い女）を使って家の中を取締ってくれた。小方はアイウエオから日本語を教えたが、すぐ覚えたので絵入りのカードを作って勉強させせた。日常の単語の試験をさせてみると八十点以上の成績だったので、金の指輪を買ってやった。

時々母親や父親が会いに来たが、大変喜んでいた。よく着替え等を持って来る母親は、ハイヒールを履いて眼鏡をかけた一見先生風の女性であった。父親も陸輸の事務員で相当の風采の人物であった。愛子はこまめに身の回りの世話をしてくれた。どんなに遅く帰っても彼女だけは起きて帰りを待っていた。時には入口の椅子で眠っている事もあったが、必ず傍にセパードを連れていた。よく気の付く娘で、小方が出張する時など何も言わなくても必要な品物を知っていて、ボストンバッグに準備をしてくれた。日本語も段々上達して、電話してきた人が日本人と間違う程になった。「茶碗蒸し」「刺身」「天麩羅」等、日本料理も覚えて作るようになったし、雨の日は日本酒をつける、暑い日にはビールを出す等、その気配りには小方も感心していた。私生活も充実し、公務の成果も大いに上がった。

九月の末に工兵隊長が陸大専科の初審に合格して内地に行く事になったので、小方が工兵隊長代理を兼務する事になった。週の前半は歩兵隊、後半工兵隊という具合で、火曜の晩マゲランに行き、土曜日歩兵隊に帰って来た。小方は歩兵だが、工兵の戦術教育も精神訓話もやった。時に教練も見に行ったが、歩兵の小方の言う事に本職の工兵が驚くような事もあった。科学的教えと実戦の経験がものを言った。

火曜日の夕食をスマランの官舎で済ますと、身の回りの荷物を持って自動車でマゲランに向う。愛子も同行する。マゲランの官舎に着くと、愛子は部屋の中や品物を点検してジョンゴスやバブに所要の事を命ずる。小方は翌日からの準備をする。水木金と工兵隊長の仕事をする。金曜日の夕方またスマランに戻る。日曜は大久保隊長、中島軍医と釣りに出かける。月曜はその週の事を準備し、火曜日は何かと歩兵隊の仕事をして夕方再びマゲランに出発する。道路はアスファルト舗装されているので六十キロで飛ばして二時間でマゲランに着く。

十二月の末に第一回の候補生が卒業した。輸送の関係で出発の見込みが立たずそのまま正月を迎えた。小方は元旦の昼食を洋食にして会食をした。夜は将校、下士官を招いて官舎で飲んだ。料理は愛子がジョンゴスを指図して素晴らしいものを作った。二日の日は候補生に見習士官の服装をさせて、避暑地ウォノソボに連れて行った。そこですき焼きをご馳走し、酒も飲ませた。一同大喜びで賑やかに騒いでいた。

一月四日の勅諭奉読式をしている時、工兵隊長がスマランに戻って来た。ここで申し送りを聞きたいと言ってきたので、小方はスマランに帰って申し送りをした。試験は不首尾だったらしい。「三ヶ月も留守番をしてくれた人間に、一杯の酒を出す事も知らないようでは落第に決まっているよ」小方は腹の中で笑っていた。

二月には又新しい候補生が入って来た。今度はア号教育をやれという通達が来た。対米軍戦闘法で、ジャングルと海岸戦闘が主体である。小方は色々資料を集めて準備した。ジャングル戦法は主として大久保中佐が教育し、小方は海岸戦闘を受け持つ事になった。教育はスケジュール通りに進んだ。暑い炎天下の訓練に候補生は汗だくになる。大きい水浴場の設備が欲しい。「小方君、水浴池を作りたいが、何とかなるまいか」「何とかしなくてはならんでしょう」「一つ頼むぞ」「はいやりましょう」大久保中佐に言われて小方は引受けた。機関銃中隊に土木請負業をやっていた堂本曹長がいたので、小方は彼に命じて設計図を書かせた。「どうせ池を作るなら、プールが欲しいね」「どうせやるなら役に立つものがいいでしょう」二日程して堂本曹長は立派なプールの設計図を持って来た。所要材料もちゃんと見積もってある。「よしこれでやろう」経理室に行って相談すると「セメントが全然ない。軍も出してくれないだろう、五百円以上の工事は経理部長の認可がいる」と言う。他に教育資料も欲しかったし、小方はこの件で一度軍に行きたいと申し出ておいた。

オランダ女性慰安所開設計画

偶々隊長会議に出席して帰って来られた隊長閣下から将校を集めて結果の伝達が行われ、終って高級将校だけの会食となった。その席上「今度、州庁では抑留婦人の内の希望者を募って慰安所を開くという事を耳にした。隊でも便乗したいと思って出発の時、駅で宮野長官に話したのだ。そうしたら一度抑留所の齋藤少将と軍政官に話してきてくれとの事だったので、会議の合間に齋藤少将と総務部長に話した所、いいから書類で申請してくれとの事だった。隊でも必要だろうからね。また駐屯地として他の業者とどんなにやるか一つ当って計画してみては。池田君、高橋とよく相談して見てくれ」と隊長が言った。

当時巷間には抑留所の婦人達は生活状態が悪く病人が多いとか、婦人達の中には監視のインドネシア巡査を引入れて強チンしたとか、誰の子か判らない子を孕んでるのが居るとか、十六、七歳の少年が助けてくれと逃げ出した、その理由は婦人達から情交を迫られて、体が持てぬとの事だとか、色々の噂が流れていた。

小方はこんな状況だから希望者もおるだろう位に考え、大して気にもせずに聞き流していた。数日して池田中佐に呼ばれて小方は本部に行った。「将校倶楽部には女は何名位入用かね」と聞かれた。小方は「十名入用」と答えた。「そんなに入用かね」「はい、要ります。将校が皆で五十名位です。八割の者が利用するとして四十名、一週一度として百六十回、欧州の婦人はとても一晩に何人もの客は取るまいし、やれ好きだ、嫌いだとも言うだろうし、月のものもあるし、まあ半月働くとして十名で百五十回、これなら何とかなるでしょう」「うん、そうだのう」

池田中佐は他の慰安所の所要人員表に追加して、将校倶楽部十名と書き込んだ。将校倶楽部というのは候補生隊が出来ると共に十八年の春創立せられた。これは候補生の教育に当る若い将校の娯楽と教養を兼ねて、しかも近くに設けられたのである。自動車を持っていない将校が町まで行くのは大変だし、出てもすぐには帰れない。又色々の客の込み合う所では、将校としての行動の指導も出来ぬので、寸暇に一寸行って楽しく来れる所がよかろうというのであった。池田中佐が委員長で始められたが、色々の事があって小方が委員長をしていたのである。

慰安所の条件

一月の末か二月の初めに、ア号教育普及のために池田中佐が内地に出張する事になった。その前夜、将校倶楽部で隊長閣下は大久保中佐、小方少佐、高橋少佐を招いて壮行の会食をやった。その席上で隊長は池田中佐に内地に行きがけに、慰安所の事を軍に申請してくれと言われた。軍のその係は佐藤参謀である。小方とは旧知の間だと大久保中佐が発言した。「そうかい、それは丁度いい。小方はこの前から一度司令部に行きたいと言っていたね。では池田中佐と一緒に行って申請もし、他の用事も済ませたらいいだろう。な、大久保中佐」「はい、そうですね。では小方君、君一つ行けよ」「はい、では行きましょう」「高橋少佐、書類を明日の出発までに作れよ」「はい」

こんな事で小方は池田中佐に随行する事になった。翌日昼過ぎの汽車で出発したが車内が混んでいて、小方と池田中佐は離れ離れの席になった。池田中佐が小方の所にやってきて「明日俺は停泊場や飛行班等で忙しいから、君一つ例の件は佐藤参謀に話してくれ」と書類を渡した。小方は「慰安所は一体どんなになるのですか。どういうようにやるのですか」と聞いた。「州庁との交渉やその他は皆高橋がやるからね。君は許可さえ受けてくればいいのだ」と池田中佐は言った。小方はああそうかと思って別に追及しなかった。汽車は大分延着した。司令部の下士官の出迎えの車でそのままデズインデスホテルに入った。池田中佐の部屋には経理室の松原曹長が泊まって色々手伝っていた。小方は水浴を済ますと町に出て行った。夜半に帰って眠った。

翌朝池田中佐は早くから松原曹長を連れて停泊場に行ってしまった。小方は軍司令部に行って佐藤参謀に会って書類を出した。佐藤参謀は所々修正して「これで許可する。書類は後で送るから」と言った。その他ジャカルタやバンドンのこの種慰安所の話が出て「一度、よく研究してやれよ」と言った。小方は礼を言って別れた。小方はその足で経理部に回り、水浴場のセメントを交渉したが「目下防禦工事に必要なのでやれない。代用セメントで作るのなら構わない」との返事だった。「ではセメントは買いません」と言ってそこを出た。教育係の参謀に会って色々資料を集めてホテルに帰った。池田中佐はまだ帰っていなかったので「所要の修正をして許可されたと池田中佐に言っておいてくれ。お前は池田中佐を見送ったらバンドンに来い」と松原曹長に言い残してバンドンに向った。

九時過ぎに着くとホテルで水浴をして私服を着て割烹「八重美」に出かけた。西貢のカフェー「八重美」がここに開いた店で、小方はバンドンに来る度に馴染みにしていた。「おや珍しい人ね」女将が喜んで迎えてくれた。色々馬鹿話をしながら飲んで宿に帰った。翌日は憲兵隊の木村少佐に電話して自動車を借り、プール作りのため煉瓦工場その他を見て回った。夕方木村少佐に誘われて飲みに出て帰った所へ松原曹長が到着し、池田中佐が飛行機で昭南に発った事を伝えた。

そこで小方は彼を連れて欧州人の慰安所を見に行った。松原は規定その他を写していた。小方は一人の婦人の部屋に上がった。翌日は二人で兵站部に出かけて、その慰安所の事について何かと聞いた。夕方一緒に八重美に寄り、チリ鍋で一杯やって夜行でジョグジャに向った。翌朝未明にジョグジャに着きホテルで入浴と朝食を済ませ、マゲランの工兵隊から車を借り自分の車をスマランからマゲランに回すよう依頼した。工兵隊で隊長と雑談している所へスマランの車が着いた。

スマランに帰り着くとすぐ隊長の所へ報告に行った。小方は控えを出して、修正箇所を説明し、「必ず希望者に限る事、近く書類を送って寄越す事」を報告した。「そうかご苦労。よく高橋少佐に話しておいてくれ」との事で、小方は高橋少佐に詳しく話した。そうしてバンドンの慰安所の事も話した。松原曹長が写してきた書類も渡した。「そうですか、よく判りました。早速州庁にも連絡しましょう」高橋少佐は承知した。

カナリーランに来た慰安婦たち

小方はジャチガンの歩兵隊に帰った。昼食の時に色々話が出た。大久保中佐にも概要を報告しておいた。小方はすぐに堂本曹長を呼んで代用セメントで作る事を話した。堂本曹長もアンバラワの近くで煉瓦を焼いている事を調べていた。小方は早速、煉瓦、代用セメント、石灰等を経理室に注文した。次の日から各中隊の勤労奉仕作業でプールを掘り始めた。候補生にとっても土工の教育になる事だし、プールが欲しいという希望も手伝って皆張切って働いた。

小方は将校倶楽部の経営者蔦木に、今度欧州婦人が十人来るから準備せよと言っておいた。将校倶楽部の食堂に付加するのである。家屋はもう池田中佐が出発前に決めてくれていたし、経理室でも応援してくれた。小方は時々その模様を見たり聞いたりしていたが、段々準備も出来つつある事を知っていた。暫くして小方は池田中佐不在間、同官の代理を兼務するように命ぜられた。小方は時々本部に行って教育書類を見たり、経理の書類を点検したりしていたが、大部分は歩兵隊に居った。大久保中佐はジャングル戦の研究に忙しく、小方はその準備や援助やらをやりつつ海岸戦闘の研究を進めていた。日曜日は相変わらず大久保中佐、中島軍医と共に魚釣りに出かけていた。この頃は大物釣りが流行って、大いに腕によりをかけていた。

二月二十五、六日頃の午後、小方は歩兵隊の彼の部屋で事務を執っていた。卓上電話が鳴った。高橋少佐からであって「今日慰安所の婦人達がカナリーランに集合しているのだが、自分は手のひけない仕事があるから、済まぬがカナリーランに行ってくれ」との事であった。

小方は仕事をすまして、十六時頃カナリーランに行った。それはゴルフ場近くの空いたホテル様の建物であった。小方がそこに到着すると十数名の婦人が既に集まっていた。彼女達は小方を見ると、一斉に空腹を訴えた。小方はそこに居った森本に、将校倶楽部に行って、食餌《しょくじ》を作ってきてやるように命じた。森本はすぐに出て行って、暫くしてナシゴレンを洋皿に盛ったのを運んできて婦人達に与えた。婦人達は子供達と共に大喜びで食っていた。小方はそれを見て噂の給養が悪い事はほんとだったのだと思った。この婦人達は悪い給養に居たゝまらず、慰安婦を希望したのだと気の毒にもなって来た。

そのうちに又バス二台で婦人達が到着し、荷物を降ろすやら一騒ぎがあった。州庁の役人もいた。古谷、蔦木、下田もいて色々と世話していた。州庁の役人が婦人達を表の部屋に呼び集めた。マレー語で何かしきりに説明を始めた。婦人達は黙って聞いていた。小方は表のバルコニーで椅子に腰かけて見ていた。話が終ると婦人達は一枚ずつ紙を渡されてサインしていた。州庁の役人が小方の所に来て「どうも人数が集まりませんで申し訳ありません。これだけ連れて来ました。これで当分辛抱して下さい。この婦人達は昨日は希望すると言ったかと思うと今日は嫌だと言うのですからね。また明日になれば希望するかもしれません。困りますよ」と言っていた。小方は「そうか、三十六人かね。少し足らんのだが仕方ないよ」と言った。小方はポケットにまだ控えがあったのを思い出して、出して見た。所要人員は四十四、五名であった。

「二割足らんな」と頭の中で考えていた。

婦人達は鉛筆や万年筆を借りたりしてサインした。役人がこれを集めて小方の所に持って来た。小方はそれをめくって見たが、左にマレー語で右に日本語で慰安所で働く事を承諾すという承諾書であった。二台の自動車と共に石田大尉が姿を現した。石田大尉が本部の経理室で営繕等やっていたので、将校倶楽部の設備に協力していた事は知っていたが、見に来たんだろう位に小方は考えていた。

日はぼつぼつ暮れが近づきつつある。小方は役人に「おい、早く分けてやれよ」と言った。「はあ、これはどうも難しいですから、一つお願いできませんでしょうか」と答えた。「それなら先ず将校倶楽部の要員を貰うか。全般に二割少ないからそのつもりでな」と四人の業者に言った。「はい」皆かしこまった。「蔦木、では先ず将校倶楽部のを貰えよ」「さあ、私では判りませんから少佐殿、一つ採って下さい」と蔦木は頭を掻いた。「そうか。ぐずぐずしていたら日が暮れるぞ。ではあの青い服、あの縞の服、あの子供を連れた人……」小方が示すのを蔦木が別の所へ連れて行った。「よしこれで八人だ。早く連れて行って休ませてやれ」バスに乗りかけて「妹が行くなら私も一緒に」と飛び出して来た女がいた。これを又希望通りにしてやった。乗ったり降りたり賑わった。バスは出て行った。後は三人の業者に分配だ。勝手にやらしたら不平が出る。人員に按分して一名、二名と順に取らせた。業者たちは皆分配を終った。小方は「大事にしてよく可愛がってやれよ」と言って各バスを見送った。

将校倶楽部の慰安婦たち

小方は将校倶楽部に来て見た。婦人達はバルコニーや廊下の椅子に腰かけて雑談していた。「蔦木、まだ部屋割りはしなかったのか」「ハイ」小方は「早く部屋に分けて行かせて、荷物を置かせろ」と言って蔦木に部屋割りをさせた。婦人達は荷物を持って各部屋に行った。この時も色々と希望が飛び出して、なかなか部屋が決定しなかった様であるが、彼女達で何とか決めたらしい。婦人達を又集めた。「先ず名がないと何かと不便だから名をつけてやろう」と小方は一号室秀子、二号室文子、三号室道子、四号室米子、五号室糸子、六号室睦子、七号室奈奈子、八号室八重子と名をつけてやった。蔦木が洗顔用の石鹸を一ヶずつ分配した。彼女達は自分の名をその包装紙に書きつけたりしていた。何度も聞き返されたが、小方は部屋番号さえ聞けばすぐに名を言った。婦人達は八名を一度に名をつけておいて、後で聞かれてすぐに名を言うので不思議そうにしていた。しかし何も仕掛けがあるわけではなく、ヒフミヨで分けているのだから簡単であった。小方は蔦木に給養をよくしてやるように、又二人につきバブ一人を雇ってやって掃除や洗濯をやらせるように命じておいた。「先ずマンデーでもして夕食だ」と婦人達を自室に帰らせた。

小方も官舎に帰ってマンデーした。小方の官舎は倶楽部から四、五百米である。小方はマンデーを済ましてから夕食をどうしてるかと又倶楽部に行った。勿論自動車で何の事はない。行って見ると婦人達もマンデーして服装を替えて快適に見えた。バルコニーに集まって来た。蔦木がジョンゴスやバブを指揮して夕食を運ばせていた。婦人達がテーブルについて互いに分配した。小方は一方の椅子に腰かけて見ていた。皆嬉しそうにはしゃいでいた。糸子が鶏の足を高く持上げて「これは何でしょう」マレー語で叫んだ。皆がそれを見た。「ああ、鶏だった」一同大笑いした。「鶏は二年目だ」「珍しい」「おいしい」とはしゃいで食っていた。「部屋もいい。これ位の部屋には十二、三人入っていた」とも言っていた。「先ず居住、食事、彼女達は満足しているようだ」小方は帰って行った。夕食後例によって大久保中佐の官舎に麻雀をしに行った。「今日婦人が来た事、居住、食事、大満足のようです」と報告した。「そうですか、それはよかった」と言っていた。

翌朝小方は本部に出かける途中一寸寄って見た。文子や道子が「本を貸してくれ」とせがんだ。小方は「よしよし、持って来てやる」と約束した。小方は昨日の概要を閣下に報告した。承諾書を高橋に渡しておいて、あちこちでオランダ語の本を集めた。十四、五冊、五〇センチの高さがあった。小方はこれを持って行ってやった。皆大喜びでこの書物を分け合って、早速読み始めていた。「今迄本もなかったのか」可哀想に思った。

三日目も本部の帰りに一寸寄ってみた。婦人達の姿が見えない。蔦木に聞くと「昨夕卓球の道具を買ってやったので、皆でやっているのでしょう」とのこと。小方は高木を連れて設備を見て回った。二軒目の家の広間に婦人達は皆集まってピンポンをやって騒いでいた。小方は立って見ていた。「貴方もやりませんか」とパットを出した。小方はそれを受取ってやりだした。小方は元々上手である。婦人達は立ち代わり入れ代わりやったが、誰も小方には勝てなかった。道子が一人少し上手で、「今度こそは」と顔を赤くしてやったが駄目だった。小方は婦人にパットを渡して帰って行った。婦人達は小方にはもう何でも言っていた。「食事どうだい」「うまいです」「パンが欲しい」「珈琲が欲しい」色々言った。小方は蔦木に出来るだけ親切にしてやれと言っておいた。蔦木も亦よく努力していたようである。

開業の前夜

十九日に駐屯地会報で各慰安所は三月一日から開業と達せられた。小方は二十九日の夕方、通訳を連れて倶楽部に行き、婦人達を集めて倶楽部の規定を説明した。お客は皆将校である事、酒を飲んでいる客は入れぬ事、身体の具合の悪い者は休んでよい事、客と話が出来たら婦人が金を受取って事務所でチケットを買う事、嫌な時は断っていい事、休む者は事務所の名札を赤にして置く事、切符を買った時も同じ事、衛生に注意して病気しない事等であった。三、四名の婦人同士がオランダ語で言っていた。年長者の秀子が「必ずサックを使うようにしてくれ」と言った。「よろしい、承知した。では軍医に一度診察させるから。又今夜は前祝いにご馳走しよう」と言って小方は玉台のある食堂の方に行った。

丁度その日中島軍医が演習場から帰って来ていたので、小方は彼に倶楽部の衛生の世話をやくように命じておいた。彼は小方が規定の説明をしている時にやって来て一寸顔を出したが、蔦木の案内で設備を見て回っていた。球を撞いている小方の所に来たので「もう話は済んだので、一つ診断をしてくれ」と頼んだ。暫くして「診断しましたが異常ありません」と報告に来た。「ご苦労さん、皆診たのかい」「いいえ、健康診断だけして後は問診しました。皆病気はないそうです。いいでしょう」「うん、いいよ」小方は蔦木を呼んで「今夜開業祝をするから準備して置け」と言いつけて帰った。小方はマンデーして夕食を済ましたら、蔦木から電話で「ご馳走が出来ました」と言ってきた。倶楽部に着くと既に転勤の内示を受けている高橋少佐を呼び、彼と相談して後任に予定されている河村大尉、中島軍医、藤本中尉等を招いた。

慰安所の広間にはテーブルを集めてご馳走が乗っていた。婦人達も特別化粧して美しくして集まった。小方は招いた人々に「話は済んでいるのだから、各人毎に交渉が成立すれば遊んで帰ってよい」目標がぶつかってはいけんからと、部屋番号を配当しておいた。八人の将校と八人の婦人との会食が始まった。蔦木が酒はどうするのかと言ったので「婦人との会食には酒を飲まないのが外国の礼儀だから、酒はいらぬ」と言っておいた。婦人達も賑やかに食い出した。

睦子と糸子が「日本の将校は酒は飲まないのか」と尋ねた。「飲まない事はないが、今夜はご婦人との会食だから遠慮しているのだ」と言うと「自分たちも長いこと飲んでいないので飲みたい。持って来て欲しい」との返事である。「ここの規定では酒は持って来られない」「今夜はいいじゃないか」とう〳〵ブランデー一本とビール五、六本を持って来させた。婦人達も少しずつ飲んだ。将校達も飲んで、一層賑やかになった。「私の名は睦子」「あの人は米子」等と言って笑い興じた。果物も出て会食も終りに近づいて、各人の交渉も成立した様子を見て取った小方は「ではこれで解散」と言った。

皆別れ別れに部屋に帰った。二人仲良く腕を組んでいるのもあった。何人も浮き浮きとした足取りであった。小方の側にはさっきから道子が座っていた。ピンポン以来小方は道子を可愛いと思っていた。二人は二人連れで出て行く人々を見送って互いに顔を見合わせて微笑んで、暗黙の間に了解は成立していた。

皆が出て行った後、二人は近くの道子の部屋に入った。小方はソファーに腰を下ろし煙草に火をつけた。道子は小方の背広の上着を洋服箪笥の前にぶらさげた。道子は一度部屋を出て行ったが又すぐ帰って来た。戸に鍵をかけた。服を脱いでシュミーズ一枚になった。彼女はタオルを持って電灯に覆いをしようとしたが、手が届かぬので小方に椅子を持っていてくれと言った。小方は椅子を持ってやった。彼女はその肘掛けの所に上って覆いをした。室内がほの暗くなった。寝台には新しい白布がかけてあった。彼女が小方に裸になれと言う。小方も立上ってズボンやシャツを脱いだ。越中褌を不思議そうに見ていたが、とう〳〵紐を解いて彼の手を取って寝台に上がった。並んで寝て彼女の胸に目をやると乳房がむっくり盛り上がっている。小方の血が流れ始める。小方は唇を押し当てた。道子はじっとしていた。小方の右手が延びた。道子の〇部に触るとドロドロと粘液を感じた。道子はむっくり起き上がって枕の下からサックを取出した。そうして小方の一物に装着し終ると又寝た。小方は道子を抱き寄せた。二人の呼吸が室内の空気を揺るがせた。道子はタオルで以て小方の一物をふいてくれた。そうして出て行った。小方は起き上がってズボンを履きワイシャツを着た。

自動車の音がして誰か入って来たようである。「小方少佐殿、一寸自動車を拝借しました」中島軍医の声である。「どうしたんだい」「一寸薬を取りに行きました」「そうか」道子が帰って来て、シュミーズを着て小方の服を取って来た。小方は腕時計をテーブルの上に置いたと思ったが、眼鏡と一緒に道子の机に乗っていた。道子が持って来て「私の父の時計も同じ型です」と小方の時計を見ていた。彼女は又小さな写真立てを持って来た。小方は椅子に腰を下ろして煙草に火をつけた。「これお父さんよ」「立派なお父さんだね」それは壮年らしい堂々たる人の写真であった。小方はポケットから紙入れを出して紙幣を二枚彼女にやった。「有難う」彼女は受取って表や裏の絵を見ていた。「ではさようなら」小方は帰って行った。「さようなら」道子は見送った。どこも静かであった。小方は一寸蔦木の所に立ち寄って帰って行った。

将校倶楽部の繁盛

翌晩から正式に開業した。若い将校達はつめかけて、食堂の方の前からの女給が少々妬きもちを焼いていた。小方は監督のため、よく食堂の方に行って全般の状況を見ていたが総ては規則正しく行われていた。四、五日して、婦人達の意見だと言って、秀子が「食堂の方も自分達で受持ちたい。今の混血娘をやめさせてくれ」と申し出て来た。それは三月四日か五日の夜、高橋少佐の送別会の時、初めて彼女達を食堂に出して給仕させたのである。初めは恥ずかしそうにしていたが、慣れて朗らかにやっていた。それで食堂の方も引受けたいと言ったのである。小方はこの意見を採用してやった。今迄の女給は古谷の所の食堂で使ってくれる事になって万事巧く行った。

これで将校倶楽部は全部彼女達のものになった。皆お化粧を凝らして食堂の方に集まっていた。食堂のサービスをする。玉撞きのサービスをする。話がまとまれば手を組んで帰って行く。まるで彼女達が女主人であるかのように見えた。昼はテニスをやったり、ピアノを弾いたり玉を撞いたり、小方は皆許可してやった。夕方よく小方達はテニスをやりに行った。彼女達も混じって朗らかにやった。

この頃食堂で巻寿司を作っていた。「それは何ですか」「巻寿司だ」「うまいか」「うまいよ、一つ食べてみないか」道子が恐る恐る口に入れる。「これは美味しい、もう一つね」小方は更に一皿注文した。道子は文子や八重子を呼んできた。「これ、美味しいよ」と道子が彼女達に薦めた。「どれ一つ」と二人が手を出して食った。「ほんとうまいよ」皆笑った。その後は小方が寄る度に巻寿司をせがまれた。「これ持ってピクニックに行きたい」「よしよし、その内に連れていってやる」小方は中島軍医と連れ立ってよく玉撞きに行った。その時はいつも道子と文子が来てゲームを取った。

終ると食堂で小方はビールを飲み、中島は寿司を注文した。彼女達も寿司を食べた。他の将校達も仲良くしていた。よく一緒に食事しているのを見かけた。小方が顔を出すと、他の婦人達が必ず道子を呼んだ。道子は少々顔を赤らめて出て来ては何かと世話をやいていた。小方もああ可愛い女だと思って、時々泊まっていた。彼女は段々親切さを増して来た。小方は日曜日はいつも大久保中佐、中島軍医と三人で釣りに行った。多く釣れた時など運転手にもたせてやった。蔦木が料理して婦人達にやった。婦人達は小方が釣り好きな事をもよく知っていた。

「一度釣りに連れて行ってくれ」とせがまれ小方も約束していた。皆大変喜んでいた。

そのうち小方達はジャングル戦の訓練のため、ボジャの森林に泊まりがけの演習に出かけた。森林の中に天幕露営して森林内の攻撃、防禦、捜索警戒、道路構築等を研究しながら訓練を重ねていた。湿気の多い森林内で全身水に浸かりながら、将校も候補生も真剣に訓練を続けた。森に入って五、六日目頃河村大尉がやって来て大久保中佐に「今日、軍の佐藤参謀が造船所の視察に見えて、ついでに慰安所も見たいと言われました。池田中佐は帰ったばかりだから小方少佐に案内してもらえと閣下が言っておられます」と報告した。大久保中佐が小方を呼んで伝えたが、小方は「教育中だから帰らない。池田中佐に頼んでくれ」と断った。「君の方がいいだろう。閣下も言っておられる事だから」と重ねて大久保中佐に言われて、小方は夕方スマランに帰って来た。

池田中佐が三月終りか四月初めに帰って来たと聞いていたので、本部に寄って彼に会ったが「よろしく」との事であった。小方は久し振りにマンデーをして髭を剃り、ホテルに佐藤参謀を訪ねて設立以来の経緯を報告した。「まあ百聞は一見に如かず、一度見て下さい」「今夜は造船所の人々を双葉荘に招待しているから」「ではそれが終ってからでいいでしょう」「そうだな。では十時頃迎えに来てくれ」小方は一度倶楽部に帰って食事を済ませ、球を撞いて時間を潰した。

十時自動車で迎えに行くと、佐藤参謀が席を外して出て来た。二人はそのまま倶楽部に行って一室に入りビールを飲み始めた。道子、文子、米子、八重子達が集まって来て賑やかになった。婦人達も歌ったりしてはしゃいでいた。「おい小方、ここはいいなあ。家もいいし婦人達も朗らかだね。巧くいっているんだなあ」「はい、彼女達はとても朗らかですよ。若い将校と心中でもしてくれなければいいがと、そんな心配をしている位です」「うん、そうだろうなあ。なかなか別嬪もいるしね」小方の側には道子が付き、佐藤参謀の近くには米子がいて何かとサービスしていた。「どうです、一晩泊まっていきませんか」「うんそれもいいね」「誰でもいいですよ、話さえつけば」「そうか泊まるかなあ。そこにいるのは貴様のチンタ（注　インドネシア語の愛人）のようだしね、ハハ……」

結局米子と話がついて、彼女がいそいそと彼の上着を持って部屋に帰った。小方も道子と部屋に入った。隣が米子の部屋で時々二人の笑い声が聞えていた。翌朝小方が車で迎えに行くと「いや、愉快じゃやった」佐藤参謀は大満足の態で出て来た。小方はこの事を池田中佐と閣下に報告した。「ご苦労じゃやった。よかったのう」と言われた。

慰安所の閉鎖

小方は再びボジャに帰った。大久保中佐にも概要を話すと「あの倶楽部なら誰が見てもいいさ。全く皆朗らかだからね」と言っていた。森林戦闘の教育も終って皆山から帰って来て、倶楽部も賑わいを取り戻した。

四月下旬小方が教育の話で池田中佐の所へ行っている時、河村大尉が軍からの電報を持って来た。「軍は欧州人による慰安施設を閉鎖す。希望の有無に拘らず全員を収容所に返すべし。営業は直ちに停止せよ」となっていた。三人は顔を見合わせた。「どうしたんだろうか」「軍の方針が変わったんだな」「仕方ないね」「ではすぐ営業を停止しよう」小方は帰路、倶楽部に寄って蔦木に「営業を停止せよ。誰も入れてはいかん。当分倶楽部も閉鎖だ。収容所に返すそうだからよく可愛がってやれよ。食事もよく気をつけてやれ。俺も他の者の手前、もう来ないから」と言っておいた。小方は世話をしてやりたかったが「瓜田の靴」の戒めもあるので遠慮した。あまり閉鎖が急だったので釣りやピクニックの約束も遂に実現しなかった。

　小方は相変わらず教育に忙殺されていた。プールも大分出来上がり、小方は排水栓や水道の手配であちこち走り回っていた。蔦木の報告では、婦人達は毎日テニスをしたりして遊んでいるという事だった。四月二十九日、プール開きを行なった。それに先立ち前日に注水を始めたが、小方が見に行くと堂本曹長他二名の下士官が目をみはって見つめていた。「いや立派に出来た。ご苦労ご苦労」「大丈夫とは思いますが今夜一晩心配です」「何大丈夫さ。いけなかったら又作り直すだけさ」小方は帰ったが、下士官達は水圧による故障を心配して見守っていた。

　十二時を回って小方も寝かけたが、下士官達の事が気になり、運転手を起して見に行った。下士官達は小さなランプを点けて起きていた。水は殆ど満水していた。「お前達が見張っていると思ったら、寝るのが済まないような気がして来てみたんだ。まあこれでも食ってくれ」取りあえず持って来たザボンを取出した。「有難うございます。別に異常ないようです」「よかったね」「はいお陰様で」一時間ばかりプールの側で馬鹿話をして「もう大丈夫だ。早く寝よ」

と言い残して帰った。彼らの責任感に感心した小方は、翌日大久保中佐に報告しておいた。

天長の佳節を卜してプール開きをやった。泳ぎに自信のある連中が色々妙技を披露した。小方は夕方、三名の下士官を主賓にして祝賀会をプールサイドで催した。彼らの労をねぎらうには余りにも小さすぎる小宴であったが、皆喜んでくれた。プールは翌日から早速訓練に使用され、小方は極力辞退したが大久保中佐が「小方池」と命名した。小方は余った材料で候補生と営内者のために温浴場も作ってやった。

暇になると小方は海岸演習のためジャパラ、レンバン、クラガン等諸所を見て回った。クラガンには第三十八師団の上陸記念碑が聳えていた。結局距離も近く波も静かで地形も面白いのでジャパラに決めた。小方は若干の委員を連れて研究演習を実施した。海岸防禦、舟艇機動、上陸戦闘、防禦戦闘等である。又一方で小方は「ジャングル戦闘の参考」「海岸戦闘の参考」という参考書を編纂していた。この仕事も中々楽ではなかった。資料も少ないので実験や研究を重ねながら作らなければならない。又候補生の教科書になるものだから一字一句粗末には出来なかった。対船射撃等は標的船に実弾を撃ち込んで資料を集めた。小方の交渉が功を奏してスマラン造船所がよく協力してくれ、発動艇やモーターボートも作ってくれた。倶楽部の女性達は閉鎖後十日位して、収容所に引取られた。業者は皆駅まで送って色々贈り物を持たせたとの事。蔦木から報告を受けたのは五月の初めだった……。

候補生の図上演習、現地戦術と行事に追われる日々が続いた。大きな演習は小方が計画した。色々実戦の経験を織り込んだので候補生は苦労したが、完全にマスターすれば大きな自信になる筈であった。七月下旬、ジャパラで海岸演習を行なった。主催者は小方である。三井物産の造船所と現地人の造船所が全面的に協力してくれた。海岸に天幕露営して各隊の教育が始まった。資材や舟艇の配分は小方が自分でやった。五日目に半日休養日を設けて、付近の漁村から船と人夫を雇って地引網を引かせた。生れて初めての経験という候補生もいて子供のように喜んで遊び、魚は夕食の加給品となった。隊長閣下はボルネオに旅団長として栄転され、中村大佐がスマトラから転任されて来られた。

パレンバン施設隊への転任

海岸戦闘を指導している小方の所へやって来た新しい部隊長が「小方君、君転任だぞ」「何処ですか」「ここだ」とポケットから電報を出して見せられた。「第七方面軍司令部付に補す。南方軍臨時施設隊勤務を命ず。直路同隊に赴任すべし」「臨時施設隊？」「何でもパレンバンで防空工事をしている隊らしい」との事であった。「どうして俺がそんな所にいくのかなあ。プールや浴場を作ったからかな」何をするのか判らなかったが、命令では仕方がない。海岸演習も二日程で終り、転任の準備に忙しくなった。色々送別会も続き、皆名残を惜しんでくれた。七月三十日にスマランを出発し、三十一日軍司令部に顔を出して挨拶を済ませ、八月一日飛行機でパレンバンに向った。

パレンバンの飛行場に着くとホテルに行く自動車に便乗した。ホテルから部隊に電話すると「只今午睡中ですから十五時に自動車を迎えに出します。それまで休んで下さい」との副官の答である。小方は「この戦争中に午睡もないものだ。第一線の事を考えたら出来る事ではない」と少々不愉快になった。食堂に行ったが飯もまずいし、部屋も汚い。昨日までの生活を考えると癪に障る事ばかりである。十五時になっても車が来ないので再度電話すると、隊長が他出中だから帰り次第出すという返事に益々憂鬱になって寝台に寝転がって時間を潰した。

小一時間して自動車が来た。本部に到着し副官の案内で、西岡隊長に申告に行く。隊長は十九期というからいい爺さんである。人は良さそうだが頭の方はどうか。申告すると「いやどうもご苦労様でした。この隊は主計と技術者ばかりの隊でしてね。ここの防空施設をやるのですが、一向に捗らずに困っているのです。君には大切な輸送課長として輸送の方をお願いします。自動車中隊が十七と水上輸送中隊があります。これが一番の問題です。よく研究してやって下さい。工兵の中佐が一人来る事になっているのですが、まだ着任しません。これが来て総務部長として働いてくれる筈ですが、ビルマにいるらしく何の連絡もありません。もしこの人が来たら君は又別の仕事をして貰うかもしれませんから」

何の事かよく判らない。小方は「よろしく」と頭を下げて副官の所に行った。この副官も召集の大尉でよく笑うばかりで要領を得ない。経理部長の川上主計大佐が何かと指図している様である。企画部に挨拶に行くと技術屋の少佐が二人いるだけ。

輸送部に顔を出すと若い大尉と中尉が一人ずついた。大尉は輜重兵出身、中尉は捜索聯隊の出であった。下士官が五、六名、当番が二人の所帯である。小方が挨拶をすると谷口大尉が皆を代表して申告した。「おい谷口君、この隊は一体何かね」「無茶苦茶ですよ、隊長はあれだし、副官もあの通り。主計の大佐が指揮をしているようなもので、なっていませんよ。考えると癪に触るから考えないようにしています。少佐殿もあまり考えない方がいいでしょう。まあぼつぼつやりましょう」「そうか、変な隊だね。一つ色々の規定や計画を見せてくれんかね」「そいつも企画が握っているだけです。企画に行って見て下さい」

小方はホテルに帰ったが食事はまずいし、酒もない。暫くわびしい日々が続いた。副官の話では「官舎も少なくてよくないから当分ホテルにおってくれ」との事である。良ければ幾ら居ても構わないが、これでは叶わない。隊の事も皆目判らないし、このままじっとしてもおられない。翌日から小方は企画部に詰めきって、隊の任務、職員及びその任務、計画と現況等を書類上で調べ上げた。

三日もするとおぼろげながら部隊の任務も判って来た。「これはいかん。こんな呑気な事はしておられないぞ、パレンバンの防空施設を作り上げる大仕事だ。計画は立派だ。しかし実施が捗っていない。一つ現地をみてやろう」小方は連日自動車で現地を見て回った。何処も彼を満足させる所はなかった。小方は考えざるを得ない。「日本の陸海空が期待しているこの燃料だ。それを守る施設建設は遅々として捗っていない。資材は足りない。輸送が利かない。本年中に終るべきものがまだ半分も出来て居らない。これは黙って居られないぞ」

防空施設隊の改革

早速小方は西岡隊長を官舎に訪ねた。主計や技術将校が集まって遊んでいた。「やあよく来たね、さあどうぞ」「小方君は麻雀はやらんのか」てんでに遊ぶ事に誘った。「またやりましょう」小方は「少々お話したい事があります」と西岡隊長に申し入れた。「そうか、では別室ででも」隊長は彼を誘って別室に移った。

「私は着任して日も浅く研究も十分出来ておりませんが、一体部隊の任務は達成されるおつもりですか」「それがなかなか難しいのですよ。何分大工仕事でしょう。資材はなし、輸送は利かず、苦力は病気が多いというのだからね。軍にも申し上げているのですがね。まあそのような訳で、君や工兵の中佐が来てくれる事になったのですよ」「そうですか、達成されるように努力しているのですか」「まあ何とか皆がやってるんですがね」「私の目から見ると、まだまだ努力が足りない様に見えます。第一線にいる人々の事を考えたら、やれ午睡だ、やれ日曜だと休んでいる事は出来ないと思います。それに部隊の実権を主計が握っているようですが、軍隊は主計や軍医がはびこっていては力がなくなります、なぜもっと本科の将校がどんどんやらないのです」「しかしね君、ここの隊は戦するのではなく資材が最も重要な部を占めているしね。川上大佐もいるからね」「川上大佐はいくら大佐でも主計です。それが部隊の運用その他に口を入れては部隊は動きません。何も隊長が大佐だからと言って遠慮はいらんではありませんか。思い切ってやりなさい。今の様子では任務は達成せられそうもありません。只申し訳ないと腹を切ってみても防空施設は出来ません。一生懸命やって斃れれば本望ではありませんか。どうです、おやりになりますか」「いや、それは君の言う通りだ。しかしこの隊は主計と技術者ばかりだからね。川上君の意見も重んじないとね」「そんな事はありませんよ。ちゃんと各官の任務が決っているんですからね。工兵の中佐が着任されなければ、その代理は本科の将校がやらなければなりません。もっとしっかりして下さい。貴方は一度退職されたのだから、もう誰にも遠慮はいらないではありませんか」「君は言いにくい事をずばずば言うね」「本当に国軍の事を考えるからです」「まあしばらく、僕にも考えがあるから君は君の仕事だけしていなさい」「そうですか」小方は不快な気持で帰って行った。その時彼は既にホテルを出て主計と衛生の中尉とが同宿の小さな官舎の一部屋に住んでいた。給養は悪く、兵に聞いてみると彼らの所はもっと酷いとの事である。

小方は昼食の時、給養係の主計を捕まえて言った。「おい、阿部主計。これは一体どんな給養だ。定量あるのかい」「いいえ足りません」「一体、足りませんで済むのかい、何故足りないんだ」「野菜も肉も手に入らないのです」「入らないのではない、入れないのだろう」川上大佐が不愉快な顔をして聞いていた。「努力しているのですが、なかなか集荷出来ないのです」「君は経理官なら、もっと働けよ。本部がこれだから部隊は思いやられるね。市場に兵をやって見ろ、野菜でも魚でもあるぞ」「高いです」「これは驚いた。高いものを食ってはいかんのか。戦時給養規則はいつ変ったのかい、金額ではあるまい。量が規定されてるだけだろう」「それはそうですが、軍経理部長の価格表によらねばならんのです」「そんな馬鹿な話はない。価格は需要と供給から決まるのだ。一つの基準に過ぎないのだよ。買え、買え。どんどん買って兵に旨いものを食わせろ」「小方君、君はよく経理の事を知らんのだよ。軍として経理があるのだよ」

川上大佐が口を入れた。「川上大佐は主計の大佐ですからよく経理をご存知でしょう。しかし私は部隊長もやりました。経理委員首座もやりました。私は軍隊の運用上、必要な給養をしていけないという事を聞いておりません。戦時給養は絶対です。これを充足するのが主計の役目でしょう。金目ではありません。兵の給養を見なさい。あれで一体兵が勤務出来ますか。我々の食事でも見なさい。貴方達は隊長官舎で集まって旨いものを食わせられるので判らんでしょう。第一あれからして私はいけないと考えております。旧部隊の者だけ一ヶ所で毎朝毎晩食事しているのは、部隊の団結上からも面白くありません。断然改めて頂きたいです」皆が小方の方を見て嬉しそうに笑っている。「小方君、あれはね、私が淋しいので皆に来て貰ってるんだよ」隊長が弁明した。「隊長というものは淋しい位我慢すべきです。部隊の中で何と言っているかご存知ですか」「何か言っておりますか」「大いに言っております、も少し考えて下さい」「そうかね」「若い将校なんか皆こぼしておりますよ」川上大佐は形勢の不利を悟ったのか、阿部主計に「市場に行って買え」と命じた。その夜は皆に大きな蝦《えび》がついていた。「ハハ、矢張り小方少佐には叶わんな」一同大笑いしていた。

脱兎のごとき改革者

これを皮切りに小方はどんどん改革を進めた。今迄各隊に荷物廠で野菜その他を分配していたのを自隊調達とした。この方がよく品が手に入るのである。そもそも施設隊の担任している給養部隊は日本軍三万、軍属一万、苦力十二万人である。これは少々の事では食わせる事が出来ない。分遣している者は別として、その大部分の者は近くに居住している。小方は彼等の給養についても持論を曲げなかった。苦力がどうしても働かない。作業ぶりを見ていても感心出来ない。病院に行って見ると患者が多い。自動車は自動車で故障が多い。毎日二五〇台位しか動いていない事を知った。八〇〇台ありながら、二五〇台とは情けない話である。川の方は上手く行っている。水上中隊長は小方が旧知の後瀬大尉がどんどん実績を上げていた。

小方は輸送会議を開いた。「何故自動車がもっと動かないのか」「部品がない」「タイヤがない」「修理工が足りない」中隊長達が口を揃えて言う。小方が「それでは部品を持って来て、タイヤを集めて来て、修理工を連れてきたら皆動かせるか」と聞いて「よろしい、では俺が部品、タイヤ、修理工全部持って来てやる。そうしたら皆動かせよ」「そうして貰えたらやります」「よーし、約束したぞ」後は酒を飲んで皆で騒いだ。小方はその事を隊長に報告した。「君、それができるかね」「出来るか出来んか、やります。やらねばなりません。私はそれを実行するためにジャワに出張します。命令を出して下さい」「一つ骨を折ってください」「承知しました。何とかしましょう」

翌日小方は飛行機でジャカルタに飛んだ。パレンバン付近は低地でクリークがよく発達している。出発前に後瀬大尉と相談して、小舟を利用して陸上輸送を肩代わりさせ、自動車を重点的に運用する事を考え調査を命じておいた。輸送課にも空車を走らせぬ様、計画的運用の研究を命じて出発した。

小方は十六軍司令部に行き、後方担当の宮本参謀に会って話をしたが、この男は十六軍ある事を知って日本軍ある事を知らない。「これは話しても無駄だ」小方は話す気も失って軍政部に顔をだし、修理工の募集を頼んだ。雇用条件も決めて書類を作らせたが、最後に主任参謀の印を貰う事になった。「あの馬鹿か」小方はそのルートを諦め、直接やる決心をした。「十六軍が怒るなら怒れ。俺は日本軍のためにやるのだ」その足で彼はバンドンに回った。近く彼の指揮下に入る予定の三中隊の様子を知る事と、出来ればその中に修理工を多く含ませて貰う事を頼むために自動車隊を訪問した。隊長はよく判った人で、何とか努力しようと言ってくれた。

小方は更に自動車廠にも寄った。廠長も何かとよくしてくれてタイヤ百本と若干の部品をくれる事になった。出発に際し、隊長に十万円の仮払を申し出たが、川上大佐に言えばすぐ送ると言って出してくれなかった。小方は三十万円送るように電報を打ってその夜、八重美に自動車隊長や厰長を招待した。酒はチコモの醸造所から貰って来た。「小方君、君は今朝隊に来て、もう今夜こんなに御馳走できるのか。我々でさえ、ここで宴会をするのには三日位前から申し込まんと出来んのに」と自動車隊長が副官を顧みながら言った。小方は「はい、出来ました、ハハ……」「それにしても君は変ってるね」「どんなに変ってますか」「俺の所に来た時、自動車の事は前後が判る他は何も知らんと言ったが、そのご本人が部品やタイヤをせしめるとはね」「いや皆中隊長の受け売りです。どれが何やら判りませんが、専門の連中が何とかしてくれるのですよ。まあそんな事はどうでも、先ず飲んで下さい」八重美の女将が付ききりでサービスした。「おい女将、お前も少し怪しいぞ」「何がですか」「何がって、お前ずっとこの席に座り通しじゃないか。お前小方のこれか」「まぁ、そうかもしれませんよ、オホ……」酒もいいし料理も旨い。皆愉快に歌って騒いだ。

翌日小方はスマランに向った。スマランでは大久保中佐を始め、旧知の連中が喜んで迎えてくれた。小方はその後の事をかいつまんで話した。顔見知りの陸輸の工場長にも会って、自動車の部品を頼んだら快く引受けてくれた。若い将校達とも会食したが、彼らは小方の仕事の大きいのに驚いていた。堂本曹長が色々調べてくれて、スマラン付近にある物資の概略を知る事が出来た。金が着いたら買い付けるつもりで待っていたら、幹候隊本部宛に「用事あり、すぐ帰れ」と言う電報が届いた。「やっと仕事しかけていたら、これだ。きっと金を送れと言ったので、川上大佐が呼び帰すように言ったのだな、どこまでも邪魔する野郎だなあ」と不快の念を深めた。しかし命令だ。涙を呑んで帰路についた。

改革を邪魔する者

到着すると不快の気持を抑え切れず、軍刀を左手に握ったまま荒々しく隊長室に入った。「小方只今帰りました。用事って一体何ですか」「ああ折角の所を呼んで困ったろうね。実はこれさ。君の留守に飛行師団と防衛隊が主体で、隊の自動車を取上げようというのだ。この案に文句はなかろうと言うから、一寸待ってくれ。今主任者が出張不在だと言っておいた。君が又怒ると思ったのでね。まあこれをよく見てくれ」「ほう……」向うの仕事はどうしてきたかね」「ほっておきました、しかしタイヤ百本と部品若干は手に入れましたよ」「そうか、それはそれは上首尾だね」

そこで小方は隊長から渡されたパレンバン自動車運営規定案という印刷物を見た。飛行師団の参謀の起案である。目的は運営を円滑にして輸送の実績を上げようという事だが、実質は施設隊の自動車を飛行師団の参謀が勝手に動かそうというのである。小方は一寸驚いた。「これはけしからんぞ」「まあそういうな。よく検討して向うの気持も悪くしないようにね」「今晩研究します。明日ご報告に参ります」輸送部に帰って目を通すと実に巧く書いてある。「成程、これでは一寸引っ掛るわい」読みながら気のついた所に印を付けた。

紙と鉛筆を出させると小方は、一生懸命で輸送規定を書き始めた。副官をやって手慣れている彼は総則から始めて各条項をまとめ、夕方までに三十頁程の規定の草稿を書き上げた。「ハハ……これでいい。一泡ふかしてやるぞ」思わず自信に満ちた笑みが浮んできた。早速それを隊長室に持って行った。「今夜中に御点検願います。明日、飛行師団に行かなければなりませんから」「もうこんなに作ったのか。どれ一つ拝見させてもらおう」官舎に帰ると小方は後瀬大尉を呼んで、一杯飲みながら舟の事や輸送全般の事を聞いた。バンカ島に帆がなくて遊んでいる舟が三、四百隻ある事を知った。帆を作ってこの舟を活用しようと考え、軍と方面軍に上申電報を打った。

翌朝隊長は「大変結構です。飛行師団の感情を損なわないように巧くやって下さい」と言って書類を持って来た。小方は早速その草稿と先日の案とを持って飛行師団の司令部に出かけた。若い参謀が出て来て応接室で応対した。「この案拝見しました。輸送の事について何かとご配慮頂き有難く思います。私の方も輸送力の向上について色々考えている所でした。こんなにまで皆さんがお考え下さって感謝に堪えません」「いいえ、お忙しいでしょうから、少しお手伝いしようと思いましてね」どうだ名案だろうと得意そうに言う言葉を聞いて、小方は腹の中で笑っていた。

「私は今度輸送課長として着任したのですが、どうか宜しくご援助願います」「はい、出来るだけは致します」「つきましてはこの案の御主旨のように、各隊にある自動車を皆協力して頂く事は大変結構ですが、早い話が、貴師団でも師団長、参謀長のお乗りの車の他、乗用車もトラックもバスも皆私の方に出して頂けば、私の方でうんと能率をあげてやって見ましょう」

「いいえ、その自動車全部というのはこの師団のではなしに、御隊の自動車の事です。これを需要の大小によって各隊に配属して運用しようというのです」「そうですか。配属がいいのなら軍がちゃんと配属する筈でしょう。配属するだけ自動車がない、輸送は多い。そこで施設隊の一部に輸送という任務を与えたのではないでしょうか。そのやりくりをやるのが私の任務です。目下故障が多くてご希望に副いかねている事は十分知っております。誠に済まないと考えてこの整備の向上に心を砕いている所で、私も部品やタイヤ、修理工を入手するためにジャワに行っていた所です。そこをこの案の事で呼び出されたのですよ」「そうですか、それはどうも。時に非常の場合はどうなりますか。矢張りこの案の規定で行く方がいいのではありませんか」「非常の場合は作戦要務令の示す所によってご処置下さればいいでしょう」「そんな事が作戦要務令にありますか」「はい、ちゃんとあるように思います」「これはどうも」「今度輸送能率向上のために、ここに私の隊の規定を作りましたから一つ見て下さい。何かお困りになる事がありますか」小方は彼のつくった輸送規定案を出して見せた。参謀は目を通して「大変結構です。ではどうぞ今後とも宜しく」「そうですか。ではこれをすぐ印刷しますから駐屯地各隊にお分け願います」「承知しました」「では失礼」「さようなら」「ハハ……ざまあみろ」

小方は腹の中で叫んで帰って隊長に報告した。「そうか、それはよかったね。何と言ったかい」「相手にならんですよ。もうこれでどんどん押し通しましょう。却ってこちらの都合よくなりましたよ、ハハ」「君はしかしなかなかやるなあ」「では早速印刷しますから」部屋に帰ると輸送課の下士官や兵を動員して夕方までに印刷製本を済ませた。印を押して「今後この規定でやれよ、やりやすくなるぞ」翌日飛行師団に持って行かせ、配分方も依頼した。

大量の帆布を手に入れる

小方はこれで帰って来てよかったと思い、他の連中も愁眉を開いた。軍から舟の事は現地州庁と交渉せよと言ってきた。そこで小方は帆の買付けに行く事にした。川上大佐が又「小方君、十六軍に依頼するから」と言う。「電報で頼んだ位で物が手に入れば苦労はしません。大佐殿、行って受取って来て下さいませんか」「いや、俺は出来ん」「じゃあ矢張り、前の続きもありますから私が行ってきましょう」「でも一応十六軍の経理部に電話しとくから寄って見てくれ」「寄りましょう」「小方君、俺は君の力を見込んだ。工兵の中佐が来るまで君は総務部長の代理をしてくれんか」「よろしいでしょう、ではやりましょう」とう〳〵総務部長の職を代行する事になった。

ジャワ出張のため飛行班に問合せたら「旅客機はないが、飛行師団から一機明朝ジャカルタに飛ぶ飛行機がある。交渉は直接やってくれ」との返事であった。小方は飛行師団の同期生内藤参謀に電話した。「おい明日ジャワへ飛行機が出るそうだね」「うん出るよ」「俺も一寸ジャワ行きたいが乗せろよ」「貴様何しに行くのか」「二寸買い物さ」「そうか俺も行くので一緒に行こう」「うん、では頼むぞ、何時だい」「飛行場に八時までに来いよ」「よし承知。では又明日」小方は隊長の所へ行って命令を出して貰った。「中々忙しいね、一緒に飲めもしないなあ」「はぁ、又お願いします」小方は総務部長として出発の準備に取り掛かった。川上大佐にジャカルタに二十万送金を命じておいた。階級は下でも職は上である。遠慮する必要はない。

翌日飛行場に行くと既に内藤参謀が来ていた。「やあお早う」「お、お早う」「今日は天気がいいから俺が操縦しよう」「おいよせ。運転士の真似なんか」「いや時々やらんと忘れるのでね、ハハハ」「そうかい、俺が乗るからといって固くなるなよ、ハハ」「おい貴様、昨日木村参謀をぺちゃんこにしたのう」「いや、よく物の判る奴じゃったよ」「あいつが昨日こぼしていたぞ」「何てか」「施設隊ってぼやぼやした奴ばかりいるから、自動車三百台程巻き上げてやろうと思ったら、反対に自分達の乗用車まで巻き上げられそうになった。おまけに作戦要務令にあるなんて言われたって腐っていたぞ。俺があれは俺の同期で一寸貴様らでは駄目だと言ってやったら、ああそうかと感心していたよ、ハハ、しかし貴様相変わらずやるね、ハハ」「俺のおらぬ間にトラックを取ろうたってそうはいかんよ。まああれ位で堪えてやるさ、あいつ何期だい」「四十七期さ」「今度そう言っておけよ。四期後輩の奴がごまかそうなんて太い考え持つな、要るなら頭下げて貰いに来いってね、ハハ」飛行機の準備が出来て、内藤参謀の操縦で離陸した。

ジャカルタに着くと小方はその足で十六軍司令部の経理室に顔を出した。「帆布の件ですが」若い主計将校が応対した。「お気の毒ですが、帆布はジャワ中にありませんから」「そうですか、ではさようなら」小方が即座に立ちかけると「あの一寸お待ち下さい」「何ですか」「貴方はそのためにパレンバンから来られたのですか」「そうです」「では任務が務まりますまい、まあお掛け下さい」「でもない物は仕方ないでしょう」「いや実は少しはあります。七十隻分位ありますので、二十隻分位でしたら都合しましょう。しかし宮本参謀の印を貰って来て下さい」「あいつならもう要りません。二十隻分位では間に合いませんから、ではさようなら」

この主計も宮本の人柄をよく知っているらしく、小方の答に同調して軽蔑の笑みを漏らしていた。小方は「広いジャワの中だ。きっとある筈だ。探し出して買ってみせるぞ」と決心してホテルに帰ると、すぐスマランに電話をかけて翌日行く事を伝えた。横浜正金銀行に金はスマランで受取りたいと言っておいた。

翌日スマラン行の汽車で、ジャカルタで工場を経営しているという四十位の上品な日本人と同席になった。別れ際に「もしお暇があったら一度工場の方を見て下さい」と言って名刺をくれた。スマランでは堂本曹長や隊の若い将校が出迎えてくれた。定宿の富士ホテルに着くと、隊からビールが一箱届いていた。堂本曹長に造船所と陸輸の工場に連絡して貰い、その夜造船所長、事務長、陸輸の工場長達を招いて会食した。皆今度の仕事に協力を約束してくれた。造船所は帆布、ロープ等、陸輸は製材機、自動車の部品、堂本はベルト（注　伝動用ベルトのことと思われる）その他の資材を各々手分けして探してくれる事になった。小方はいつかボジョン通りにベルトを置いてあった家や、ロープの積んであった店を思い出して堂本に伝えた。大久保中佐以下も喜んで迎えてくれ、堂本曹長を遠慮なく使えと許してくれた。その晩から愛子がホテルにやってきて、身の回りの世話をやいてくれた。

翌日小方は銀行に行って金を受取ろうとしたが、金額が多いので銀行側は支払いを躊躇していた。小方は状況を察して「俺は先日までここの幹候隊にいた者だ。不審なら電話で聞いて見てくれ」と言うと、支店長以下納得したのか金を払ってくれた。鞄に入れると案外重く持ち応えがあった。ホテルに帰って来た所に造船所長がやってきた。「帆布が沢山ありますよ」「そうですか。それは大変結構ですね。それですぐ買えるのですか」「ところがそれが造船局にあるのです」「軍政部ですね」「そうです。今日一寸係の者に当ってみたのですがね。手続きがうるさいらしいのです。矢張り軍の許可とか何とか言っておりました。しかしあそこの局長を少佐殿はよくご存知でしょう。何とかしてくれると思いますよ」「ええと造船局長？　全く知らないなあ」「そんな筈はありませんよ。向うではいつかも貴方には大変お世話になった。実に愉快な方だと言っておりましたよ」「そうかね、どうして俺が世話したか思い出せんよ」「何かトタンの事で便宜を図って貰ったと言っておりましたが」「ああそうそう。あのトタンの事か」

「そうでしょう。中隊から文句が出たのを貴方が国策のためじゃ、しかも俺が一度宜しいと言ったんだからなんとしてもやるのだと言われたとか言って喜んでいましたよ」「そうですか。一度お会いしてお願いしてみましょう。何とか工夫があるかもしれんなあ」二人は食堂に出かけた。愛子は部屋に食事を運ばせて金の番をしていた。食事を取りながらトタンの一件を話した。

それは幹候隊の野球のグランドの周囲を囲んだトタンの事である。当時造船局では木造船の建造に大わらわで、造船台の屋根にするトタンがなくて困っていた。その時グランドの囲いに目をつけて幹候隊に交渉に来た。池田中佐が「あれは歩兵隊が使用している所だから歩兵隊に行け。小方少佐がいいと言ったらいいよ」と言ったとかで、局長が小方の所にやってきた。高等官三等の腕章を付けた軍属がうやうやしく部屋に入って来ると造船局長の名刺を出して挨拶した。小方も丁寧に応対した。一通り話を聞いた小方は「よろしい、承知しました。すぐにでもお使いください」と即諾した。却って局長が驚いて「後で生垣でも作らせましょうか」と申し出た。「いやその必要はありません。国策のためにおやりになるのですから。又生垣は不要です。球が転んだら拾いにやればいいのです。どうせ運動のためにやるんですからハハ……」「いやどうも、誠に有難うございました」「どう致しまして。又何かありましたらいつでもお越し下さい」局長は喜んで帰って行った。

数日後造船局の手でこのトタンを外しにかかると、近くの中隊から文句が出た。将校が小方の所にやってきて事情を報告した。小方は「俺が承知している。国策のためだ。外させてやれ」「しかしあれは今度防空施設を作る時に使用する計画でした」「そうか、何枚位要るのか。

大した数でもあるまい。その時はなんとかしてやる。作業を続けさせよ」将校は納得して帰って行った。撤去作業は順調に終了した。

昼食を終った二人は造船局に自動車を走らせた。造船所長の案内で局長室に入って名刺を出した。「いやよく存じております。この前は大変お世話になりました」勧められるままに席に着くと小方は、パレンバンの防空工事の重要性とその規模、これに要する膨大な資器材、その運搬の困難さ、そのために帆船を使う計画がある事を詳しく説明した。そしてそのために帆布を何とかして欲しいと申し入れた。局長はよく理解してくれた。しかし軍司令部の認可がないとどうにもならないと言う。その当事者が宮本参謀である事も明らかになった。小方は「宮本参謀は駄目だ。時間をかけている内には空襲されてしまう。拙速を尊ぶべき事態だ。何か便法はないか」と相談した。

「そうですね、この帆布は月々三井物産の帆船に払い下げる事になっているのですが」「あのジャパラの造船所ですか」「そうです」「三井物産に払い下げた事にして回して貰えんでしょうか」「それは物産次第ですが、誰かご存知ですか」「よく知っております。ではここに支店長を呼んで来ましょう」「できればそうして下さい」小方はすぐその足で近くの三井物産支店に向った。支店に入って行くと折よく支店長が在室していた。ジャパラで一緒に飲み、大いに意気投合した熱血漢である。「やあ、しばらくです」「おや小方さん、どうしました」「一寸用事で来ました。急用だ、すぐ来て下さい」せきたてられて支店長は上着を持って飛び出した。造船局長の所へ同道し、局長を挟んで色々話し合った。結局物産の名義で払い下げをして貰い、更に小方が物産から譲って貰う事で話をつけた。支店長も「お国のためなら結構です」とあっさり引受けてくれた。

大量の物資を集積する

翌日から幹候隊のトラックを借りて海岸の倉庫に帆布を運んだ。倉庫も帆船組合も海事局も皆一肌脱いで協力してくれた。昭南から砂糖の密売に来たジャンクを一隻、海事局が押えていたので、これで運ぶ事にして埠頭の憲兵隊にも協力して貰った。ロープも支那人を使って集めた。やすり、刷毛《はけ》、轆轤《ろくろ》等も集めた。ベルト屋はあったが、皮が手に入らないので仕事していない。堂本から台湾皮革会社に皮があるという事を聞いたので、交渉して七十頭分買い込み、ベルト屋に渡した。ロープを集めていた商人が金がないと言うので即座に五千円貸してやった。「受取必要ですか」「いらん、お前を信用する」支那商人が頭を下げて喜んだ。

陸輪の工場長がタイル工場を買ったら色々の器具が手に入ると知らせてくれた。小方が見に行くと小さな工場だが、製材機に必要なシャフトや歯車が使える。すぐ買い取ると陸輪の技術者に手伝って貰って解体梱包した。支那商人に自動車の部品集めも命じたが、憲兵が恐ろしくて出来ないと言う。小方は名刺に支那人の名を書いて印を押し、勝村憲兵隊長に事情を説明して協力を求めた。彼も快諾して名刺に判を押し、支那人ブローカーの行動を大目に見てくれる事になった。ソロ、ジョグジャの憲兵隊にも連絡してくれたので、品物がどんどん集まるようになった。苦力の給養を向上させるために釜も欲しかったので、新品を六十個買入れた。ベルトもトラック二台分出来上がった。ロープも四トン程手に入れた。生ゴムを買ってくれとの電報が入ったので、これも三井物産の骨折りで入手した。品物は南方倉庫に集積した。

偶々第二回目の候補生卒業式に土肥原（注　土肥原賢二第七方面軍司令官）将軍が臨席される事になり、小方も臨席する心算でいたら、幹候隊の本部から遠慮してくれと言ってきた。ホテルは軍司令官のために空けたが、何のための遠慮か判然としない。「そうか、気の小さい連中が土肥原将軍に俺が何を言うかもしれないので心配したのだな」

状況を察して小方は幹候隊差し回しの車に酒を積んで、愛子を乗せバンドンのホテルに移った。折からジャワ正月で造船所も休業中だったので、そこの日本人を招いてすき焼き会をやった。バンドンは標高九百米程の涼しい所で、以前にもよく利用していたのでホテルの人々とも顔なじみであった。

丸三日程逃避させられて、小方はスマランに戻った。留守の間に将軍も帰り、小方の仕事も出来ていた。集められるだけの品物は集積でき、舟の準備も出来たので積込みを始めた。私物のブランデーも二梱《こん》、冷蔵庫も二つ積込んだ。総量二十トン以上になった。運賃を払い、パレンバンで褒美と証明書を渡す事を約束した。この証明書で砂糖密売を許すと海事局のお墨付きが出たので支那人は大喜びであった。堂本曹長が積込みの終った船を憲兵隊の埠頭に係留し、明朝風を見て出帆すると報告して来た。その夜大久保中佐、造船所長、三井物産支店長等協力して貰った人々を、吉雲楼という支那料理屋に招待して御礼の会食をやった。小方は「お陰様で任務を十二分に達しました」と礼を述べた。設営は皆堂本が骨を折ってくれたものである。小方は大久保中佐に堂本曹長を施設隊に暫く貸して欲しいと言うと「それは本人も希望するだろうし、宜しいが只一応部隊から交渉してくれ」と言ってくれた。お開きになって、小方は更に若い将校達と飲んで別れた。

翌朝小方は多くの人達に見送られてジャカルタに出発した。堂本曹長が「本朝予定通り出帆しました」と小方に耳打ちした。「そうか、ご苦労さん。すぐ呼ぶから支度しておいてくれ」「はあ、なるべく早く行きます」ジャカルタに着いた時は夜になっていた。分遣中の主計を呼んで事務的整理をさせた。翌日暇が出来たので、先日汽車で知り合った人を訪ねた。立派な工場で軍の委託品を作っており、喜んで案内してくれた。小方は色々話す内、ベルトは作ったが繋ぎをするレッシングがなくて困っている事を話した。「今時はもうレッシングもありませんよ。私の所に少しありますから差上げましょう」と二箱出してくれた。小方はこれでどれだけ助かるかを考え、心ある日本人の協力に深い感銘を覚えた。倉庫を見ると、鋸《のこぎり》や丸錐《まるぎり》が沢山あった。これも二百挺ずつ分けて貰う事にした。

その夜また数名の知人と会食して、翌日の飛行機で昭南に飛んだ。「今頃ジャンクはどこを走っているか」小方は海上を見たが、帆船が多く行き来していてとても見つける事は出来なかった。「ハハ……宮本参謀ざまを見ろ」何となく愉快になった。

タイヤ八百本を奪取する

昭南に着くと、方面軍参謀部に担当の杉坂参謀を訪ねた。広島幼年学校の一期先輩である。「おお来たか、どうだい仕事は」「駄目、駄目。資材作りが大変ですよ。製材と煉瓦、中々捗らんですよ。舟はどうでした、帆布は?」「舟はあるよ、現地交渉さ。しかし帆布は十六軍参謀からこれだ」電報を見せてくれた。「当軍には帆布なし。貴意に副い難し。十六軍参謀長」「ハハ……」小方は笑い出した。

杉坂参謀は不思議そうな顔をした。「どうした、小方」「いやこの電報、大切に取って置いて下さい。実は帆布もロープも皆ジャワから買ってきました。向うでないと言ってくれるのは結構です。後で私が密輸したと言って来ても、これがあればもう大丈夫、ハハハ」「ほんとに君、買ってきたのかい」「帆布一万ヤール、ロープ四トンとね、ハハ」「やるね」「製材機はありませんかね」「製材機はないが、製材班なら十班いるが、いらんかい」「下さい」「よし」「自動車の部品やタイヤはありませんか」「今度内地から来たらやるよ」

小方は製材班を輸送するため停泊場に行った。ここにも同期の参謀がいて簡単に引受けてくれた。「内地から近く船が来るかい」「昨日来た。後は当分来ないぞ」「昨日は何を持って来たんだい」「色々だが、タイヤ千本と部品千四百梱来たぞ」「そうか、よし。送票見せてくれ」送票ではちゃんとタイヤと部品が方面軍に来ている。「よーし、では輸送の件頼むぞ」後事を託して、方面軍司令部に引返した。

「杉坂さん、タイヤと部品が来たらやると言われましたね」「うんやるよ」「幾らくれますか」「来てみなければ判らんよ」「来たら幾らくれますか。タイヤ千本と部品千四百梱欲しいのですがね」「おいおい、そんなに多くやれるものか。とてもそんなには来ないぞ」「来たらくれますか」「うん来たらね」「よし貰った。実は昨日の船でタイヤ千本と部品千四百梱来てますよ」「貴様知ってるのかい」「今停泊場で見てきましたよ、ハハ」「おい千本は駄目だぞ」「では八百本いいでしょう」とう〳〵タイヤ八百本と部品全部貰ってしまった。「一寸頼信紙を下さい」小方は「タイヤ八百、部品千四百及び製材班受領のため宰領者を至急送れ」と記入した。杉坂参謀もしぶしぶそれに印を押した。

小方は意気揚々とホテルに引揚げた。「ハハ、これでよし。自動車も少しは動くぞ」と気をよくして「自動車修理のため夜間作業の準備をせよ」と電報を打った。小方は宰領者の到着を待って色々と指示をした。停泊場で輸送の打合せも行なった。万事順調に運ぶのを見極めて飛行機でパレンバンに戻った。

隊長は小方の報告を聞くと目を丸くした。「上手く行ったね、いやご苦労ご苦労」小方は船名と特徴を伝えて船の来るのを見張らせた。一週間程で船の到着を知らせて来た。小方はすぐ飛んで行った。懐かしそうに寄って来た船員達に煙草を出してやり、舟を停泊場の桟橋につけさせ、直ちに荷揚げにかからせた。資材係の主計を呼んで区署させ「死蔵するな、すぐに使うのだぞ」と指示した。翌日小方は後瀬大尉にバンカ島行きを準備させた。午後隊長と川上大佐を倉庫に案内した。皆そこに積上げられた品物を見て驚いた。ブランデーも冷蔵庫もあった。釜などパレンバンでは百円出してもない。幾らしたかと川上大佐が聞いた。「さあはっきり覚えていませんが、皆で二百円一寸です」「え、六十個でかい？」「そうです、後で受取を見て下さい」「そんなに安くてあるもんかい」「あるから仕方ないでしょう、ハハ……」「帆布は」「一ヤード、一円六五銭」「へえ」「さあ明日から又仕事だ」と小方は張切っていた。輸送規定が出来て仕事がやりやすくなったと輸送課でも喜んでいた。「おい皆、お土産をやるぞ」と小方はタオルと石鹸、ライターの石とブランデーを分けてやった。皆大喜びで分け合った。

バンカ島の帆船調達

翌朝小方は後瀬大尉と二人、中隊のポンポン船で川を下ってバンカに向った。夕方外海に出てからは初めての事で難航したが、何とか払暁ムントクの沖に着いた。波が高くて桟橋には着けられなかったが、小舟で上陸した。実験用に帆布少しとロープ、轆轤を携行した。その日の内にパンカルピナンの州庁のある町に辿りついた。小さいがきれいな町である。

翌朝小方は州庁を訪ねた。総務部長はよく肥えた愉快な人物で、産業課長は小柄で上品な人だった。小方は舟を百隻、水夫を各三名、計三百名、舟の借り賃、水夫の日当等を相談した。「何とかしますが帆布がありませんよ」「帆布はこちらで準備します」「帆布あるのですか」「今度買ってきた所です」「そうですか、少し分けてもらえませんかね」「余ればやりましょう」

実験してみると、一隻に四十ヤール要る事が判った。ロープも楽に二百隻分あると見込みが着いた。小方は百隻分を州庁にやる事にした。産業課長は「本当ですか、只で下さるのですか」「そうです、しかし魚を獲って貰いたい」「それは漁師ですからわけはありませんが、どうして送りますか」「塩乾魚を作って貰いたい」「塩がありません」「送ります。二十トンの塩乾魚には幾ら塩が入用ですか」「七トン入用です」「では月々十トン塩を送るから二十トン作ってください」「と言うと、後の三トンはどうなりますか」「ハハ……嘗めて下さい」「へえ本当ですか」「ほんとです、州でいいように使えばいいでしょう」

一週間程で話はついた。舟も水夫も逐次集められた。関係者を集めて会食して大騒ぎした翌日、小方は「ではすぐに材料を送るから」と後瀬大尉を残して、州の連絡船に便乗して帰って来た。帰着するとすぐ水上中隊に命じて帆布八千ヤールとロープ二百隻分、轆轤を持って出発させた。隊長に報告すると今度も又、川上大佐が無償でやるのは困ると言ったが、小方は「俺がやると言ったのだからやる、経理上いいように手続きだけしてくれ」と言って取り合わなかった。結局塩乾魚を入手出来るのだから一同大喜びで、形の上では貸与として消耗払いという事にして実質は与える事になった。

成功した施設隊

やがて三十隻程の帆船を連れて後瀬大尉が帰って来た。後は帆が出来次第、追求させる事になっていた。一隻二〜三トン積めるから、これで平均二五〇トンの輸送力が増加した事になる。自動車のタイヤと部品も到着し、昼夜兼行で修理に取組んだ。製材班も到着し、ベルト、シャフト、丸鋸の取付けも終って全面活動を開始した。小方は諸所の現場を回って督励し、不平を聞いてやった。煉瓦工場も増設した。小方が昭南の司令部で堂本曹長に、当分の間応援を頼むと電報を打っていたので彼もまもなくやって来た。早速彼は専門の製材、煉瓦の指導をして回った。帆船は〝〇の〟の印を掲げてムシ河を上下した。停泊場から帆船を増加されては困ると言ってきたが、小方が上手く折衝して協力して貰う事になった。

小方は午前中は各現場を見て回る事にしていた。製材所で班員に前掛けを新調してやったり、煉瓦工場の燃料を心配してやったり、生産性の向上には努力を惜しまなかった。方面軍から自動車修理工としてインド人の捕虜を五十名くれたので、小方は各中隊に分属させ兵と同じように扱った。彼らも喜んで日本兵や義勇運転手と一緒になって働いた。自動車は努めて集団的に運用し、帆船で煉瓦を運んだ。輸送力にも余裕が出来、整備も目に見えて進捗した。とう〳〵月輸送量陸上一万トン、水上一万トンになった。煉瓦も月産三五〇万枚、製材二万立米を突破した。

この状況なら翌年一月中には、工事も竣工する見通しがついた。前途が見えてくると、皆一層元気を出して働いた。高射砲を据え付けるのは小方の責任である。技術者が中心になって工事をする。勿論部隊も協力するが、命中試験が済むまでは責任がある。十三センチの高射砲は、砲床に七米のペトンを打たなければならない。二米ずつ三回打って、最後に一米打ち、それに床板を固定する工事である。照空燈の陣地、進入路、飛行場も七つばかり作った。製油所のタンクも一つ一つ、煉瓦一枚半の厚さで巻かなくてはならない。一万トンのタンク一つに、三十五万枚の煉瓦が要る。苦力には一日六百グラムの米と五十グラムの塩物を支給する。米だけで一日七十二トンだ。中々の大所帯であったが、追々給養も良くなり、仕事も捗って行った。

小方は暇さえあれば読書をしていた。一回に十冊ばかり買って来ては、一冊ずつ読み終ると若い将校や下士官の所へ回した。彼の官舎にはいつも若い将校が押しかけて、馬鹿話もしたが仕事の話もよくしていた。これは又留守がちの小方が部隊の状況を知る情報源でもあった。自動車も日々応役六五〇台までこぎつけ、出来るだけ部隊の便宜を図ってやり、飛行場への燃料弾薬の輸送は施設隊の仕事ではなかったが、余力で運んでやった。防衛隊も飛行師団もこの頃では、文句もなく感謝の声も聞かれるようになった。

ボルネオへの転任

十一月に入って仕事もいよいよ進捗して年内完成の気配も出て来て、皆一層気合を入れて頑張った。その頃第七方面軍から電報が入り「ボルネオに新しく編制される混成旅団の大隊長に小方少佐をどうか」という打診があった。当時既にサイパンも敵手に落ち、反攻はいよいよ本格的になりつつあった。西岡大佐は「出られるのは一寸困るが、君の希望はどうか」と聞いて来た。小方は「工事も目鼻がついているし、自分は本来歩兵であるからボルネオに行かしてくれ」と頼んだ。その旨返電したので、直ちに第五四〇大隊長に任命された。小方は仕事の事を皆によく話して、後事を託すと共に次の準備に取り掛かった。森林か海岸戦闘が予測されるので夜行羅針盤を探し、十三個ばかり買い集めた。送別会では西岡大佐がその努力と成果を口を極めて賞賛してくれた。堂本曹長が同行を願ったので、小方は善処を約した。バンドンの教育飛行隊の呑龍に便乗して昭南に向った。

昭南で又平松少佐と一緒という事が判った。「余程因縁のある奴じゃ、又B型と一緒か」昭南では同期生が集まって、大きな料理屋で壮行会を開いてくれた。参会者は皆紐を吊った参謀である。小方一人が平だ。その彼が一番威張っているので、芸者達が不思議そうに見ている。参謀連中が女達と話している姿を見て、小方は越後の新品時代の自分を思い起していた。「皆、勉強が忙しくて遊べなかったのだなあ」とむしろ哀れみさえ感じた。歌一つにしても先ず幼稚といっていいし、折角設営してくれた壮行会だったが、大して面白くもなく終った。帰路彼は自動車を下りてダンスホールに遊びに行った。夜半過ぎホテルに帰ると「明朝飛行場に来てくれ」との伝言が机の上に置いてあった。

翌朝飛行場に着いて搭乗前の計量を受けると九十二キロあった。事務員が首を傾げている。裸でさえ八十五キロあるのだから当たり前という顔をしていると、続いて計った荷物も六十キロあった。「このお荷物は送れません」「おい、これは戦争に入用なのだよ」「でも荷物は十五キロまでです」「それは普通だろう」「そうです」「飛行班に言っておいたから、そちらに聞いてみろ」事務員が電話して許可が出た。その代わり軍属が一人下ろされた。気の毒だが仕方がない。平松と一緒に乗った。「敵機に会わないでしょうか」「そんなこと判るかい」少し揺れると「これは新しいようですから大丈夫でしょうね」と小方の顔を見た。「うん大丈夫」小方が頷くとやっと安心したらしい。

蒼い海の上を東へ東へと飛んだ。ナット島が下に浮かんで見えた。エンジンは快音を残してボルネオに向って飛んでいる。右の方に遥かに陸地が見えた。クチンの半島である。ラブアン島を見下ろしてアピー（注　コタキナバル）に向った。いよいよボルネオだ。「さあ、やるぞ」腹の底から力が湧き上がってくる。高度を下げるので急に暑くなってきた。

第三章　ボルネオの苦闘

「青壮日記12」ボルネオの巻

▼岡田が移動したボルネオ島は日本軍の侵攻以前は、英領ボルネオと蘭領ボルネオに別れていた。占領後は主として英領ボルネオは陸軍、蘭領ボルネオは海軍が統治していた。既にサイパンは攻略され、レイテ沖海戦も連合軍の勝利に終わり、日本の敗戦が濃厚になっていた時期の転任であった。連合軍のボルネオ攻撃はフィリピン方面から始まり、海軍がその矢面に立った。その物量作戦に太刀打ちできず、日本軍はボルネオの密林に逃げ込み、英領ボルネオ方面に転進する。岡田の部隊はその転進兵たちの救援を行なう任務を命ぜられる。飢餓と病気で多くの日本兵が亡くなったが、現地民と親しくしていた岡田部隊の作った転進路ではこれが全くなかったのである。（田中記）

仕事なき混成旅団の大隊長

飛行機はアピーの町を大きく旋回して凸凹の多い滑走路に着陸した。飛行場に接する山麓の掩体《えんたい》に四、五機の飛行機が見えた。事務所から軍司令部に電話して自動車を呼んだ。山の中に急造した木造の軍司令部で高級副官に挨拶し、参謀長、軍司令官に申告を済ませた。山村少将が旅団長として既に到着されていた。申告すると「来方が遅い」と文句を言われた。「これでも精一杯急いだのです」「そうか」他の大隊長二人はまだ来ていなかった。第一兵站ホテルに泊まる事になった。又B型と一緒である。旅団長も一緒だったがホテルとは名ばかり、体のいい合宿所である。パレンバンよりまだ酷い。

山村閣下の部屋に夕食に呼ばれる。第五四一大隊長のB型も一緒である。山村少将は酒も煙草もやられない。申告の時の事もあり、あまり気が進まなかったが、副官も加わり四人の会食になった。閣下は自分では飲まれないが、酒の勧め方は知っていた。「飲め飲め」と盛んに言われる。「小方少佐の特有技能は何か」「そうですなあ、酒を飲むこと位でしょう」「何だ、酒か。平松少佐は」「え、私は何もありません」「そうか、小方はどの位いけるか」「さあ、量は計った事はありません。酔っぱらった事がありませんから」「何だ、底なしか。俺はなあ、酒も煙草もやらぬ、只一生懸命御奉公して来たのでとう〳〵閣下までしてもらったよ」少将になった事が余程嬉しいらしい。適当に切上げて近くを散歩してみたが、何もない所だ。

翌日から閣下の自動車に同乗して出勤し、編制事務所で編制表その他の研究をする。B型が前に座って歯をほじくっている。閣下も同室で、二人を呼んで兵要地誌の説明を始めた。何の事はない、自分の努力の自慢話だ。「そうですか」辛抱して拝聴するが、煙草が吸えないのが苦痛である。昼食には多くの将校が集まって来たが、給養はよくない。

　午後は一般の状況説明である。新設の旅団要員は内地からの輸送途中海没して、生き残った一部が到着しているだけである。欠員分は各所から抽出して補充する事になっているが、当分充員見込みはなく、取りあえず旅団司令部だけ編制して新任地へ飛行機で移動するような交渉をしているという事だった。十六時になっても旅団長は腰を上げそうにない。「閣下、帰りましょう」「うん、まだ軍司令官閣下が帰られぬからなあ」用事もないのに待っている。

　司令部に作戦主任という立札を立てて威張っている参謀がいた。広幼で二期先輩の岩橋参謀である。元々騎兵でオリンピックにも馬術の選手として出た事のある人物だった。小方が広幼で生徒監をしていた時、大阪幼年学校で同じように生徒監をやっていた。「馬術だけかと思ったら、戦術も知っていたのか」小方は少々おかしくなった。これが軍の作戦主任だから程度が知れている。暇を持て余すと参謀室に行っては馬鹿話をするので、他の将校が不思議そうに小方を見ていた。

　ホテルに酒がなく、他に飲めそうな所も見当たらない。小方は一人侘しい夕食を取った。一軒料理屋もあるという事だったが、山の上で歩いては行かれぬ所らしい。「おい、旅団副官。何処かに酒はないか」「そうですね、少し何とかしましょう」翌夕、ビール二本持って来てくれた。これではどうしようもない。その時副官から偕行社では、十八時から酒を出す事を耳にした。しかしこれもホテルから一キロ以上離れている。夕方閣下の車で一緒に帰って来ると、上着を脱ぎ刀と鞄を兵に渡してその車に飛び乗った。現地人の運転手に命じて偕行社に車を回させたが、まだ時間が早いと言うので、運転手に珈琲を飲ませて一ドルやると喜んで待っていた。

時間が来ると現地製のブランデーを売り出した。一応一人二杯の制限だったが、小方は構わず何杯も飲んだ。おでんのような物が一皿ついてくる。女の事務員が「お一人さん、おでん一皿とお酒二杯だけです」と言ったが、小方は「出直して来た事にすればいいだろう」と遠慮なく注文した。事務員も仕方なしに持って来てくれた。他にも酒好きの連中があちこちで飲んでいた。

小方が金を払って外に出ると、四、五人歩いて帰りかけている。「おい、乗らんか」「お願いします」一緒に乗せてやると「これで助かりましたよ」と喜んだ。「なに、ガソリンに違いはあるまい」小方は笑っていた。彼はこれで何とか、毎夕酒にありつく事が出来た。「窮すれば通ず」か、少々気持を鎮める事が出来た。宿舎に帰ってB型と夕食を取った。「小方さん、この頃いつも酒飲んでますね」「うん、酒でも飲まねばしょうがないだろう」

小方が偕行社で時間の来るのを待っていると、岩橋参謀がやってきた。お菓子を食って帰りかけて「小方、相変わらず飲むのか」「酒も此処しかありませんからね、仕方なしに来てますよ、ハハ」「おい、節ちゃん、あの人はよく飲むから飲ましてやってくれよ」「もう前からお上がりになっております」事務員が節ちゃんという事が判ったが、こんな事があっても岩橋参謀は酒の一本も世話してくれようとはしなかった。下戸に酒飲みの心理は判らぬらしい。

敵の制空権下のボルネオ

ある日の正午過ぎ、B24が一機やってきた。空襲警報が鳴って皆防空壕に退避した。対空砲火が一つもないので、敵機は悠々と低空を飛んで、飛行場や停泊中の船を爆撃して帰って行った。「なんというざまだ。これがパレンバンなら、あんなものは一遍に撃墜するのだが」と思うがここでは仕方がない。

それから敵機は毎日、判で押したように定期的にやって来るようになった。「何て情けない所に来たものか」それに部下はおらず酒もない。せめてもの慰めは夕方のブランデーだけである。小方は敵機が去ると、早々に宿舎に帰って上着を脱ぎ、ジャワ以来御持参の道具をかついで魚釣りに出かけた。海岸では兵隊も釣っている。「おい、釣れるかい」「時々釣れます」階級は判らないし、威張る必要もないが、兵はちゃんと餌もくれるし言葉も丁寧である。四、五寸の魚を三、四匹上げてぶらぶらとホテルに帰って来た。「これを閣下にあげてくれ」と当番に渡した。

翌朝自動車の中で「昨日は魚有難う、旨かったよ」「どう致しまして、あまり釣れません」その日は土曜日で空襲もなかったので、小方は昼食を終えるとすぐ宿舎に帰って停泊場に釣りに出かけた。閣下が昼食後に部屋に帰ると小方がいない。「おい副官、小方は何処に行ったか」「釣りに行くと言ってもう帰られました」「何だ、昼間から魚釣りか」閣下はご機嫌斜めだったらしい。夕方又小方が魚をぶら下げて帰って来ると副官が早速耳打ちした。「そうかい、給養が悪いから魚でも釣って栄養をつけてやろうと思ったのに、ハハ……」B型と二人でその魚を焼かせて食った。

翌日の日曜日も出勤である。又自動車の中で「小方少佐、俺はね、他人の出勤しない朝早くから出勤した。帰りも皆が帰った後でなければ帰らなかったよ。そうして一緒懸命御奉公したから閣下までなれたぞ」またしても閣下にまでして貰った話である。「そうですか、閣下は余程頭が悪いんですね」「どうしてだい」「だってそんなに努めてやっと少将でしょう。私なんか、そんなに努めたら大将位になりますよ。まあこれ位で少佐ですからね、ハハ……」閣下もそれ以上言わなかった。「今日は日曜日だから半日休みだ。魚釣りにでも行けよ、ハハ……」これでごまかしたつもりである。小方の方が数枚上手であった。

軍参謀長が兵の宿舎を見回って来て「なっていない」と山村少将に小言を言った。閣下は恥じ入った様子で部屋に帰って来た。「おい兵の所がよくないそうだ。誰か監督してくれ。誰がいいかな」小方は言下に「それは平松少佐がいいです。B型ですから細かくていいでしょう」「小方さん、無茶言っては困りますよ」B型が抗議した。「貴様、適任だ。やれやれ」山村閣下も「では平松少佐、兵の内務を監督せよ」と命じた。さあ平松少佐は心配してやり出した。巡察をするやら規定を作るやら、大わらわである。「小方さん、いらんこと言うから困りますよ」ホテルに帰ってもこぼしている。「ハハ、貴様それ位で困ってどうする、やれやれ」小方は笑ってけしかけた。

小方部隊の編制

ラブアン島を空襲した敵機が一機、山の中に墜落して搭乗員がのこのこ部落に出て来たという報告が軍に入った。軍では空輸挺身隊の先遣かも知れないと心配しだした。山の中は手薄である。新設旅団はバンジェルマシン付近に展開する事になっていたが、軍は山の中にも手配する必要を感じ始めた。又、東海岸にいる一個旅団との連絡も考えた末、最終的に誰かを山にやって警備を強化する一方、道路も整備させる事になった。小方は岩橋参謀に呼ばれた。「貴公、ご苦労だが、この山に入ってくれんか。こんな訳で大事な仕事だ」「ご命令ならやりますが旅団長はご存知ですか」「それは話す」山村閣下は一も二もなく承知して軍命令が出た。

小方部隊を至急編制して出発する事になった。兵は海岸にいた兵長を頭に二四〇名の海没の生き残りである。将校も下士官もおらない。これではいかに小方でも手の施しようがない。参謀長がわざわざ小方を呼んで任務その他の説明をした。幹部についても何とかしようという事だった。翌日から小方は準備に取り掛かった。将校も下士官も目下「欠」、小方は地図を睨んで「これは大任務だ、どうするか」と考え続けた。しかし表面、彼は「何とかなる」と相変わらず呑気に暮らしていた。二日目に将校として少尉一、下士官として軍曹一人寄こして「君も困ると思うが、これで精一杯だ。辛抱してくれ」岩橋参謀が哀願するように言った。「主計はおりませんか」と頼んで、やっと主計兵長を一人くれた。

小方はこの三名に任務を与えた。庄司少尉は編制、二四〇名を三中隊、一中隊は三小隊に、一小隊は三分隊にして、中隊長も小隊長も分隊長も兵長を充てる事にした。山田軍曹は兵器、弾薬、装備。主計兵長は給養と宣撫担当を命じ、細部に亘って指示を与えた。既に小方自身の手で所要工具や宣撫品のリストは作っていたので、岩橋参謀に提出して要請した。「よし引受けた。兵器部や経理室にも協力させる」と請け合った。海没部隊の生き残りの兵達は服のない者、剣を持たない者、小銃を持たない者等様々だったが、山田軍曹が一人一人調べて請求した。

一方その兵が旅団司令部の要員でもある。旅団は十二月三日、編制完結である。庄司少尉も編制のために兵の宿舎に泊まり込んで作業を始め、山田軍曹も一緒にそこに移った。第一中隊は主として戦車兵、第二中隊は名古屋付近の砲兵、第三中隊は久留米付近の工兵で編制した。本部は小方以下十名だ。「ハハ……これが小方部隊の全容か」淋しく笑っていたが、へこたれはしなかった。小銃も軍から支給されたが、その多くは内地の中学校の教練銃を引揚げたもので、負い革は殆どなく、遊底覆《ゆうてい》いもないものが大部分で、中には照星《しょうせい》さえない銃もあった。腕前の程度は問題ではない。弾薬がやっと三十発である。それでも足りない分はアピーの警察が持っていたオランダ銃を徴用し、巡査の警棒を持たせた。道路を作るためには木工具、土工具、石工具が要る。請求したが、半数が支給されただけである。理由は「ないから」という事だった。小方はないから皆半分というのはおかしい、これはまだあるとにらんで、岩崎参謀の所に掛け合いに行った。

すぐ兵器部将校が呼ばれた。「本当にないのか」「いいえ、まだあります」「どうして半分しかやらないのか」「係の下士官がしたのでしょう」「いかんいかん。すぐ渡せ」「はい」実情はこんな事である。鎹《かすがい》を請求したら、これもないという返事。小方は工兵の兵長を頭に十人ばかり町にやって捜索させ、ボルトを使った窓を調べさせた。鎹を作るためである。ボルトは見つかり、兵は鍛冶屋も探してきた。小方は軍政部に買上げてくれと申し入れた。「必要なものは徴発するが、それでは軍政部が困るだろうから」と言ってやった。「もう少し待って下さい。探します」やっと兵器部から鎹四百本出した。宣撫品についても経理部が渋っていたが、小方は反物三十反と煙草を三籠受取って携行した。これは土民工作用の物品である。

小方は作命を次々に出し、訓辞も複写して軍司令部と山村閣下に提出した。山村旅団の編制は完結した。軍装検査に立ち会えと言われるので、小方は略綬だけ着けて出た。旅団長は軍装し、防毒面まで背負っていた。検査が終って長い訓示が始まった。兵は早くから集められ重い装具を背負って肩が痛く、もじもじしていたが閣下は頓着なく訓辞を続けた。内容は小方の訓辞が大分取入れてあり、原稿を見せられて承知していたのでおかしさを耐えて聞いていた。兵は益々苦しそうにしていた。その夜ホテルに将校達が呼ばれて昼間の訓辞を質問されたが、誰も覚えておらず、閣下が大層ご機嫌悪かったと散歩から帰って来た所で聞かされた。

翌十二月四日に小方部隊の軍装検査をやった。旅団司令部の要員も三分の一入っていた。又昨日と同じだろうと彼らは覚悟していた。小方は定刻に自動車で乗り付けると、将校下士官に各分担を示して検査を始めた。主として不足品を調べて補充するためである。小方は全般を一通り見て、海岸の樹木の下陰に入った。検査はすぐ終り、叉銃《さじゅう》させて背嚢《はいのう》を降ろして木陰に皆を座らせ、説明を加えながら訓示した。兵も気楽に聞いていたが、居眠りする者は一人もなかった。士民に対する心得は細かに実例をあげながら噛んで含めるように話した。検査の結果、不足品は軍司令部に言って補充させた。

小方警備部隊、ケレンゴーへ

参謀長からは一日も早く入ってくれと言われて、小方は翌五日三名の伝令を連れて先ずケレンゴー（注　Keningau クニンガウ）に向う事にした。これを参謀長に報告すると大変喜ばれて、軍司令官にも申告するように言われた。その夜軍司令官官邸で小方の送別と新旅団長の歓迎を兼ねて会食が行われた。岩橋参謀が小方の象牙のパイプを見て象の事を聞いたので、象に関して薀蓄《うんちく》を披露すると大層皆の興味を呼んだようである。

翌日夕方、小方は庄司少尉に後事を託して先発した。停車場に着いてみると、昔中支で隣聯隊にいた西依中佐が停車場司令官だったので、部隊の輸送の事をよくお願いしておいた。出発間際に敵機がやって来て退避する等一騒動あったが、何とか列車は動き出した。北ボルネオには道路がなく、この鉄道が唯一の交通機関であった。列車はジャングルや湿地の中を抜けて走った。列車が急停車して外が騒がしいので出て見ると、モータートロリーが列車に衝突していた。トロリーには先の米軍機の搭乗員の中尉以下三名が乗せられていたが、一人は衝突を知って飛び降り、一人は重傷、他の一人も軽傷を負っていた。日本軍の憲兵も一名重傷だった。列車に衛生下士官が乗合わせていたので、それを呼んで注射させたり、包帯させたり、小方が先頭に立って片づけた。原因は憲兵が「列車が来ても構わぬから行け」と言って惨事を招いたものだった。

無知程怖いものはない。憲兵がブルネー（ブルネイ）に着いた時は夜になっていた。兵が宿を探すが言葉が通じない。小方が現地人の巡査をつかまえて支那宿を教えて貰い、そこに落着いた。寝台が五つ程空いていた。取りあえず支那料理を持って来させて四人で腹ごしらえをして眠った。

翌日州庁に出向いて、現地の事情を調査した。「ケレンゴーには山崎知事がいてよくやっておりますから彼をよく使って下さい」という事であった。軍司令官も参謀長も山崎知事をよく知っているし、仕事も出来る男だとも言っていた。小方はジャングルの中に道を作って南ボルネオに行く準備をしなければならない。色々話を聞いて少しは参考になった。メララップに酒井という邦人がいて、南方開拓会社の仕事をしている事も知る事が出来た。小方は早速酒井氏宛に電報を打ってメララップに向った。現地に着いた時は暗くなっていたが、酒井さんが提灯を持って迎えに来ていてくれた。既に部屋も食事も準備されていた。この人は島原の人で細君も長崎の人であった。伝令の二人も長崎出身で色々話が弾んだ。可愛い女の子がいて、マレー語でパブとかなんとか言っていた。酒井さんは戦前からここに住んでゴム林の管理をしていて開戦と共に抑留され、日本軍の進出によって救出されて前の仕事に戻った。付近の事情に詳しく彼の話は小方の参考になる事が少なくなかった。

翌日部隊から野菜取りの自動車が来たので、それに便乗してケレンゴーに着いた。偶々開戦記念日で、県では記念式典を終って現地人の運動会や競馬をやっていた。小方は話は聞いていたが、山崎知事に会うのは初めてである。風采はあまりぱっとしないが、よく喋る男だった（注　山崎釼二《けんじ》。元社会大衆党代議士、昭和二十八年の新東宝映画『南十字星は偽らず』のモデル）。

翌日から付近の村長達を集めて工作に着手した。ここは展望もよいし、食物もある。「よし、早く兵を呼んでやろう」電報を打つと「出来るだけ早く行く」折り返し庄司少尉から返事が来た。出発の日が決ったので、伝令をブルネーまでやって給養その他の手配をさせた。酒井さんもよく協力してくれた。小方はメララップまで部隊を迎えに行った。ケレンゴーまで十里の道程である。部隊は一日休んで行軍して夕方到着した。大和農園の連中が食事の準備等皆やってくれたので、到着した兵達はすぐ食事が出来て喜んでいた。台湾拓殖の人が来て精米もやっていた。アピーの給養がよくなかったので、ここで暫く兵の体力回復に努める事にした。野菜はメララップから自動車で運んで来たし、牛肉を食べさせる事も出来て、兵は目に見えて元気になった。小方自身は工作や情報の収集に忙しかったが、暇を見つけては近くの川に魚釣りに出かけた。小さな魚がよく釣れた。十九年も残り少なくなった。

小方は部隊の出動も近くなってきたので、十二月二十日に二十年の正月を繰上げて行なった。十九日、工兵に大きな川で爆薬を仕掛けさせて鯉など沢山の魚を獲って来させた。豚も買った。兵は大わらわで豚カツを作った。各人ザボン一、バナナ一房をつけた。酒はテームの支那人から買上げた。サイダー瓶で千四百本あった。出来るだけのご馳走を準備した。そこの警備隊は義勇軍であったが、彼らも一緒に会食させた。邦人の主だった人も呼んだ。ケレンゴーを離れて一歩ジャングルに入れば何もない事を知っていたので、せめてもの心尽くしである。昼から始めて夕方まで食い、飲み、歌い、最後には踊りまで出て賑わった。兵達は大喜びだった。何かと指図していた山田曹長が「陣中日誌には書かないでおきましょう」と言うので「いいよ、書いておけ。陣中では正月を繰上げてやる事もあるのを教えてやるのだ」と指示し、同時に山の中には何もないが、手を動かし目を働かして困苦とも戦わなければならない事をよく言い聞かせておいた。皆、いかなる困苦にもへこたれないと張切っていた。「これでよし」

小方部隊、山の中へ

二十三日には庄司少尉が一中隊を連れて山の中に入って行った。一里程行った所で筏が転覆し、兵が一人流出したと報告して来た。小方は下流に走った。幸いに岸に取りついていたのを現地人が助けてくれていた。小方は布や金をやって謝礼した。この事が村から村へ伝わって、皆よく協力してくれるようになった。次いで工兵の中隊を進めた。水牛に米を積んで行かせた。野菜を送れる筈がない。小方は自分でその奥地まで行く決心をした。山の中まで歩いて一週間だ。本部の山田庄司少尉から野菜が全然ないので送ってくれと使いが来た。二十年一月五日、本部の山田軍曹以下七名を連れて山に入って行った。台拓から現地馬を一頭貸してくれた。荷物は皆土人が背負って運んだ。ここは道が昔から少しあったので、要所々々を工兵が補強して行った。毎日五、六里歩いて一週間目にサブロットに着いた。

ここは川の合流点で少しは開豁《かいかつ》していた。次のアグスに庄司少尉がいた。各村から人が出て道路を拓いていた。小方は銭や煙草をやって宣撫しながら入って行った。時には野鹿に出合う事もあったが、猛獣はおらなかった。県から日本人が一人入って指導していたが、評判は余りよくなかった。サブロットには小学校もあって、十七歳の青年教員が一年から六年まで九人の生徒を教えていた。郡役所の出張所があったので小方はそこに入った。道路工事をしつつ、警備、更にタラカンを通ってバンジェルマシンに行く準備をしなければならない。

毎日地図を睨んで計画を立てた。川沿いのこの付近では先ず舟が必要だ。川は流れが激しく丸木舟では持たないので、薄い板を藤でくくって作った舟を使っている。製材機も鋸もなく、土民はパランと呼ぶ山刀のような物で大きな木を倒して、両側を削り取り一枚の板を作る。大変手数がかかる仕事である。小方は各村で一隻ずつ舟を作るように指令すると、郡長がすぐ命令を出した。付近に五十二の村があった。村と言っても一軒の大きな家にアパート式に住民が住んでいて、村頭の指図一つで仕事に従事する。大きい所で七十人、小さい所で二、三十人の集落である。道路作りに出ない村はこの舟を作る事にして、一ケ月で二十三隻完成した。一隻七十ドルであった。ここの土民は知識はないが、銭勘定だけは達者だった。英人がそのようにしつけた結果らしい。この舟を七人で漕ぐ。乗客は二人、米なら三俵が精々という所だった。出来上がった舟は有事には舟子をつけて出すという約束で、各村に貸し付けておいた。

現地民との交流

敵の反攻で情勢が変り、小方がバンジェルマシンに行く事は中止になった。そのまま現在地を警備しながら、通過部隊の給養をやれと言ってきた。次には本当の兵站地区隊長を命ぜられた。軍の計画による家は出来ておらず、糧秣も集積されていなかった。貫兵団が東海岸から北海岸に転用され、この兵站線は病人と荷物が通る事になった。小方は岩橋参謀に軍が州庁に命じている通路の家や糧秣の集積は全く出来ていない、何とかしなければならないと報告した。折り返し「貴官がやれ」と言って来た。

小方は五里おきに分隊を分遣した。付近の村長に言って、通過部隊休宿用の家を建てさせた。兵も土民と一緒に働いて、一週間程で完成し、二百人は宿泊出来るようになった。村長達は分遣隊長の兵長の証明書を持って、銭を受取りに来た。早く出来た所には、布、塩、煙草の褒美も出した。郡長が大きさを聞いて概算で金を払った。この作業のために各分遣隊も近くの村民と親しくなり、野菜が買えるようになった。野菜は何でも一斤十銭と郡長が決めた。瓜、芋、水芋、唐辛子、何でも構わない。又数量も持って来ただけ全部買上げる。残れば乾燥して通過部隊用に備蓄した。野菜の量に応じて金を払うだけでなく、搬入の日当も払う習慣で、一日往復の所は三十銭、二日の所は六十銭と決まっていた。

色々な物を持って来た。鶏一羽は一ドルで買った。小方は物々交換は禁止した。これでは千円で千円の物しか買えない。軍票で買上げて、品物は売ってやる。軍票の価値をつけるために品物は安く売るが、数量を抑える。こうすれば軍票もよく流通するし、少しの物で多くの物を買う事が出来る。この方法は最後までよく守られた。土民達は軍票を竹の筒に入れて蓄えていた。人夫賃も同じである。小方は郡長をサブロットに呼び、彼と相談して村長会議を開いた。席上、今までよく協力した村長を表彰して布等の賞品をやった。牛を一頭殺し、現地のドブ酒も大きな瓶に十本程集めてご馳走を準備させた。五十二村の内、四十七村は村長本人が出席し、後は病気その他で代人が来た。一番遠い者は七日もかかって来たという事だった。この地の土民は少しずつ陸稲を作っていた。小方はそれを供出してくれと言った。郡長が話をしたら、村長達は「では私達は米を食わぬ事にして全部出しましょう」と誓って拇印を押した。彼らが帰ると米が集まり出した。約六トンの米が手に入った。勿論、価格は時価で軍票で買った。

ぼつぼつタワオの方から部隊が通り出した。道筋の状況も色々判ってきた。降雨、増水等で中々の難行という事であった。小方は又、隊貨を輸送するために、駅伝式に人夫を各村に割当てた。土民はよく小方の言い付けを守って働いた。主にムロット族で体格はさほど大きくないが、精悍な連中で、赤い褌一つの裸で髪を束ね、背には藤籠を負い、腰に山刀を差し、吹矢用の槍を手にして、約四十キロの荷物を背負って五里位の山道を平気で往復する。路外の近道もよく知っていた。

小方は連日する事もなく、さりとて分遣隊を見回るには距離があり過ぎるので、川に出ては釣り糸を垂れていた。各分遣隊は逓伝で色々報告して来るし、命令や注意は持たせてやれば事足りる。手の施しようがない。ケレンゴーまでは既設の電線で何とか話が出来るが、電話機はサブロットだけしかない。これも倒木等でよく故障が起きる。留守を任せられる者がおらず、兵には野菜を作ったり魚釣りをさせたりしていた。小方も毎日朝から川端で時を過ごしていた。時には一尺位の鯉を釣る事もあった。この時には彼の当番の兵長が、お手のものの握り寿司を作った。砂糖はないが、椰子の水で飯を炊き唐辛子と粉味噌で山葵《わさび》の感じを出して、ドブ酒で乾杯した。「ここで、こんなに不自由していれば他の処で日本軍が勝ってくれているであろう」これが唯一の望みであった。

暗雲たなびく戦況

時々伝わる戦捷《せんしょう》のニュースをいかに待ち望んだ事だろう。小方は又、近くにいる兵を時々呼んで会食をやった。ドブ酒を酌み交わして歌を唄ったりして無聊を慰めていた。月の良い晩などは、遠くの村から土人の踊りに合せた銅鑼《どら》の音が聞えて来る事もあった。

軍司令部も海岸におられず、小方の所から二百哩《マイル》位離れた山の中に入った。米も調味料も補給は途絶えている。塩も少なくなったが人夫達にも少しずつ分けてやり、唐辛子で味を補って食事をしていた。米も現地の赤い米を玄米で五百グラム渡していた。太っていた小方もどんどん痩せてバンドの穴が一月毎に一つずつ詰まっていった。五月にケレンゴーも爆撃され、タラカンにも敵が上陸してきた。タラカンの海軍はよく奮闘しているらしかった。軍命令が来てケレンゴーの防空を指導せよと言って来た。百五十哩離れている。

小方は伝騎一騎を連れて走り出した。既に道は馬が走れる程度に整備されていた。湿地には豊富な木材を敷き詰めてあった。午前中に五里走って分遣隊で食事をし、更に午後五里を走った。そこの分遣隊に泊まって又翌日も走った。馬で通れるだけは通ったが、馬の背も立たぬ所も多い。伝令と二人で裸になって渡った。付近から枯れ木を拾い集めて筏を組んで、鞍や被服を乗せて泳いで押して進んだ。小方はへこたれずに進んで行ったが、三日目に着いた所の前には、大きな川が流れていて激流で通れない。一日待ったが水は増すばかりである。兵が付近の村に連絡に行くと、村長が泳いで酒や野菜を持って来てくれた。更に一日待つと、夕方になって大分減水した。

「この分なら明日には行けるだろう」と話している所へ一人の大尉が軍命令を持ってやって来た。その大尉が小方と交替して地区隊長になる事になっていた。小方は兵五名を連れて更に奥地に入り、所在の陸海軍部隊を指揮して警備に当れという事である。岩橋参謀の手紙も持って来ていて「大変困難な任務だが他に人がいないから頼む。然るべくやってくれ」と書いてあった。地図で調べると二百哩ある。「よくこんな命令が出せるものだ」と感心している訳にもいかない。所在の陸海軍も何処に幾らいるのかも判らない。土匪が処々に蜂起している。自分の警備地を出て新たな所に行くのである。しかし命令だ。小方は又来た道を引返して行った。

山田軍曹も郡長も驚いていた。センバコン川を下って行くのだと話したら、皆びっくりした。後任の大尉は翌日サブロットに到着した。五名の人選だ。川筋の分遣隊から兵長一、上等兵一を取った。書記として字の書ける一等兵を一名、兵長と上等兵の当番二名、計五名だ。いずれも「死んでも良い、隊長について行く」と言ってくれた。他の兵が押しかけて来て、「連れて行ってくれ」と言う。志は有難いが軍が五名と言っているのに、それ以上連れて行くわけにはいかない。卑怯者と言われるのも嫌だ。「用があったら軍に話して呼ぶから」と言い聞かせた。五名は羨ましがられていたが、実際は一番危険な仕事である。皆と別れの盃を交わして、五月二十日頃サブロットを出発した。

一日歩いてアギスに着いた。分遣隊で皆をご馳走してくれた。次の所でもそこの分遣隊と別れの宴を張った。そこから舟である。この頃は通過する部隊のために、村から交替で舟を出していた。小方は初めてその船に乗った。ビワビワしたその舟を若い土人が漕いで急流を下る。瀬を通過する時は目が回る気がする。「木曾川を下るの記」を読んだ事があるが、とてもそんなものではない。丸一日して国境（注　英領ボルネオと蘭領ボルネオの国境）の村に着いた。ここにも分遣隊がいる。ここの兵長と上等兵が加わるのである。

現地民を掌握する

川岸には土民まで迎えに出ていてくれた。村頭はガマタン、村長はヤガンサクという男である。前に村長会議で会って旧知の連中で、懐かしそうに寄って来た。分遣隊長が「村頭や村長の女房達が挨拶に来ているがどうしましょう」「よし会おう」「とても兵によくしてくれますから礼を言って下さい」「よし」村長が立会いしていた。婦人達が頭の上に大きな皿を乗せて入って来て、小方の前に並べた。一つには真っ白な米が一杯と卵が三、四つ乗っている。次の皿には山豚の足が一本、次の皿にはまだ生きていてアップアップした川魚の二尺位のが乗っている。次の皿にはバナナが一杯盛ってある。村長が「隊長に進呈します」と言う。小方は村長に礼を言って、皿に二ドルずつ乗せて返すように兵に命じた。「今夜村で宴会をしたいが、来てくれるか」とのこと。「兵がお世話になっているからこちらでご馳走しよう」「では村の者、皆で来ていいか」「よろしい」「婦人達もいいか」「来たければ来て差支えない」「有難う」「さ、村の連中と宴会だ」分遣隊員は工兵だ。早速小舟を出して魚を捕りに行った。村の者も手伝って宣撫用の塩を出して、捕って来た魚を料理する。村長の女房達が来て飯を炊くやら、酒を運んでくるやら、大騒ぎをして夕方までに準備が出来た。

男と子供達が二十人程やってきた。バナナの葉に飯や芋を乗せて前に置いた。酒の甕は中央に据えて竹で代わる代わる掬《すく》って飲む。その内歌も出始める。兵も歌った。村頭も村長も歌った。今度は女達が押しかけて来た。村長の女房と娘、村頭の女房等々老若色々一生懸命めかして来ている。彼女達もドブ酒を飲み、魚を食って賑やかに騒ぐ。小方はマンデーしてサロンを巻き、半袖に着替えて窓際に座って酒を飲んでいた。村頭と村長の女房が傍に来た。片言のマレー語で何とか意思は通じる。女達が踊り出した。銅鑼を叩いて賑やかに拍子を取る。きれいにめかした村長の娘が一番上手で、村長も自慢らしかった。村頭は面白い男で、小方と飲み比べをしようと言い出した。この付近の住民はダイヤ族である。酒に自信のある小方は「よしやろう」と応じた。

村頭も村長も酔っぱらった。これで小方に対する尊敬は度を増した。ガマタンは川筋の顔役である。「自分が行けば隊長の役に立つ。是非連れて行け」と言い出した。小方が喜んで承諾すると細君が傍で笑っていた。「お前淋しくないか」「でも四、五日位ならいい」と言うので同行させる事にした。この川筋では食事を持って歩かない。何処の村でも客間に通して食事を出す。食事をする方も実に礼儀正しくふるまう。変な事をすると笑われるからというのである。お互い様だから何処でもよくもてなすし、遠慮もしない。従って村と村との仲がいい。泊まれば色々の話をして夜を過ごす。ガマタンが良い宣伝をしてくれたので小方は一躍川筋の尊敬を受ける事になった。五月二十六日にメンサロンに到着した。目標地点である。

到着したら陸軍が四百五十名、海軍が三十名ばかりの日本軍がいて、若い海軍の中尉が申告して来た。彼らは最後の無電で小方が近く来る命令を受けて、一日千秋の思いで待っていた。タラカンの戦闘は熾烈らしく砲声が響いていた。二十七日に小方はその海軍中尉を招いて一緒に食事をした。「今日は海軍記念日だ、二人でお祝いしよう」小方はとっておきのウイスキーを出した。話してみると、小方と同郷で同じ中学の後輩だった（注　後述の宮宗中尉のこと）。二人は寄遇を喜んだ。翌日は五十人程の村頭や村長が集まった。郡長も出席した。小方が予めガマタンに二十八日に村長会議をやると触れさせておいたのだ。その付近の村長はヤナンバッサーという男であった。色々話して皆と食事をした。

小方、転進を決意

その席にサラワクダイヤが蜂起した情報が入って来た。翌日海軍の民政部の者が確かめに行くと、付近の村も反乱していて、友田政務官が殺されていた。処々に日本人や陸軍の兵がいるが、多くは病人である。小方は使いを出して皆を集めた。彼はここを警備する事の価値を考えてみた。なるほど交通の要衝ではあるが、それはタラカンがあっての事である。タラカンが敵に奪られたら何の意味もない事は明瞭である。空襲が始まって、毎日ロッキードP—38がやって来て爆撃する。沿岸の村もあちこちがやられた。小方は転進を決意した。荏苒《じんぜん》日を送って座死するより、軍に合流して少しでも働こうという考えである。

小方はぼつぼつ準備にかかった。何としても舟である。舟と人を押えておかねばならぬ。ヤギナンに言って各村の舟を集めさせた。大発動艇も一隻あったが、ここより上流に行った事がなかった。空襲はいつでも午前中にやって来た。小方はこのまま転進したのでは逃げたように思われるので、殆ど全力と言ってもわずかだが、それを以てサラワクダイヤの根拠地を攻撃させた。覆滅して引揚げて来たのが十一時である。すぐ全員を舟に乗せて四、五里上流の部落に移動させた。舟が足りないので、荷物はもう一度引返して夜運ばせた。それまで鹵獲《ろかく》した大砲を撃ち続けさせ、最後に乗舟した時爆破させた。二回の運行でやっと集結させる事が出来た。人員百九十二名、荷物五百梱《こん》である。

翌日又、半数を舟に乗せて出発させた。一日遡上して舟を帰し、後の半分を乗せて追及させる。中には舟子が舟もろとも逃げ出す奴もいて、舟の数は益々少なくなった。小方は先ず食糧、次に兵器という順序を決めた。「腹が減っては戦は出来ぬ」の鉄則を守ったのである。兵にも舟の人夫にも食わせるだけは十分食わせた。途中でプト族が米人の指揮で妨害に出て来た事が情報で判った。「よし、攻撃して通る」小方は兵を陸と川の二手に分けて攻撃させ、難なく撃退して遡行を続けた。シュルモレまで集結した所で豪雨に遭い、水かさが増し、流木が多く、遡上できなくなったので減水を待つ事にした。

小方は行動開始と同時に旧部下の所に伝令を出して「舟を出してくれ」と伝えておいた。小方と交替した大尉は同意しなかったが、旧部下は独断で舟を下ろしてきた。ヤガンサクが先頭になって八隻連れて下って来た。後も準備次第下って来るという事だった。シュルモレから上流は川が一層急になり、瀬もあるので小舟しか上れない。小方は下流の舟に人夫賃を払い、品物を与えて帰村させた。飛行機が毎日偵察に来たが、大型機で高い所を飛ぶだけだったので、川岸の樹蔭に隠した舟は見つからずに済んだ。

小方部隊、爆撃を受く

六月の末で連日雨が降って増水が続き、動く事が出来なかった。一日戦闘機が四機飛んで来た。「これはいかん。タラカンが奪られたな」小方は考えた。「明日からは山に退避せよ」翌日は食糧を持って山に退避させ、舟は海軍の宣伝班員が付近の小川に隠させた。果して次の日は戦闘機が椰子の梢すれすれに飛んで来て爆弾を一個ずつ落し、銃撃をして行った。川はまだ減水しない。小方は付近の村からドブ酒を取り寄せて士気を鼓舞した。メンサロンを十五日に出発して半月が経過していた。次の日もなんとか動きたいと思った。ヤガンサクが朝、川を見て来てまだ駄目だと首を振った。「今日も駄目だ。山に入れ」皆で山に退避していると又戦闘機が四機やって来た。谷間から見ていると見事なダイビングをして爆弾を落した。二番機も続いて降下して来たが、下がり過ぎて先頭機の爆弾の炸裂のあおりを食って被弾し、ふらふらと列を離れ、下流の方に飛んで行った。「これはまずい。自分達の弾で一機やられたのだから痛快だが、奴らは必ず対空射撃でやられたと報告するに違いない。きっと仕返しに来るぞ、皆用心せよ」予言通り今度は八機でやってきて、ドカンドカン、バリバリ暴れたいだけ暴れて帰って行った。あちこちに火がついた。

「もういけない。何としてもここにはおられない」小方は敵機が去ると急に移動を決心した。ヤガンサクも遡上してみようと言ってくれた。宣撫用に買い込んだ反物は殆ど焼けてしまった。激流を人夫達は一生懸命、岸の木を伝いながら遡行した。二キロ程進んで日が暮れた。小方は岸に上がって、一先ず全員をここまで移す事にした。夜通しかかって、どうにか集結する事が出来た。村から村へ犬が走る位の道はあるだろうとヤガンサクに尋ねるとあると言う。「よし、陸行だ」

三梯団に分けて、糧秣と荷物はここに積んでおいて、陸戦隊の第三梯団に守備させる事にした。糧秣を集積する村々を示して兵長と上等兵を舟に残して、ヤガンサクを指揮して輸送に当るように命じた。小方は第一梯団を連れて山道を辿った。ジャングルの中を第二梯団も続いて歩いた。その日、下流から米人の指揮するプト族約百名が攻撃してきたが、陸戦隊が奮闘撃退して自動小銃三を鹵獲した。宮宗中尉は小方から非常の際は荷物を処分するよう言われていたので雑物を焼却した。糧秣と兵器は舟で少しずつ運んだ。山道は険しく、茨の棘が服を引裂く。足はがたがたになる。日没までに寝る小屋も作らねばならない。日没を待って炊事をやり、やっと寝付くとスコールに起される。竹の小屋を作って入ったその晩は雨が降らなかった。五日分の糧食しか持たせてないから、それまでには糧秣を集積してある村に行きつかねばならない。早朝に出発して歩くが、道は中々捗らない。やっと四日目の夕方、食糧のある村に到着した。小方は歩くのが苦手である。よく滑って転んだが、辛抱して歩いた。

川筋に着いた所で連絡が入り、上流から舟がどんどん下って来て食糧も殆ど運び終ったこと、陸戦隊が戦闘したことも判った。小方は再び各梯団を出発させた。先頭で指揮し、後尾の出発を見届け、又先頭に行かなければならない。安心して任せられるのは宮宗中尉だけだから骨が折れる。小方もとう〳〵舟で上る事にした。三名の兵を連れて二隻の舟に乗った。いつ岸から撃たれるか判らないが仕方がない。上等兵と一等兵が一挺ずつの小銃を持っているだけである。時々敵機が来ると舟を岸の木の陰に入れて隠れる。流れの激しい瀬の所では人は下りて岸を歩き、舟も藤のロープで曳いて上る。更に酷い所では、舟を陸に上げて曳いて進む。中々骨の折れる仕事である。それでも夕方には行軍で三日行程ほどの距離を乗り切って、旧部下のいる国境の部落に着く事が出来た。

既にこの頃は部落も疎開してジャングルに入っていたし、兵も川岸の谷間に小屋を建てて移っていた。しかし彼らは小方のために特に一軒の小屋を準備してくれていた。早く帰したガマタンが何かと指図して作ったという事だった。「もうよし、ここまでくれば」小方は一安心した。彼は早速「警備地を捨てて転進した理由、途中の経過、事後、現在地国境付近で軍の後方を援護すること」を書いて報告した。報告書は舟に託して次々に逓伝で運ばれて行った。翌日から行軍部隊も到着した。村の人々も喜んで迎えてくれた。ヤガンサクは舟を指揮して、糧秣や荷物の運搬に当っていた。細君達は野菜や薪を持ってきてくれた。暇を見て小方の服の破れも修理してくれた。敵機の来襲の間隙を狙って魚捕りもやった。あちこちの村長がドブ酒や鶏を持ってきてくれた。

小方は今回の行賞を行なった。ヤガンサクが殊勲一等で外套一着、噛み煙草一箱、布三人分、それに銀の腕輪や金の指輪を与えた。次々と人夫まで噛み煙草や布をやって表彰した。彼等にとって噛み煙草は何よりの嗜好品であり、装飾品も喜ぶ。小方はカフス釦も外して与えた。彼等は大喜びでそれを首飾りにした。

ここからは皆舟で遡行するつもりでいたが、又途中にプト族が出たというので舟が下がって来なくなった。糧秣はどんどん減って行く。まだ陸行三日行程ほどの距離がある。何としても舟を出さないと荷物が運べない。「よし俺が行こう」と再び兵を連れて陸行した。道は相変わらず険しい。ガマタンが来てくれて、大事な荷物は人夫に担がせ、夕方になると彼等を指図して小屋を作らせた。二日目の夕方、川岸に出た。「もう歩けない」小方は付近の村に使いを出して村長を呼んだ。翌朝舟を三隻準備してくれたので、それで川を上る事にした。上流から二十隻程舟が下がって来た。先頭に立った連合村長が小方の姿を認めて喜んだ。舟を岸に着けて話を聞いた。隊長が帰って来るというのでこれだけ連れて迎えに来たと言う。プト族が出ないかと心配しているので、軽機を一挺つけてやったら安心して下って行った。夕方やっと基地に着いた小方は国境にいる兵や荷物を運ばせるために、すぐその舟を下らせた。七月二十五日、最後の一隊が上がって来て転進はやっと完了した。行動を起して四十日かかっていた。この間、爆撃による損害一名、土匪との戦闘で四名の兵が死んだ。

マラリヤで死にかける

小方は取りあえず、付近の警備配置をすると共に食糧の収集に努めた。あちこちの部落から少しずつ米を出してくれたが、今度は所帯が大きい。食糧のやりくりが中々大変である。塩もないが軍は相変わらず何も送ってくれない。「よし、作れ」土民が昔、塩を作ったという井戸の水を汲んで朝から大きな釜で焚かせた。一分隊付ききりで人夫十人を使って夕方までに出来る塩は飯盒の蓋半分に過ぎないが、ないよりはましと毎日作業を続けさせた。その水は嘗めても少しも辛くなかった。あちこちの村長が働いてくれて、野菜も何とか少しずつは集まった。タピオカやサゴ椰子も食った。

この頃軍方面にも敵が上陸して戦闘中という事が判った。小銃や弾薬にも困っているという。「よし、応援しよう」小方は少尉に百名の兵をつけて各人小銃二挺、弾薬百発ずつ持たせて、軍主力の方に転進させ、軍参謀長の指揮に入らせた。小方の手元の人数も少なくなった。陸戦隊と僅かの陸軍の兵、それに地方人であった。地方人には開墾をやらせた。プト族も時々攻撃してくる。小方は楠公流の戦法を教えて対処させた。プト族は皆裸足である。山に竹杭を植えさせて近づけないようにした。要所には地雷を埋め、陣地前の小屋の床に爆薬を仕掛け、火を焚いたら即座に爆発するようにした。落とし穴も作らせた。

兵で病気をする者が多くなった。軍医も少なく薬品も足りない。小方も酷いマラリヤにやられて倒れてしまい、谷間に作った小屋で寝ていた。五里先から軍医が見舞いに来て、注射をしてくれた。近くには下士官と兵が五人いるだけである。「隊長が病気だ」噂が伝わると各地から椰子の実、野菜、卵などを送ってきてくれた。出来た西瓜を二つ、十里の道を抱えて持って来てくれた兵もあった。小方の熱は下がらず、食物は何も受付けなかった。寝たままで動く事も出来ない。夜通し下士官や兵が看病してくれたが、段々衰弱していくばかりだった。軍からは小方の案通りの命令が来て、その付近の警備をする事になった。下士官や兵が軍医を度々呼んでくれたが「どうも駄目らしい」と診立てていたらしい、只椰子の水だけを飲んで寝ていた。「もう駄目だ、明日は終りだ。これが俺の人生だった」小方はふっと思った。「よし明日は公務を山田軍曹に言っておこう。明後日は静かに眠る事にしよう。今更何の未練もない。私事は一切言うまい」うつらうつら考える事もなく決心していた。「俺は死ぬ、それでよい。しかし待てよ。俺が死んだら兵は一体どうする。敵は前にいる。食糧は乏しい。指揮官を失った兵達はどうするか。これは一寸死ねないぞ」急に小方はまだ死ねないと思いついた。見るとワイシヤツもいつの間にか新品を着ている。敷布も新しいのをしている。「ハハ……人間とはなかなか支度のよく出来るものだ。これは死支度だ。いけない、いけない」小方は兵を呼んだ。「おい、これは少し寝苦しい。洗濯したのを持って来てくれ」洗濯したものと着替えると急に元気が出て来た。衛生兵が又五里歩いて来て注射をしてくれた。

兵の病人も少しずつ良くなっているという事だった。その夕方当番が「隊長殿、川魚の腑《ふ》で塩辛を作ってみましたが、持ってきましょうか」「うん、珍しいなあ」その塩辛で重湯を飲む事が出来た。翌日も塩辛で重湯を飲んだ。少しずつ良くなるような気がして粥を食ってみると食える。熱も下がった。蕨の味噌汁も飲めるようになった。皆愁眉を開いた。暫く寝たままで体力の回復に努めた。

敗戦を知る

九月一日、軍から一束の命令が届いた。小方は床の上に起きて日付順に見ていった。軍司令官の訓辞もあった。「隊長はよく部下を掌握していかなる事態に至るも乱れる事なく……」ソ連の参戦の事もあった。南方軍の訓辞もあった。「内地がやられても南方軍は戦闘を続ける」というのもあった。その内終戦の詔勅が出て来た。小方は目を疑った。軍の終戦命令もあった。「ああ、万事休す」今までの苦労も水の泡だ。内地が降伏したのだ。歯痒くもあった。最後の一人までやるとも言ったのにと憤りもした。しかし詔勅を拝するとそれも出来なかった。熱い涙が頬を伝わった。彼はそれを拭おうともせず横たわっていた。「先日死んでいたら、こんな事知らずにすんだのになあ」天井を見上げて呟いた。

「いや、こんな事ではいかん。土匪を相手に戦している者をどうする」小方は部隊の集結について考え出した。早く兵を健康上良い所に集めなければならない。兵に何と言って言い聞かせるか。小方は山田軍曹を呼んで終戦の詔勅を複写させ、訓辞を書いた。そうして集結を準備しつつ、現任務の続行を命じた。「攻撃はするな。しかし攻めてきたら遠慮なくやっつけろ」と言っておいた。身体も少しずつ元気になってやっと起き上がれるようになった。一週間程すると、少し歩けるようになった。彼は杖をついて歩く練習を始めた。いずれケレンゴーに集結しなくてはならない。二百哩はある。

続いて軍から集結の命令が来た。十二日に兵が馬を持って来てくれた。彼は馬に乗ってサブロットまで来た。サブロットは健康地である。一先ずここに集結する決心をした。命令を出して手際よく土匪と離脱させた。十五日土匪と一戦交えたのが最後であった。二十日頃には全員集結出来た。重症人も運ばれてきた。「息のあるのを埋められもせず」と言う声を聞いて、小方は叱り飛ばした。「馬鹿、何言うか。担架で送れ」それから病人、老人の後送を始めた。軍から又使いが来て「なるべく速やかにケレンゴーに集結せよ」と言って来た。

各地の分遣隊を撤収して行かなければならず、ジャングル内の行動は制約されるし、終戦になった今日、ただ兵を大切にしてやる事が小方に残された任務と考え、なるべく楽な行軍をさせて兵の体力を養ってやろうと決心した。特務機関の兵を先遣して鶏や野菜、酒と買えるだけの食糧を購入させた。兵は一日五里、二日歩いて一日滞在と考えると、十月十日でないと集結出来ない。軍からの使者が「自分で武装解除しても差支えない」と言ったので「よし、わざわざ重いものを持って行って敵に渡すよりはましだ」小方は自衛兵器以外は皆サブロットの倉庫に入れて鍵をかけ「今度部隊が交替するから新しい部隊が来るまで触ってはならない」と言っておいた。

小方は予備刀を一振り郡長にやった。毛布、蚊帳等、不要な品はよく協力してくれた土民にやったり、売ったりして処分した。貯えた軍票を持って彼等は集まって来た。必ず鶏を携行するようにも言っておいた。軍票も大分回収した。鶏は部隊の給養に充てた。米も各地の集積量を考え、食えるだけ食わして余りは土人に分けてやった。沿道は急にお祭りのような騒ぎになった。次々と泊まっては、付近の村長と会食しながら行軍を続けた。

この時には小方の健康も恢復して元気になっていた。最後の部隊の通過を待って、分遣隊を撤去するようにしておいた。川魚も爆薬で獲って食わせた。半分程歩いた所で伝騎が軍命令を持って来た。「連合軍の命令だ。万難を排してなるべく速やかにケレンゴーに集結せよ。連合軍の命令は絶対だ。責任を問われるぞ」とも言って来た。小方は「よし、承知」と言ったが、そのまま命令通り行軍を続けた。今度は又軍命令で「兵器を皆持って来い。少し位遅れてもい い」と言って来た。「ハハ……」小方は笑っていた。装具を置いて身軽な姿の兵にサブロットまで兵器を取りにやらせた。その間、皆は暫く休養が出来た。山田軍曹が心配をして「早く出ないと、若し隊長が責任を問われては」と言ってくれたが「いいさ、俺一人で済めば」と相変わらず呑気に行軍をした。

小方はケレンゴーで兵を渡したら自決してやろう「もう、俺の軍人としての人生は終りだ、負けて帰れるか」これが小方の腹だった。予定の通り悠々と行軍して十月九日の夕方、ケレンゴーに集結した。連合軍は豪軍であったが、最後の部隊が出て来たというので安心して、遅いとは言わなかった。「なぜもっと早く出て来なかったか」「豪雨で川が氾濫して歩けなかった。

出来るだけの努力をして今日到着した」と言うと「ＯＫ」であった。小方は兵器の表を出した。それを見て余りにも貧弱なので豪軍が驚いていた。「明朝兵器を出せ」豪軍は任務を終り、喜んで海岸地方に引揚げて行った。

小方部隊の降伏

小方はこれで任務は終ったと考えていたが、軍命令で「ケレンゴー付近の部隊を区署せよ」と言って来た。色々の仕事がある。そこを整理してメラップに来ると、又そこの整理を命ぜられた。病院の患者を輸送し終ると、墓地の手入れ、爆弾その他の兵器の整理をさせられた。ここにはまだ籾が沢山あった。小方は兵をつけて籾を煙草やドリアンや鶏と交換させた。兵にも各人が持てるだけ精米して持たせた。「海岸に出れば、すぐ船に乗れる」と兵は考えていたが、小方はそう簡単にいくとは思わなかった。半年かかるか一年かかるか判らないと判断していた。こんな事を続けている内に、小方の自決もその時期を失してしまった。兵を連れて海岸まで出なくてはならない。又ぼつぼつ行進した。兵は給養がよかったので元気であった。鉄道線路を行軍してテノム（注　ケレンゴーから南西に約三十キロ）に着いた。

ここで海岸に行く部隊の組換えをしていたが、小方の兵は矢張り小方が連れて行く事になり行軍を続けた。ここからは敵の占領地であちこちに歩哨が立っていた。そこでは必ず検査され、その都度万年筆、時計、紙入れ等、少し気のきいたものは皆掠奪された。そんな時小方は「ぐずぐずするな」と怒鳴った。その声で豪軍の兵も慌てて取るのをやめた事も再三あった。

小方はいつも傲然と立っていた。最後の検査場で大尉が出て来て「君、英語は話すか」と聞いて来たので小方は「英語は全然話せない。フランス語なら少し話す」と英語で答えたら、大尉は首を傾げて「英語を話す者がいるか」「いる」庄司少尉を呼んで通訳をさせた。小方は彼等の言う事が判っていたので、時々庄司少尉に「こう言っている。ああ言え」と指示した。

川を下る乗船場で待っている時、敵兵が一人来て小方の拍車をくれと言って来た。小方は「取れ」と言って足を出した。その兵は嬉しそうに持って行った。小方は階級章の付いた新しい服を着ていたが、船の中で又、敵の兵が階級章をくれと言って来た。その内三、四人来てもぎ取って行った。嫌な気持がしたが「負けたのだ」と我慢していた。

キャンプに収容される

キャンプに着くと又検査があったが、既に万年筆や時計等、めぼしい物は殆どなかった。将校と下士官、兵と分けられ、天幕の下にシーツだけ敷いて一夜を過ごした。翌日又急に、次のキャンプに移るために汽車に乗せられた。

着いた所は海岸の作りかけのキャンプで、軍司令部その他、色々の部隊の連中が収容されていた。先に来ていた山田軍曹達が案内して、小方を彼等の所で休ませてくれた。その夜はスコールで新入りは大騒動したらしいが、小方は彼等のお蔭でどうもなかった。ここの食事は朝乾パン五枚とスープ、昼は乾パン六枚と缶詰少々、夕食は粥が少しだけで、三四日は排泄の必要もなさそうだった。早くキャンプに収容された連中は随分痩せて、煙草も持っていなかった。小方の兵だけは元気で、煙草にも不自由していなかった。兵は改めて小方の指導に感謝していた。ここでは獣医の中佐が長になり、豪軍との折衝、内務の取締りに当っていたが、巧く行ってなかった。

軍の岩橋参謀もいて、一別以来の話をした。小方の山奥での苦労はよく知っていた。それは軍が予想し、希望した以上の成果を上げていたと評価していた。他の兵站線では家も食糧もなく、雨と飢えで多くの兵が死亡した。残存者も戦闘に間に合わなかったが、小方の所を通って来た者は一人の犠牲者もなく、すぐ戦列に加える事が出来たと喜んでいた。又小方の兵隊の持っている煙草を皆に分けてくれとも言って来た。小方は「山の中にいた時、軍から煙草はおろか、塩さえ送ってくれた事はない。兵が大事に背負って来た物を、今更取上げる訳にはいかない」と断ったが、誰も文句は言えなかった。それでも兵はあちこちに少しずつ分けてやっていた。

収容人員が増えて三千人になり、獣医では手が負えなくなった。第一、交渉の腰が弱い。小方にやってくれと頼みに来たが、司令部の高級副官がいたので彼に押し付けた。彼も統率の力がなく、又小方に頼みに来たので総務部長として本部に入り、何かと指示した。毎日二人、三人と兵が病死した。

一月ほどして又アピーのキャンプに移された。ここも作りかけのキャンプであったが、先ず排水溝を作り、天幕をかけ何とか住めるようにした。千四百人程の収容所で、豪軍の下士官が来て何かと指示していた。ここの給養は更に酷く、一日米八十グラムとメリケン粉、乾燥野菜、缶詰であった。三食とも飯盒の中蓋八分程の雑炊で、箸もいらなかった。急に立ち上がると眩暈がし、小便に行くにも途中休み休み歩いた。作業に行く者には少し多くやっていたようであったが、それでも大変だった。敵にも将校、下士官と分けては矢張り取締りが出来ない事が判って、又昔の建制に戻した。小方の所には山の中にいた兵達が集まって来た。キャンプの中で彼等が一番元気がよかった。彼等は毎日二人がかりで小方の身体を湯で拭いてくれた。キャンプの小方が自分で拭くと言っても彼らは聞かなかった。他の隊の者は「小方は終戦になっても、威張って兵に身体まで拭かせている」と陰口を言っていたが、断っても彼等がやってくれるのだから仕方がない。

炊事当番の者が次々に斃れて、交替に丈夫でよく働く小方の隊の兵が多く働くようになった。その頃は煙草の手持ちもなくなっていた。所外作業に出た者が現地人に貰ったり、物々交換で手に入れたりして来た物を皆で分け合って吸っていた。そんな時でも小方の所の小さな缶の中には、いつも誰かが補給してくれていて不自由しなかった。夜寝る時は、いつも内地の食物の話になった。ある時、小方が手に熱いものを感じて目を覚ました。手には焼き立てのパンが二つ握らされていた。小方は左の当番に一つ渡した。その兵は又半分隣の者にやったらしい。時々缶詰や乾パンを誰かが持って来てくれた。厳しい食糧情勢の中で、これほどまでに気を遣って兵は小方を大事にしてくれた。

小方、キャンプの長となる

この間にキャンプの長が代わったが、矢張り巧くいかない。英印軍に交替してからは益々喧しくなった。千四百人もいて各隊の統制も十分でない。一月初めになって、小方はとう〳〵軍命令で長にされた。ここには軍司令部もいて、彼より先任者も沢山いた。小方は再三辞退したが、他の者では統率出来ないという事で一月十四日から引受ける事になった。丁度彼の誕生日である。彼より先任者を調べると九名いた。小方は所内の見晴らしのいい建物に集まって貰い、「隠居部屋」として失礼のないよう、又少しでもよくするように配慮した。

一人の主計中佐でどうしても納得しない男がいた。副官をやって再度話をさせたが承知しない。小方はその日の夕方、彼に移転命令を出した。中佐はカンカンに怒ったが、小方は請け合わなかった。「少佐が中佐に命令する事が出来るか」「出来ます」「幾ら日本軍が負けたと言っても、そんな無茶な事があるか。俺はお前の命令なんか聞かんぞ」「そうですか、ご随意に」中佐は文句を言いに司令部の参謀の所に行った。中佐参謀も「それは小方が間違っている。撤回させよう」と返事したらしく小方は呼ばれた。

「君、森中佐に命令したそうだね」「はい、しました」「どうしてだい」「お話しても承知してくれないので仕方なかったのです」「然し君、少佐が中佐に命令するのは少し具合が悪いなあ」「悪くはありません。作戦要務令の舎営司令官と同じだから、区域内の誰にでも命令してもよいと思いますがね」「それはそうかもしれんが、本人はカンカンに怒っている。命令を撤回すれば移ると言っているから撤回してやれよ」「撤回しません」「何故だい」「一度出したからです。第一森中佐は我が儘です。それでは何故私や副官が行った時、承知しなかったのですか。キャンプの中で勝手な事をされては取締りが出来ません。だから私はこの任務をお断りしたではありませんか。一番先任者がやれば何も文句はないですよ」「いやそれはその通りだが、その先任者が出来ないのだから仕方がないさ」「私がやる以上、私が全員に区署出来なくては困ります。森中佐を他にやって下さい」「何処でも取ってくれないよ、あれは変人だからね」「どうしても命令していけなければ、私はキャンプの長をお断りします」「いやいや、それは困る」「私は陸大に行っていませんから、よくは知りませんが、私の命令は誤りですか」「いや僕もよくは知らんが穏やかではないね。まあ待て。一寸司令官閣下に伺って来る」参謀は兵団長室に入って行った。

まもなく小方も呼ばれた。参謀は小方が命令を撤回すべきだと言った。小方はそれでは任務が務まらない、作戦要務令の趣旨には違反していないと言った。司令官は両方の言い分を聞かれて「それは小方の言う通りだ。構わない。キャンプの食、住に関する限り、その権限はある。骨も折れようが、小方少佐、やってくれ。参謀は森中佐を呼んでその命令に従えと言ってお け」と結論を出されて万事決着した。「それ見ろ」と小方は愉快に帰って来た。副官たちが心配していたが「あれで矢張りいいのだ」と言っておいた。森中佐が呼ばれて帰って来たが、頑として移らない。「矢張り移りませんよ」「よし、給養をとめろ」

今度は森中佐も困ってやって来た。「何故俺の給養を止めた。お前にそんな権利があるのか」「あるから止めたのだ。俺の命令に従わぬ者に、俺は給養する義務がないのだ。勝手にしろ」もう小方も丁重に応対しなかった。一人のためにキャンプ全体が煩わされたくなかった。森中佐は仕方なく隠居部屋に移った。他の人には当番が付いていたが、森中佐にはいない。小方は知らん顔をしていたら経理部の将校が来て三拝五拝したので、やっと当番も移るように命令を出してやった。

小方を高く評価するスパーク少佐

小方は隠居部屋以外に対しては、どんどん命令して実行に移させた。先ず自らを正して英印軍と交渉に当るべきだ。彼の要求通り所内の秩序は整っていった。毎日英印軍のスパーク少佐が巡視する。小方が長になって一週間すると面目を一新した。同少佐は毎日誉めて帰った。「何か要求はないか」「何もない」と小方は中々要求を出さなかった。喉から手の出るほど要求はある。「食糧を増やしてくれ」「薬品をくれ」色々言いたい事を我慢していた。毎日、清潔も整頓も良好である。「何か要求はないか」「何もない」小方は涙を呑んでないと言い続けた。

又一週間が過ぎた。「何かあるだろう」向うから水を向けてくれた。「患者が多いから薬品を支給して欲しい」「よろしい」翌日薬品を少しくれた。小方は礼を言った。「他に何かないか」「病人の給養を少し好くしてくれ。又作業に出る者の給養もご考慮願いたい」「ＯＫ」数日して病人と作業員の給養が増し、一般の給養も良くなった。薄い雑炊でなく濃い雑炊が出来、量も目に見えて多くなった。「よし、よし、この調子」小方は笑っていた。作業に出る者の食事は特に気を遣った。

彼等は喜んで出て行って、他所の連中より良く働いた。塩が足りない。海岸で塩を作る許可を受けて、四人の兵を出して塩を焼かせた。毎日一斗ほど取れて、給養の向上を助けた。紀元節に良く働いた者を表彰した。会報で発表し、コンビーフの缶詰二つを賞品に出した。他にも善行者を見つけ次第表彰した。これが又皆を奮起させた。付近にキャンプが八つあり、他所では食糧掠奪等の事故が起ったが、小方の隊では何もなかった。司令部も大変喜んでいた。隠居部屋にも時々顔を出し、何かと気を配ったので老人達の顔も和んだ。

三月になって復員船の話が出て司令部は帰国準備で忙しくなった。この話が各隊に伝わって皆活気づいた。船も二、三隻決って、人選が行われた。岩橋参謀が第一回に帰って復員事務をやる事になり、彼は事務長として小方を連れて行きたいと言った。司令官はキャンプの方があるから、彼は残しておきたい意向であった。とう〳〵本人の意思という事になって、岩橋参謀がやってきた。「君、事務も明るいらしいから、事務長として一緒に帰ってくれ」「私の兵はどうなるのですか」「若干名は連れて行ってよい」「お断りします」「何故だい」「今迄命懸けで働いてくれた兵を残して、私は帰られません。事務なんかもう真っ平です。誰か適任者を選定して下さい」「そうか、誰かいるか」「おりますよ」「誰かい」小方はキャンプで炊事長をしていた工兵の大尉を薦めて、結局その大尉が帰る事になった。彼も司令部の人間で、部下がないので丁度好都合であった。小方は炊事長を他の者に代わらせた。

　第一回復員梯団は三月十七日頃出発して行った。第二回、第三回の復員部隊も決定していたが、小方達はその中に入っていなかった。「その内には順が来るさ」小方は兵を慰めていた。二十一日の夕方、司令部から「すぐ来い」と電話がかかった。「何かあったかね」「何もありません」小方は何かあって叱られるのかと思いつつ出かけて行った。司令官は前庭で食後の散歩をしておられた。「小方参りました」「ああ、よく来た。小方少佐、今日は良い事だぞ。さあ入れ。今日、急に予定外の水雷艇が一隻入港した。スパーク少佐が来て、第一キャンプの長に四百名連れて乗船させよと言って来た。明朝七時集合だ。すぐ準備せよ。軍司令部の軍属を連れて帰ってくれ。後は君の随意だ」との事だった。そこで小方は書類で人員を選考した。小方の部下は百七十名程であった。小方はすぐ帰って準備を命じた。患者輸送の車両を交渉すると、英印軍で準備するという返事だった。食糧がないと要求すると、すぐ使役を出せと言って来た。
「さあ、徹夜で準備だ。小夜食も準備せよ」急に活気づいて汁粉を作り、パンを焼き、本部では遅くまでかかって書類を作成した。

小方は腕時計を一つ持っていた。検査の度に難を免れていたし、英印軍になってもキャンプの長だけは持っていて宜しいと言うので公然と持っていた。小方は司令部で時間を合せた。「おい、それを巧く隠さんとやられるぞ。この前の者も桟橋で皆やられたからね」「いいえ、私がこれを持っているのは彼等も知っております。しかし日本軍の少佐が時計一つ隠したと言われては面目に関わるから、どうせ取られるのなら明朝やりましょう」「馬鹿な事をするなよ、内地では一寸買えんぞ」「内地は又内地ですよ。何とかなりますよ」

翌朝部隊は出発準備を終って集まった。司令官も参謀も立ち会っておられた。小方はスパーク少佐が自動車から降り立つと「集合終り」と報告して、同時に目の前で腕時計を外し「色々お世話になりましたが何もありません。これを記念に進呈します」通訳が伝えた。スパーク少佐は大きな目を更に大きくして自分の腕時計を示し「余は持っている。君は輸送指揮官で入用だ、持って行け」「そうですか」小方は素直にその前で腕につけた。スパーク少佐は整列した部隊を一通り回って見て「OK、自動車が準備してあるから皆乗れ」大きなトラックが八台来ていた。皆驚き且つ勇んで乗車した。「桟橋の検査が喧しいぞ」参謀が小方の耳元で言った。

「承知」小方は先頭のトラックに乗った。

アピーの町を抜けて桟橋に着いた。町は爆撃で目茶目茶にやられていた。桟橋に着くと英印軍の一隊が待っている。「ははあ、矢張りここで検査するな」水雷艇が一隻横付けになっていた。舷側に日の丸がはっきり描かれている。部隊が降りると「二列、二歩の距離間隔に開いて荷物を開けろ」と指示があった。小方は部隊を指揮して言われた通りに従った。「検査始め」

スパーク少佐が命じた。彼は小方の所に来ると「君の荷物はこれか」「はい」「悪い物はないね」「ない」「ＯＫ、早く船に持って行け」と同時に「この少佐の荷は俺が検査した。誰も見てはいかんぞ」と部下に伝えた。他の兵の検査も簡単だった。将校が多かったのは監督のためであった。兵も何も取られなかった。終り次第どんどん乗船した。

小方の荷物は航空鞄、ボストンバッグと手提げ鞄が一つで、山から兵が手分けして持って来てくれたのである。一時間足らずで全員乗船した。水雷艇は兵備を撤去して輸送用に改装したもので、海軍の少佐が艦長であった。「昨夜着いたら、あの少佐が来て『汚い、これでは兵を乗せられない、掃除せよ』と言った」とこぼしていた。小方は「全員の乗船終り」をスパーク少佐に報告した。彼は艦長を呼んで出港を命じた。小方が「色々お世話になりました。ご健康をお祈り致します」と挨拶すると「君もよく努力してくれた。幸福な航海を祈る」と握手した。小方が乗ると水雷艇は汽笛を鳴らして桟橋を離れた。スパーク少佐は立ったまま見送っていた。段々離れて小さくなると、彼はハンカチを振っていた。こちらもハンカチを振った。ボルネオの山よ、戦友よ。

船は次第にスピードを増し、波を蹴立てて進んだ。瞬く間に、ボルネオの山も水平線の彼方に消えてしまった。「随分早いですね」「さあ、二十ノット位でしょう」主計長が来て給養の話をした。艇に米もあるから朝夕は給食するという事で、兵は白い飯と味噌汁を食った。昼は連合軍からのレーション（注　戦闘糧食）である。一日分が一食で、煙草も甘いものもあって兵は大喜びであった。艇は少しガブるが速力は早い。どんどん日本に近づいて行く。あちらでもこちらでも笑い声が聞えて来る。「とう〳〵帰るか」小方は海面を眺めた。負けて帰るのは苦しい。しかし負けた日本はどうしているであろうか。

第四章　バタビア報復裁判に戦う

「青壮日記13」　復員、再起、戦犯行

▼復員した岡田はしばらく身体を休めた後、海産物商店の店開きから再起する。その商店経営の才能はずば抜けたものであった。そしてこれを全国展開する野望を秘めて行動しているときに、突然巣鴨に召喚されるのである……。

（田中記）

復員

水雷艇は波を蹴立てて一路日本に急ぐ。三日目の朝にはフィリッピンの沖を通過した。四日目には台湾の東側を走って五日目の夕方、九州の東を回って豊後海峡に入って行った。同夜は佐伯港に停泊して、六日目の朝を迎えた。天気もよく近くに見える九州、四国の山や畑は美しく、海は静かである。漁船が出ている。ポンポン船も走っている。それらの上から手を振っている。「いよいよ内地だ。矢張り日本はいいなあ」昼過ぎ船は大竹（注　現広島県大竹市、海軍の潜水学校があった）に入港した。二、三十隻の船が入っている。いずれも引揚船である。軍艦も二、三隻見える。第一回にボルネオを出た船も入港したばかりらしい。復員局の舟が連絡に来た。「明朝上陸して下さい」「何だ、陸を眺めて一日又船の中か」小雨が降ってきた。「まあ、ゆっくり寝て待つ事にしよう」しょうことなく皆寝転がって時間を潰した。翌朝団平が迎えにきた。二隻で四百人乗る事が出来て海兵団の桟橋に上陸した。

英軍の兵が監視している。広場で荷物検査が行われたが、ここでは簡単に済んだ。種痘を済ますと白い粉を一杯かけられて消毒された。若い付近の娘さん達が働いている。英兵とふざけあったりする姿も見受けられる。皆丸々肥えて頬ぺたも赤い。日本は食糧がどうのと言っていたが、これなら大丈夫と安心した。案内されて兵舎に入ると、台湾からの引揚げ邦人達が昨夜の雨で濡れた被服を乾かしていた。男女、子供に混じって兵隊もいる。

丁度山村旅団も上陸して来た。兵が知らせて来たので、小方は山村閣下の所に挨拶に行った。「君は随分やったそうだね」「ハハ……」お互い無事を喜び笑って別れた。皆に毛布一枚貸してくれた。給養もそう悪くない。久し振りの菜っ葉の漬物も旨かった。色々書類を書かされる。

山田軍曹が一生懸命でやっている。

内地の被害状況を展示した部屋があったので覗いてみると、小方の郷里は九十五％やられている。広島は全滅だ。大村も丁度小方の家の付近に赤丸がついている。「皆やられたか」小方は何処に帰ろうかと考えたが、一先ず大村に帰って見る事にした。

被服も程度の悪い物だけ支給するというので、全員に冬服を渡すよう交渉したが出来ないという返事、やっと冬襦袢《じゅばん》と袴下《こか》だけは貰ってやるという事になった。著しく程度の悪い物だけと言って、十八名分だけ新品の冬服が来たが、これではどうにもならない。彼等がボルネオの山奥で苦労した兵である事、程度の悪い夏服だけの事、これでは親の所に帰せない。勝って帰るのなら敗れた服も名誉だが、負けて帰る身に余りにも哀れである。せめて服装だけでもしっかりさせて帰したい。これ以上彼等の世話がみてやれないのだと条理を尽して折衝した結果、相手も納得して「では明朝まで待って下さい。全員に支給します」と言ってくれた。

兵もこれを聞いて喜んだ。一日も早く帰りたい気持を押えてその夜又一泊した。次々に上陸してくる引揚者に、広い海兵団も一杯になった。軍属達は上陸と共に勝手に小方の指揮下から離れて行った。山田軍曹がぷりぷり言っていたが、小方は「いいよいいよ、放って置け」と知らん顔をしていた。足手纏《まと》いが自分で別れてくれてむしろ好都合である。兵だけだから服も貰う事が出来たのだ。

翌朝新しい冬服を支給された兵達は嬉しそうに夏服の上に着込んで喜んでいた。将校五百円、下士官、兵二百円の一時金が支給され、外食券、乾パンも皆に渡し、乗車証明書も交付した。急に列車が出ると言うので大騒ぎして集合し停車場に向った。ここで上りと下りに別れて、すし詰めの復員列車に乗り込んだ。

小方は下りの鹿児島行きに乗った。二百円を手にした兵達はすぐ駅前の店で色々買って来た。「おい、この小さな餅が一円だぞ」「ほら、この夏蜜柑三つ十円だぞ」と子供のようにはしゃいでいた。物価が高いとは聞いていたが、現実に耳にして少々驚かされた。祖国の山野を復員列車は走って行く。変りのない山や川、しかし諸処の都会はすっかり様相を異にしていた。

徳山市は殆ど全滅の様になっていた。駅を出た所で急に窓に何か投げ込まれた。石炭殻である。「こん畜生」兵が怒っていた。「こんな者もいるのか」小方の心は暗くなった。「復員兵が負けたとでも思っているのだろうか」これは容易ならぬ事だとも考えた。

家族のもとへ

夕方、下関を通過する。伯父の家は山の上にちゃんと残っていた。町は大分やられている。海底トンネルを抜けて門司に着いた。ここでかなりの兵が降りた。「隊長殿、ここで二十一時の汽車に乗りましょう」長崎に帰る兵が勧めた。「行ける所まで行っておこう」小方が答えると「では私達もそうしましょう」五、六人の兵がそのまま一緒に乗って来た。止まる駅ごとに一人、二人と降りて行った。「隊長殿、お世話になりました」「御機嫌よう」戦友達とも別れを告げて去って行く。

鳥栖《とす》に着いた。寒い風が吹き抜けるホームに降り立った。暫く待っていると、南風崎《はえのさき》に行く空の復員列車が入って来た。「よし、これこれ」と乗り込んだが、めっぽう寒い。「眠るなよ、走れ、走れ」車内を走り回って暖を取らせた。早岐《はいき》でこの列車を降り、三十分程待って長崎行の通勤列車に乗り込んだ。混んでいたが五、六人の兵が荷物等持ち合って世話してくれた。千綿《ちわた》の辺りで夜が明けた。昔ながらの海山が懐かしい。

六時半大村に着いた。兵一人と小方が降りた。別れて行く仲間を見送っていると「小方さんじゃありませんか」「やあ、これは暫くだね」「今お帰りですか。それはそれは、これ一つ持ちましょう」三人で一つずつの荷を持って駅を出た。小方は駅の前の宿屋で聞けば家の事も判るだろうと軽く考えていたのに、その宿屋がない。駅の前はすっかり広場になっている。「ここもやられたのかね」「いいえ、疎開です」一寸離れた所に手荷物一時預かりの看板が見えたので、そこまで持って行って貰った。

大きい荷物一つ提げて歩き出した。町の様子は少しも変っていない。今起き出したばかりの町は静かである。見た事もない大きな道路が出来ている。「大きな道路だな。何処に行くのかな」慣れぬ道より昔からの小さい道を選んで海岸に出た。そこから海岸沿いに歩いて行くと小方の家がある。よく見るとあちこちやられている。小方が大村を出た後に出来た海軍航空廠も爆撃を受けて大きな残骸を曝している。あと一、二丁で家だが、左右の家があちこちやられている。「家もやられたかな、家族は何処でどうしているか」考えながら歩くうち門が見え、樹の上に屋根が見えてきた。「ある、ある」歩いて段々近づいて行った。樹の間隠れに雨戸があちこち開いていているのが目につく。「変だなあ、人がいないのかなあ」家に入る小路を曲がった。あと十間ほどだ。突然ガラガラと勝手口が開いた。誰か出て来たようだ。誰かと見極める間もなくその人は中に入ってしまった。「変だなあ」門を入ると玄関には小方の表札がちゃんと出ている。

「矢張りここだわい」玄関を開けて「ただいま」習慣になっている言葉が思わず口をついて出る。「まあ、お帰りなさい」と久子を先頭に、順子、弘子、母と出て来た。「今、帰りました」「よくお帰りになりました」母が言った。子供達はにこにこと立っている。「お帰りしなさい」久子に言われて、子供達も座って「お帰りなさい」とおかっぱ頭を下げた。小方は急いで靴を脱いで上がった。まだ子供達は寝ていたらしく床がそのままになっていた。取りあえず茶の間に座った。先ほど出かけてすぐ入ったのは矢張り久子だった。朝食の用意をしようと井戸端に出た時、靴音を聞き生垣の間に小方の姿を見つけ、大急ぎで子供達を起しに入ったらしい。

「皆、無事でよかったなあ。子供達も大きくなったなあ」「貴方も御無事で……」何から話していいか、言葉が出て来ない。「順子に弘子、大きくなったね。さあお土産やるぞ」小方は手提鞄を開け、中からタオルの間に入れてきたチョコレートとドロップを取出した。「今度は少しだよ」「有難う、お父ちゃん」二人は嬉しそうにそれを受取った。小方は洗面を済まして煙草に火をつけた。義兄も起きて来た。「あんた、戦死したと何遍も聞いたが、よく生きとりましたね、ハハ……」「そんな事でしたか、ハハ……」そこで色々積もる話が始まった。空襲のこと等、後先構わず皆小方に話した。時間が来て「小使に荷物を取りにやるから」と言って義兄は出勤して行った。

小方は子供と庭に出て見た。昭和十五年の暮れからもう五年以上経っている。庭の木も皆大きくなっていた。朝食の支度が出来たと言うので子供達と茶の間に入った。「何もありませんのよ」と久子は言う。白い飯と味噌汁、他にも何か出ていた。子供達もよく食べた。「結構結構」乾パンばかり口にしてきた身に我が家の食事は一入《ひとしお》旨い。しかし配給でこんなに米のある筈がない。「無理してるなあ」とも考えた。

大村の大空襲

食事が終ると、昨夜一睡もしていないので一寝入りした。目を覚ますと昼になっていた。子供達も遊びから帰って来た。「町に行って見たけど何もありませんのよ」昼も又白い飯に塩魚や何かがついていた。「おい無理するなよ。お米の配給もよくないらしいね」「そんな事心配しないでお上がりなさい。痩せてるわね。顔の色、黄色よ。当分食べて養生しなければいけませんよ」

小方はボルネオの事を少し話した。「ほんとに酷かったのね」「この辺も爆撃喰らったのう」「ええ、とても酷かったのよ」久子はぼつぼつ話した。それによると広島にいるとどうも不安な気がしたので、小方の郷里か自分の郷里に帰ろうと考えて幼年学校に相談に行くと「それがいい。お手伝いする」と言ってくれた。まだどちらとも決まらぬ時に母が東京の帰りに寄って、大村に帰るという言葉を聞いて急に大村に帰りたくなった。母に待って貰って小方の郷里に相談に行くと、父もどこが安全とも言えないから思う通りにするがいいと言ってくれた。そこでお別れを告げて大村に帰る事にした。学校から下士官の人が来て荷物は後で送ってやると言われたので、身の回りの物だけ持って翌朝母と一緒に大村に帰って来た。荷物は後からちゃんと送ってくれた。

大村に落着いてやれやれと思う間もなく爆撃が始まって、B29が七十機位来た（注　昭和十九年十月二十五日）。一軒の家で皆やられてはと言うので、すぐ近所の離れを借りて久子達はそこに移った。再び空襲警報が鳴った時は、既にドカンドカンと爆弾が落ち始めた。久子は弘子を抱いていつも退避する防空壕と反対の方に走り出した。自然に足が母の方に向いたが、途中近所の人に呼ばれたそこの防空壕に飛び込んだ。敵機が去って出て見たら、久子の借りていた母屋が燃えている。久子は母の家に行った。母は濡れ雑巾で焼夷弾を握って出て来た。「まあ、これが廊下に落ちたよ」「危ないよ」二人でそれを海に捨てた。

家主の家族はいつもの防空壕に入った所を、入口に焼夷弾が落ちて三人共焼け死んでいた。久子は道具も何も出さなかったので何の損害もなかった。実家も母が焼夷弾を消したので難を免れた。久子も恐ろしくなったし、家主の家の人が入る所がなくなった事もあり、その夜一里程郊外の村に疎開した。義兄がすぐ話に行ってくれ、近所の馬車で荷物も運んでくれた。この村の人が親切にしてくれ、農家の座敷を借りてそのまま終戦後も住んでいた。小方の戦死が伝わって来たが、久子は信じる気になれず、学校も学年末の休みになり進駐軍も悪い事をしないと判ったので三月二十三日に実家に帰って来たと言う。丁度一週間目に小方が帰って来た事になる。子供達も農村にいたので食物にもあまり不自由しなかったらしく、丸々と太って赤い頬をしていた。話を聞いて小方は「そうか、苦労したね。でもよかったね、誰も怪我しなくて」と喜んだ。

衰弱した身を休める

夕方風呂に入って着物を着てやっと人心地がついた。夕食の支度が出来た。テーブルの上にはご馳走が並んでいた。酢牡蠣、なまこ、烏賊の刺身、照り焼き、夢にまで見た好物揃いである。義兄もにこにこして食卓に着いた。酒も出た。「日本酒か」「今日兄さんが持って来てくれました」二人で飲んだ。喉にしみて旨い。子供達も傍で嬉しそうに食べていた。「おい、珍しい物ばかりだね。よくボルネオのキャンプで話し合ったご馳走だよ」「牡蠣は近所の人が獲って来たのを分けて貰ったし、なまこは町で買ってきました。烏賊は裏の人が釣って来たのです」と久子が説明した。小方は一度に飲んではいけないと少しで止めた。用心しているつもりでも、つい食べ過ぎたらしい。クレオソートを飲んで寝たが、翌日下痢をした。「矢張り当分は軟らかいものにしよう」暫く食物に気をつける事にした。

久子と二人になって色々話をした。金はあるし、毎月封鎖を出して暮らせば一年やそこらは大丈夫、くよくよしないで当分遊べとも言ってくれた。復員、追放、衰弱の重なった小方にとって、この温かい言葉は身に沁みて嬉しかった。「今すぐ何をしようにもどうもならない。まあ、暫く釣りでもするか」小方は腹を決めた。

四月と言ってもまだ寒い。暖かい日には海に釣りに行った。めばるが少し釣れた。近所の人も親切だし、特に悪意を持つ人もいなかった。町に出れば米兵が歩いている。小方は彼等を見る気がしなかった。外にも余り出ず、多くは家でごろごろしていた。順子は四年生で学校に行く。弘子は六つで近所の子供と遊んでいた。母は畑いじり、こまめによく働いていた。春の日差しが家の中までよく入ってくる。小方は弘子を連れて初めて町に出てみた。弘子が小さな人形が欲しいと言った。一寸五分程の人形が七円五十銭もする。驚いたが弘子が嬉しそうにするので買ってやった。物価の高さを改めて認識させられた。腹の調子も逐次良くなったが、それでも時々下痢をした。小方は退屈していた。

「すみませんが、お米を一つ搗《つ》いて下さらん」久子が恐る〳〵言った。「うん、搗けるかね。出来る事ならしてやるよ」「簡単よ、私でも搗くんだから」「そうか」隣の伯父の家の納屋に臼があった。二宮尊徳翁のやった米搗きである。吉田松陰先生もやったあの流儀である。久子が米を持って来て、台の上に上がってやってみせた。「うん、それなら俺にも出来るぞ」小方は笑いながら代わって搗き始めた。久子は洗濯や掃除の合間に時々見に来た。「もう良く搗けておりますよ」手早く糠をふるって持って帰った。「搗くのはいいが、米はどうしているんだい」「鈴田から持って来るのよ」鈴田とは彼女が疎開していた農村である。搗きたての米は美味い。「今の所、お米もなんとかなるわ、心配無用」と笑っていた。

　郷里から早く顔が見たいから、一度帰って来いと言って来たが、小方は体力を養ってから帰ると言っておいた。兄から手紙が来て、家も焼けたがすぐ建て直したし、皆無事な事を知らせて来た。下関の伯父に手紙を出した所、暫くして伯母の名で「伯父が他界して養女を貰って二人で暮らしているから、通る時には必ず寄るように」と書いてあった。五月の末に上海から引揚げた弟が故郷に帰ったらしい。父から矢のような催促が来た。小方は仕方なく帰る事にした。

故郷の福山に帰る

　下関の伯母は配給用の酒を用意して待っており、娘もよく歓待してくれた。郷里に帰る途中、広島の町を車窓に見たが聞きしに勝る被害であった。小方が前に住んでいた所も見えたが、入口の煉瓦が残っているだけで付近一帯は麦畑になっている。「ここにいたら、子供達も皆死んだのだ」と今更ながら運命を感じた。

郷里福山に着くと、駅も焼けて急造バラックになっている。全てが変って焼け跡に所々にバラックや小屋のような家があるだけである。道路だけは昔のままだったが、こうさっぱり焼けているとすぐ通り抜けてしまうような気がした。「これがあの川、これがあの橋」記憶を辿りながら歩くと、いつもより近く感じる。小方の近所も焼け野が原で、畑の中に小さな小屋が建っていた。知った人にも出くわさない。兄からの手紙である程度予想していたが、余りにも酷い荒れ方である。小方の家も二軒ともやられて畑になり、豆の蔓が伸びていた。井戸端に母の姿が見えた。「お母さん」「まあ、よく来ましたね」二人はしばし顔を見合わせた。「苦労されましたね」「いいえ、あんたこそご苦労さんでしたね」母の眼に涙が光っていた。庭の方に回ると庭だけは二、三の植木がなくなった他、そのまま残っていて小方が植えた松の木も大きくなっていた。「ここだけは残りましたよ」声を聞きつけて父が出て来た。「おお、よく来たのう。さあ上がれ上がれ」家は材木もしっかりしたものが使ってあり、急造にしては小奇麗にしてあった。

夕方帰って来た兄は痩せている。「兄さん、痩せたな」「うん、この頃はとんと駄目さ」昭南で会った弟は十八年の二月に戦死して、十九年の行賞で殊勲甲を頂いていた。当時パレンバンにいて知った小方はすぐお供えを送っておいた。新しい仏壇に並ぶ先祖の位牌も皆新しくなっていた。「八月十日の爆撃（注　実際は八日深夜）で家もすっかり焼けたでのう」父が言った。広島の原爆でやられた逓信局を見舞いに行って帰って来た兄が、その状況を話している時に空襲警報が鳴ったらしい。広島の惨状が眼に残っている兄はとにかく遠くへ逃げなければ危ないと考え、母や妹や弟を連れて裏道伝いに郊外の方に走った。父は町内会の事があるからと途中で引返した。激しい爆撃に、兄は大きい道は危ないと小さい道を選んで走った。郊外に出る所に川がある。五百米ばかりの橋が架かっていたが、大事を取って水量の減っている川を直接渡った。母も弟妹も続いて向いの山の中に逃げ込んだ。後ろを振返ると福山全市が真っ赤に燃えていた。

少し行った所に母の実家がある事を思い出し、皆は山伝いにそこに向った。祖母は喜んで迎え、伯父や伯母も良くしてくれた。町の方は天も焦げるほど赤く見えた。「家も焼けただろう」仕方なく皆母の実家に泊まった。翌日兄は勤め先の局を見に行ったが、全焼しており家もなくなっていた。母や妹が行った時、焼け跡に父が一人立って眺めていた。「お父さん」「うん、焼けたよ」「まあ、皆無事でよかった」翌日から皆、母の実家に泊まって弁当掛けで後始末に通った。家もすぐ伯父が村で準備して、運んで建ててくれたという事である。妹達の嫁ぎ先の人達も総出で手伝ってくれて、十一月の末には何とか住む所が出来上がった。呉服屋に嫁いだ妹は衣類の心配をしてくれ、次の妹は建築材料商に嫁入りしていたので、何かと建築に役立ったという事であった。終戦後もう一人の妹は母の里の農家に嫁いだので、食糧の面倒を見てくれたらしい。衣食住揃っているのだから安心だと母が言っていた。

庭が眺められる離れの跡に家が建ち、母屋の跡は畑にして農村出の母がせっせと作物を作っていた。小方が訪れた時はエンドウ、そら豆の最盛期であった。上海の弟も来た。彼は何か手広く商売をやっているらしい。「あれはまあ、引揚げ者でも商人だから何かするだろうが、あんたは困るだろう。何するつもりか、将来は近くに帰って欲しい」と母が言った。「まだ何するとも判りませんが、当分は遊ぶつもりです。その内何かあるでしょう」「そうねえ、急いではいけん。食えさえすれば急がんことだ。食うには困らんか」「困らんようです。久子も当分遊べと言うから魚釣りでもして遊ぶつもりです」「それはよかった。留守中嫁がよくしていたからじゃろう」「何とかやるようですからね。僕は何も考えずに天下の大勢を見てましょう」

「まあそれがいいでしょう」

翌日、父の案内で墓参りをした。ニューギニヤで戦死した弟の墓の前に立った。「おい、お前死んだのか。昭南の支那料理は旨かったね。あれがお別れだったね」小方は口の中で語りかけた。「兄さん、あの支那料理は旨かったなあ。僕はニューギニヤで死んだが、あの味は忘れられんよ」と言っているようにさえ思われた。

夜には呉服屋の妹も終戦時海軍で台湾にいたという主人と一緒にやって来た。建築材料商の妹の亭主も支那事変の傷痍軍人だった。農家の妹の主人も海軍の復員者という事だった。お互い何かと持ち寄り、ご馳走が出た。酒も出た。翌日は連れ立って母の実家に行った。昔を思い出し、話しながら歩いた一里の道は遠くなかった。祖母も伯父も伯母も喜んで歓迎してくれた。ここでも跡取りが戦死して、一人残った若い息子が家業を継いでいた。久し振りに故郷の山河に接し、親しい人々に会って小方は心温まる思いであった。

宮宗中尉に帰郷を知らせるとすぐ訪ねてきた。ボルネオの話をしながら一杯傾けた。父も母も傍で嬉しそうに聞いていた。

家にはまだ女学校四年の時、挺身隊で終戦を迎え卒業した妹と中学二年の末弟がいた。妹は「他の友達は皆お嫁に行くか就職するかしているのに、自分だけ働かしてくれない。お茶やお花を習いに行くにも今は材料がない。何処かに勤めたい」と言っていた。「皆働くようになったのだなあ」小方は今更のようにしみじみ考えさせられた。

苦労する妻・久子

暫く郷里で過ごした小方は六月の初め、母や父が作ってくれた子供達への土産を持って、大村に帰って来た。魚釣りなどして過ごす内、体力も大分回復した。その頃配給事情は日増しに悪くなり、久子は時々鈴田まで出かけては何かと運んできた。暑さも増したその日も久子は鈴田に行っていた。小方が魚釣りから帰ってもまだ帰って来ない。いつも帰る時間になっても帰って来ない。心配になって迎えに出たが、なかなか会わない。町外れまで来た時、向うから歩いて来る久子らしい姿を見つけた。大きな袋を背負って、手にも何か包を提げてふらふら帰って来る。近づいて行った小方が「おい」「どうしたの」「迎えに来てやったよ」「そう」「それを出せ。持ってあげよう」受取ってみるとかなり重い。彼女は昼過ぎでないと農家の人が戻らなかったこと、あれこれ欲張って重くなって困ったこと等を道々話した。

か弱い女にこんな苦労をさせる事が堪らなく可哀想になった。「鈴田に行けば食糧はなんとかなるから心配はいらん」と久子はそんな苦労など何でもないと言っていたが、小方は堪えられなかった。「どうせ仕事をするではなし、一層のこと鈴田に引越すか。家はあるかい」「そうね、一軒新築している人があるが、自分で入るのでなく貸家らしいわ。ひょっとしたら貸してくれるかもしれん」

小方はそれが借りられるならと移る決心をした。「善は急げだ」翌日すぐ交渉に出かけると「出来上がったらお貸ししましょう」という返事で、一月ほど待ってくれと言う。一月ほどして久子が買出しに行って、一週間位で入れると聞いてきた。一週間後荷物を馬車に積んで引越して行ったが、工事はまだ終っていなかった。やむなく以前疎開していた農家の座敷を借りてひとまず落着いた。家主の人柄もよく子供達も懐いていたので、小方も我慢していた。ここは割合涼しく小方は相変わらず海や川に釣りに出かけて時間を潰していた。百姓の人達は朝から晩までよく働く。魚も形は小さいが、時には食いきれないほど釣れる。

この頃塩の配給も少なく一般に困っていた。小方はボルネオの経験もあるし義弟が復員して来たので、彼に勧めて実家で自家用だけの塩を焼かせていた。「弱音を吐くな、手を動かせ、足を働かせ」小方は逆境にくじけなかった。百姓はほんとに馬車馬のように働く事だけを知っている。小方は農村に暮らしてみて、感心すると共に哀れにも思った。釣竿を下げて歩く事が気の毒なような気もするが、今彼に出来る事はこれだけしかない。この村には旧部隊の兵も将校もいる。皆何かと気を遣ってくれた。「君達が働いているのに俺は釣竿下げて遊んでいる。誠に相済まんが、俺には耕すべき田も畑もないしね」「いいえ、隊長殿も今度は大変でしたね。出来るだけは私達でしますから遊んでて下さい」皆優しく言ってくれて米や大根、芋等を持って来てくれた。小方はその都度、何かお礼の物を渡した。汗の結晶を只で貰う気にはなれなかった。

物価はどんどん高くなる。長崎市の配給が悪いのでこの辺にまで買出しに来た連中が、小方の所にも寄って話していく。四人家族六百円が、一月に下ろせる貯金である。初めの内はそれで十分やって行けたが、久子の懐も段々苦しくなったらしい。町に行ってキャラメルを買ってきたが、一箱五百円もするので一つしか買わなかったと言っていた。飴でも菓子でも売っているが、高くて手が出せないと言う。「俺の子供の頃はこれも五銭だった。せめて子供達に時々は買ってやりたい」とつくづく考えた。

仕事を探す小方

「何か仕事はないかなあ」小方は県の世話部に行って相談した。昔の中隊長もいたし、友達もいた。しかしいい仕事はない。一人は「君は顔が広いから保険の勧誘でもやれよ」と言った。しかし小方は口先で人を誤魔化すような事は好みでない。小方は不快な気持を抱いて家路についた。中支に出征当時の部隊長が中将で復員して大村におられる。小方は復員以来よくご機嫌伺いに行ったが、その度話が長くなるのが常であった。この方も何かしようと色々模索されていたが、偶々小方が顔を出した時「丁度いい所に来てくれた。俺は今度精米所をしようと思う。資金はどうにかなる。人がいない。君一つやってくれんか」

小方はこの将軍とは肌が合う。色々有利な事を聞かされ、少々心が動いたので「少し計算してみましょう」見積もりをしてみると、ある程度の規模でやらないと採算が立たない。規模が大きくなれば資金が膨らむ。閣下はなるべく少しでやる事を考えておられる。取りあえず山口にある機械を見てみようという事になって、翌日汽車で出かけた。閣下も今は混んだ三等車に立っておられる。「世の中も変った」小方は自分の事でなく閣下の事を考え、目頭が熱くなった。

夕方門司に着いた。閣下はすぐ山口に行こうと言われたが、小方は「山口に夜中に着いても旅館が泊めてくれないかもしれません。明朝の汽車にしましょう」と反対した。閣下は「では駅で待つ事にしよう」と言われたが、小方は下関の伯母の所に案内するつもりで、門司から連絡船で下関に渡った。「矢張り海の上はいいね」「そうですね」

下関に着くと伯母の所にお連れした。伯母が何かと出してもてなしたが、閣下はひどく遠慮された。小方は米を持って来ていたので、それを渡して翌朝の弁当を作って貰った。翌朝暗い内に起きて一番の汽車に乗った。明るくなると「小方君、飯を食っておこうか」「そうしましょう」閣下は持って来たパンを出された。「閣下、これを持ってきましたからお上がり下さい」小方が握り飯の弁当を出して勧めると「ご心配かけました。では頂きましょう」と快く食べられた。

山口の工場で現物を見、説明を聞いた。「これは駄目だ」小方は一見しただけで見切りをつけた。閣下は未練があるらしく色々質問されていた。「どうしよう」「私は乗り気がしません」「そうですか、私はもう少し考えてみたい。帰りは随意という事にしましょう」小方はここまで来たのだから福山に寄る事にして閣下と駅で別れた。すぐ上りの汽車に乗ったが、着いたのは二十一時過ぎになった。

家では母が耳敏く起きてくれた。「こんな事で近くまで来たから寄りました」「それはよく来てくれた。食事は」「まだです」「ではすぐ炊くから」「何かありませんか」「お団子ならありますす」「それで結構です。飯は明朝にして下さい。今は団子でいいです」母は気の毒そうに団子を持って来てくれた。父も兄も妹も起きて来た。丁度満月が庭の松の上に出ていた。「これはお月見団子だ」小方は母に心配させないために、子供のようにはしゃいで食った。

母は子供の事や生活の事を色々聞いた。小方は努めて陽気に面白く話した。「まだ、いいほうね」と少し安心した様子であった。「何をするにしても資本だからね。資本を出して上げたいが、封鎖ではね」家も兄の月給で生活している。母は気の毒そうに言った。「何の、資本は身体ですよ」小方は努めて元気に答えた。「出来れば何とかしてやりたいが、家も兄さんの月給以外現金はないし」「いいえ、資本位どうでもします。まだ良い仕事がないのですよ、ハハ……」「でも六百円では苦しかろう」「何とかやっているようですよ」「久子さんも大変だろうね」「あいつ、朗らかですよ」

翌日一日、小方は母の傍で過ごして次の日、大村に帰った。出がけに母が百円札を五枚渡してくれた。小方は三枚返した。「私が持ってくるべきを、反対に貰っては……、しかしこれだけ貰って行きます。又出来るようになったらしますから」母は「そんな心配はいらぬから」と言ってくれた。わが家に着くと小方はそれを久子に渡した。彼女は大変感謝して受取った。

「矢張り苦しいらしい」と小方は見て取ったが、又釣りをして暮らした。

小方は新聞で佐世保の火力発電所が賠償物資に指定された事を見て「これは益々いかん。電力がなくなれば工場も仕事は出来ない。精米所は駄目だ」いよいよ見切りをつけていた。閣下にその意見を申し上げると「君がそのようにお考えなら、他に何か考えて下さい。僕はまだ未練がある」と言われた。小方は手を引いてさばさばした気持になった。今に何か見つかるだろうと、相変わらずのんびり時を過ごしていた。復員して来た旧部下や知人が彼の所に来ては色々話して行った。資金がない、土地もない、何か仕事を始めて使ってくれと言う者が多かった。「俺は仕事がしたい。彼等にも仕事をさせたい」小方は絶えず考えながら釣りをやっていた。「小さな資本でやるには運転を早くする事だ。そのためには早く捌けるものでなくてはいかん。しかも必需品に限る」こう考えてくると、食品の他にはない。「矢張り食物を作るか、売るかだ」

東京の復員局の友達から出て来いと言ってきた。彼が復員後遊んでいる事が判ったので、就職を世話しようという事だった。小方は兄から旅費を借りて上京した。友達は復員局に椅子が空いているから来い、又いい仕事もその内見つかるからと言ってくれたが、僅かの給料を貰うために家族を連れて上京する事には抵抗があった。食糧事情の窮迫している時である。田舎なら苦しいながら何とか暮らしている現状だが、見ず知らずの東京に出て来てやっていける自信がない。家族を置いてくる事はなおさら出来ない事である。「折角だが、田舎で釣りをしている方がいい」と断った。藤村閣下にお会いしたら「ボタ山を始めたいが、君一つやってくれんか」と言われたが、これとて成案があるわけではない。小方は矢張り田舎だと決心して帰る事にした。

その時佐賀の池島少佐がマラリヤで苦しんでいるから一度見舞って欲しいと言われた。小方は住所を聞いて帰路見舞う事を簡単に約束した。しかし福山に寄り、下関に寄り等して帰って来てみると、池島君を見舞えば泊まらなければならなくなる。出直す事にして、その旨葉書に書いて通過する時駅で投函した。小方は翌日アテブリンを持って見舞いに出かけた。池島君は駅に迎えに来てくれた。彼の家に案内されて、時々マラリヤが出て困る事や薬がない事を聞いた。持って来たアテブリンを渡すと、飛び上がるようにして喜んでくれた。色々隊の昔話をした。彼の実家では有明海で、牡蠣や浅利、赤貝等の養殖を手広くやっていた。彼はこの養殖の話をして「もし何かするまでに、腰掛でも小遣い稼ぎでもやるなら、何とか協力する」と言ってくれた。小方は「もしやる事になったら、改めてお願いする」と言ってその日は帰った。

再起の決意

九月二十日頃の事である。小方は東京から帰っていよいよ事業をやる決心を固めた。旧部下が来たので、話のついでに池島君の所の話をして「もしお前達が店員をやるなら、店を開いてもいい」と言うと、皆店員になって働くと言い出した。「では一つ物は試しだ、やってみるか」「やりましょう」「よしやろう。ではすぐ店を借りなければならん。秤《はかり》も要るぞ。店と秤があれば取りあえず何とかなる」手分けして探させたが中々見つからない。

仕方なく小方が大村の町を歩いて「古物売ります」と札の下がっている店を見つけて中に入った。がらくたが並んでいる。「これ売るんですか」「頼まれ物です、売ります」「この店先、貸してくれんですかね。一つ商売したいのですが」「何のご商売でしょうか」「貝の小売です。旨いですよ」「いいでしょう」「月いか程でしょうか」「そうですね、五十円でよろしゅうございます」「では貸して下さい」小方は借りる事にして、前家賃と別に五十円余分に渡した。ここは位置がいい。大通りに面して住宅を控えた道筋である。小方は使いをやって、昔の商売をやめる所から台秤を借りて来させた。「貴様達、硝子《ガラス》目玉だな。店も借りた、秤もある。明日から掃除だ」間口二間、奥行き一間半の店の開店準備が出来た。

十月二日を待って、小方は封鎖預金を六百円下ろして来た。「これが俺の資金だ」と久子に三日間借りる事にした。三日に池島君を訪れて父君にもお願いした。「そうですか、まあやってみなさい。大して儲からないが面白いですよ」と言ってくれた。潮の干満、大小によって採れ方に開きがある事も教えてくれ「少しずつ送ってみましょう」と約束してくれた。小方は六百円をそっくり渡した。「手金です」こんな事はしなくていい、売った後でいいと言ってくれたが「これが僕の有り金全部です。これで信用して下さい」と置いて帰った。十月七日から荷が来る事になった。

その日は小方も店頭で何かと指図した。前々から予告しておいたので、開店早々客が押しかけ、四十貫の赤貝は午前中に売切れてしまった。翌日もその翌日も入荷するだけどんどん売れていく。浅利も送って来た。浅利は特別安く売った。赤貝は公定価格で売った。「これは面白い」一潮終って、小方は支払いに行った。「どうです、売れますか」「はい、飛ぶように売れます。もっと荷を増やして下さい」「そうですか。何も言われんので、どうかと心配していました」「それは有難いです」小方は店の位置がいいのでまだ売れそうだという事を話すと、他に何か送ろうと約束してくれた。品物が来始めると金が入る。小方は二百円ずつ生活費を久子に返した。

次の潮が始まった。店の者も慣れて来たし、売行きは益々良くなった。品は良し、値は安い。目方は確実である。お客さんは喜んで買っていった。浅利の宣伝が効いて遠くからも買いに来て、一日七十貫は軽く売れた。十月末に決算したら、純益が二千円残った。店の者を集めて説明した。彼等にはその都度生活費を渡してあるし、品物も時々は持って帰らせた。子供のお菓子も不自由なく買ってやれるようになった。

軌道に乗る事業

十一月には更に一店増やしてそれぞれに責任を持たして、売上げの一割を与えるようにした。売上げは益々伸びて一店一万七、八千円、二つの店で三万五千円程になって、小方の収入も増えた。十二月に入ると牡蠣が出て来た。これも二十貫、三十貫を捌いた。更に諫早に一店出して三店に増やした。売上げは十万円を突破した。

仕事が軌道に乗ると小方は暇を見て、昔の上官や先輩を訪問した。牛津（注　佐賀県）に五期先輩で焼酎を作っている人があった。遊びがてら訪ねて色々話をし、彼の話も聞いた。塩があれば、芋で作る焼酎の粕で醤油が出来る事を教えられた。小方はこれは何とかなると考えた。池島君は又、塩辛を作りたいが塩を何とかしてくれないかと言っていた。小方は色々情報を集めて研究した結果、小浜で温泉熱を使って製塩している事を知った。

一日暇を作って小浜（注　長崎県小浜温泉）に出かけた。誰という当てもなかったが、行けば誰かいるだろうと考えていた。昼頃小浜に着いて弁当を食べるため食堂に入り、茶碗蒸しを注文して「この辺に支那に行っていた兵隊は居らないか」と婆さんに尋ねると、大尉さんがいると言う。名前を聞くと旧部隊にいた重松である。食事を終ると早速彼の家に向った。不意に後ろから肩を叩かれた。「小方さん」「あ、君か」「どちらへ」「君の所さ」「それは丁度良かった。今床屋にいたら余りによく似た人が通るので出てきました。さあどうぞ」彼は近くの高砂という旅館の主人だった。

座敷に通され「お昼は」「もう済ました。そこで聞いて君がいる事が判ったんだ」「そうですか、それは〳〵」昔話も一段落したところで、何しに来たのかと言うので「塩が少し欲しいのだ」と話した。「一升か二升か」と聞くから、小方は五、六十俵だと答えた。用途を聞かれて小方は仕事の構想を説明した。「そうですか。それは何とかしましょう」

しかし買うのでは後々の事があるから思い切って製塩所を作ろうという事になった。早速二人で諸処の製塩所を見て回った。三菱造船所、三井工業、林兼《はやしかね》等、皆自家製塩をやっている。一通り見て回って帰った二人は、温泉に浸かりながら相談した。一日半トンの設備を作るとして工事費が百三十万円位かかるが、資材を別に入手すればもっと安くなるという事で、これは重松が担当する事になった。彼の連絡で夕方旧部隊の連中が集まって来た。「草野軍曹です」「いや暫くでした」これは町会議員で網元でもあった。「田中伍長です」「おう暫く」「平です」「暫くじゃのう」重松も加わって会食になった。酒も十分あり、懐旧談の花が咲いた。最後には「久し振りに隊長と寝かせてくれ」と皆一緒に泊まって行った。

翌日一日、小方は温泉に浸かったり、海岸を散歩したりして過ごした。次の日、二人で池島君や焼酎屋を訪ねる事になった。早朝バスで諫早に出て汽車に乗り継ぎ、池島君の所に行った。折悪しく彼が県庁に出かけて留守だったので、家の人に塩の事をかいつまんで話し、改めて出直す事にして焼酎屋に回った。焼酎屋は重松の幹部候補生時代の教官で、一しきり昔話が終った後で、彼の所に塩を回すこと、出来た醬油を貰うことに順調に話がついて、その晩はそこに泊まった。

翌朝池島の所に寄った。池島も塩さえ手に入ればと喜んだ。焼酎屋の長男も復員した主計中尉で、これも仲間に入って一緒にやる事になった。小方が全部の采配を揮って、塩を焼酎屋に回して出来た醬油を池島も貰う。別に塩を酒屋にやって酒粕を池島に渡させる。池島が塩辛や粕漬その他を作って出来たものは小方が引取る。これで皆が助かる事になる。

塩を運ぶ便宜上、一応合資会社の形にした。先ず小方が社長兼販売課長という所である。仕事は着々と進んで行った。店の方も軌道に乗ってこの頃では殆ど小方が顔を出さなくても良くなったので、暖かい日には釣りに出かけ、寒い時は炬燵で小説を読む等して気ままに暮らしていた。時々手提げ鞄を持って出かける位が日課だった。

秋になって米の収穫が始まった。その頃は配給も殆どなく、農家の人々も早場米の取入れを心待ちしていた。「今日刈りましたから」と一斗程届けてくれる兵もあったし、五升位下げて来てくれる者もあった。彼の所にはどんどん米が集まった。小方はその都度、何か持たせるか、銭をやっていた。「いらぬ」と言っても「俺も銭なら儲けているから」と言って無理に持たせて帰した。時にはいりこを一俵持たせて帰らせる事もあった。野菜もよく持って来てくれて、子供達も丸々と太り元気に走り回っていた。牡蠣、赤貝等、店の物の他、牛肉も鶏も買って、毎日ご馳走を食って暮らしていた。晩酌も一級酒でやっていた。

その頃家主の親子が喧嘩して息子が別居する事になり、小方一家に家を空けてくれと言って来た。家が見つかり次第出る事にして、商売の関係もあり諫早に出たいと考え色々探したが、引揚者や復員者で一杯で空家は中々見つからなかった。やむなく又、久子の実家に帰る事にして、十二月下旬再び馬車を頼んで引越した。「矢張り田舎には住めぬよ」母も喜んで迎えてくれた。小方が一緒にいる事は家の者にとって何かと都合がよかった。煙草等も昔の部隊の将校や兵がやっている店に話すだけで、幾らでも喜んで融通をつけてくれ、配給の煙草は皆母にやっていた。

佐賀の池島君の所で貝採集の網に使う銅線も小方が探して送ったし、釘が要ると言った時もすぐ手配してやった。値段も安く驚いていた。池島の親父さんは酒は飲まぬが愛煙家で、煙草が中々手に入らず困っていた。小方は月二回行く度に二、三百本を持って行って大いに喜ばれた。そのお礼に荷を沢山回してくれる。勢い売上げも伸び、利益も多くなる。一月には十五、六万円の黒字になった。

軍人の商法、当たる

東京から大相撲が興行に来た時は、小方は速達で注文を増やした。一日に四百貫もの赤貝が着いてすぐ売れた。店の者が目を丸くして驚いた。「攻撃の好機さ」彼は笑っていた。これも戦術である。

一月の末、又福山に遊びに行っていた時、ゼネストの新聞記事が目に留まった（注　いわゆる「二・一ゼネスト」。昭和二十二年一月、時の吉田茂政権と対決した官公庁労組は、鉄道電信電話学校などを二月一日を以て一斉休業するという声明を出した）。二十九日急遽帰って来て、翌日すぐ佐賀に行き「ストの間、荷がなくてはお客様に済まないので何でもいいから買えるだけ集めてくれ」と池島君に頼んで走り回って貰った。その夕方で荷物の受付は締め切られた。ホームには彼の荷が山と積まれていた。翌三十一日、各店先に着いた荷を積み上げて「ストになったら皆食物に困る事になる。平素のお客さんに不自由はさせられない」と説明した。ストは寸前にマッカーサー司令部の命令で中止されたが、物が出回るには至らなかった。小方の店だけはどんどん、しかもいつもと同じ値段で売った。お客は大喜びで買って行った。結局薄利多売で利益は大きく伸びた。

小方はこの商売を始める前に規則に従って県に願いを出し、地元の組合長にも話をしておいたが、中々許可が下りなかったので一日県庁に出かけて行った。商工課ではすぐ話がついたが、水産課の係が判らない男で「業者を増やさない方針だ」の一点張りで頑張る。「それでは復員者や引揚者はどうするのか」「それは私は知りません」他に課長も誰も見当たらない。こんな奴と話しても無駄だと判ったので「もう頼まぬ」と言って、その足で刑事課に行き取締り方針を聞いた。そこに面白い警部補がいて、小方が話す水産課の一部始終を聞くと「水産課はいつもそんな調子ですよ。構わないからやりなさいよ。若し何かあったらここへお出で下さい」と言ってくれた。

帰って来た小方は平気で商売を続けた。「許可をしないのなら届を出さないまでだ。届けなければ税金も取れまい。誰が払うものか」却《かえ》って呑気でよかった。町の組合も斡旋してくれる様子はなかった。「今に見ろ」彼は臍《ほぞ》を固めた。

「俺は追放者だ。国家は人を使うだけ使って挙句は追放した。俺の家族はどうなる。俺が守らなければならないのだ。店で働いている者は復員者だ。彼等とて少しの恩典もないじゃないか。政府や人を頼っていては食っていかれない。自分で生きて行かなければならないのだ。遠慮していたらこっちが干物になる。少しでも大衆のためになって、こちらも食っていければいいのだ。大体食糧の少ない長崎県に佐賀県から食糧を入れてやるのが何故悪い。お礼を言われて当り前だ。現に人々は喜んで買っていくではないか。大衆のために良い品を安く売ってやるぞ」

小方は深く期する所があった。

組合員の所には殆ど商品がなく店はがらがらだったが、彼の店にはいつも品物がありお客が殺到した。組合から皮肉を言って来た。「俺も組合の者ならこの品を回してやろう。然し組合は俺を仲間に入れてくれないではないか。組合も力があればやればよかろう。県庁の役人でも相手におやりなさいよ、ハハハ……」笑い飛ばした。

組合に少し品物が入っても、小方の所の値段では売れない。「少し協定をして値上げしてくれないか」とも言って来た。「俺の所ではこれでいいのだ。君達を保護する義務はない。そんな事で大衆の懐を絞る事は出来ない」と突っぱねた。独立独歩、彼は自信を持って仕事を進めた。品がよくて安い。売れなければおかしい。業者が色々試みる悪宣伝を耳にして、店の者は憤慨したが「事実が何よりの味方だ」と放っておいた。五貫樽一つが三日も店先にある組合員に対して、小方の店は二軒で毎日三十貫を捌いていた。「ハハ……ざまをみろ」彼は愉快で堪らなかった。

兵隊位、各種の職業の者が集まっている社会はない。縄が要れば縄屋がいる。牛肉屋もいれば博労もいる。煙草屋、金物屋、何でもござれである。百姓は勿論沢山いる。小方は困るという事を知らなかった。ある時は釣りに小舟が欲しいと思った。近くの舟大工に相談したら、やれ材木を持って来てくれ、釘を持って来てくれと言うので止めて長崎に行った。中隊長時代の当番がいる。軍曹になっても当番をしていた一寸変った男であるが、今は立派な造船所を経営している。久し振りに訪ねると喜んで迎えてくれた。「魚釣りの小舟が欲しいのだが、なかなか作れないから一つ頼む」と言うと笑い出した。「うちではそんな小舟は出来ませんよ。ここは百トン以上の船を作っているんだから、ハハ……」「それもそうだな、ハハ……」小方も笑った。

軍曹は「片隅で誰かに作らせてあげましょう」と言って、その日は御馳走になって帰った。暫くして舟が出来たから見に来てくれと手紙が届いた。小方は子供に手土産のお菓子を買って出かけた。生簀《いけす》まで付いた立派なものである。「これは他のものとは少し型が違います。隊長殿は大きいから安定を良くしておきました」金はいらないと言うのを原価だけでもと無理に渡して帰った。その後トラックで運んで来てくれた。近所の人達も驚いていた。時価六千円のものが二千円で出来た。店の者に酒や果物をお礼に持たしてやった。

百姓が米をくれても運べない。店の者が舟で運んでくる。薪も高くなって中々手に入らない。小方は向いの小島にある知人の山を少し買った。店の暇を見て店員が舟で伐りに行く。積んで帰って来て小方の家の裏に積んでおく。店員は乾いたのを持って帰る。小方の家では毎日風呂を沸かす。近所の人が貰い湯に来る。お礼にいろんな物を持って来る。

子供が学校の帰りにゴムまりを売っているのを見つけた。「ゴムまりを売っているよ、買っていいでしょう」「うん、買えよ、幾らだ」「一つ四十五円よ、安かろう」何が高いのか安いのか判っていない。「では二人で行って買っておいで」百円札を一枚持たせる。子供がゴムまりをつきながら帰って来る。残りで飴を買ったとしゃぶっている。「まあ、これが四十五円、勿体ない」母は言う。「いいですよ、子供のために働いているんだから、要るものは買え買え。又父ちゃんが儲けてやるよ」小方は満足そうに子供達を見ていた。

小方の商法は戦術である

長崎から引揚者が魚を売りに来る。鯛を五、六尾ずつ持って来る。一尺位あれば百円だ。小方は来る度に一、二尾買ってやる。母が又「これが百円なら食わん方がいい」と言う。「百円札は鯛ほど美味くありませんよ」小方は笑って言う。鯛が百円すればそれだけ儲ければいい。弱音は吐かない。「米が五十円すればそれだけ儲けろ」これが小方の論法である。食わずに銭を貯めて何になる。食うために働いているのだ。食え食え。どんどん旨い物を食う。時々久子が「今日買物したら三百五十円要りました」と気の毒そうに小方を見る。「そうか」小方は驚かない。「俺の儲けるだけ使ってみよ」と冗談で言っているが、とても使えるものではない。

正月に数の子の配給を受けた。ほんの雀の涙ほどである。それも水に浸けても中々柔らかくならない代物である。「おい旧正月には数の子をうんと食わすぞ」その日小方の店でこれも引揚者らしい男が数の子を買ってくれと言って来た。小方が囲炉裏に当っていると、店員が大将に話せと言っている。その男は正月用に一儲けしようと友達に言って、北海道から数の子を取寄せた。品が着いた時には正月は終っていた。どうしても売れず、小方の所に泣きついてきた。品物を見ると上等で値も普通だ。小方はすぐに皆買ってやった。店の者が「とても売れぬ」と言う。小方は「売れなければ俺が年中食うさ」澄まして答えた。

小方は一週間後の旧正月を狙っていた。それまで水に浸ける。すぐ食えるようにして売る。水に浸ければ安く売れて儲けも大きい。すぐに四斗樽に水を入れて浸けさせ、毎日水を換えるよう命じた。別に百匁小さな桶に入れて水に浸けさせた。毎日水を換え、目方を計らせた。五日位すると歯切れもよく食べ頃になった。目方も三百五十匁になっていた。小方は翌日から値を決めて売出させ、家にも沢山持って来させた。「まあきれいな数の子ですね」久子が言った。「これなら買うか」「買うわ」「よし売れるぞ」案の定どんどん売れて、旧正月の二日には売切れてなくなった。家でも食べ、知人にも配って、その上更にかなりの利益が出た。「ハハ……頭さ、腹さ」武士の商法と人は馬鹿にするが、小方の商法は戦術である。攻撃の時期方法は商売の方法と同じである。お蔭で数の子もうんと食った。小方は金を遊ばせないようにいつも気を遣っていた。金は使うほど殖えるものである。

小方はあちこちよく出歩くが、その眼は商機を掴むために良く働いた。百姓が少し金を貯めて小屋を作ろうとしたが、材木はあっても釘が手に入らない。小方の所に頼みに来た。「一週間程して来てみよ」好意の持てる相手にはこう言って帰す。金物屋の兵隊に事情を話して釘を回して貰う。小方が頼めば値段も安い。そのまま百姓に渡す。百姓は喜んで米や野菜を持ってお礼に来る。小方はその一部を金物屋に届けさせておく。次に会った時に礼を言われる。三人とも礼を言うのだから共存共栄である。

今では小方が欲しいと思って手に入らない物はない。食用油の配給がなくても台所では天麩羅を上げている。出かける時も弁当を持たずに行く。たまに弁当を持って行くと文句を言われる。一日四度食事をする事もあるし、三回酒を飲まされる事もある。「世の中はよく出来ている。有難いものだ」小方はつくづく幸福を感じていた。もう食う事の心配はいらない。一人でも多くの復員者を拾ってやろう、一人でも多くの遺家族の世話をしてやろう、そのためには事業を大きくする事だ。遠大な計画の下、着々と仕事を進めて行った。広島、下関、博多、佐世保、長崎とそれぞれの拠点に手を打っていた。

「今に見ろ」小方は天の一角を睨んで微笑んだ。二月十三日、三女が生れた。「又、女です」「いいよ、女でも男でも生んでおけ」この頃は養えないからと人々は子供の生れる事を喜ばない。小方は違う。養うこと位なんでもない。この時も又、鯛を買ってお祝いをした。母子とも元気で、子供達も姉さん顔して大喜びである。小方は相変わらず島原や下関に用事で出かけて行った。

製塩所の方も順調に運んで、いよいよ第一回目の塩を池島君の所へトラック一台回す事になった。打合せのため小方は池島と一緒に小浜に出かけた。一泊して翌日帰って来た二人は諫早で別れた。大村に着いた時は夕暮れになっていた。偶々久子の床立ちの日でもあり、小方はいそいそと足取りも軽く家路を急いだ。

戦犯の容疑者となる

家が近づくと玄関に人影が見えた。誰かなと思う間もなく「小方さんですか」「そうです」「私は警察の者ですが、一寸警察までご足労願います」「ではこのままで行きましょう」「夕食を済まして下さい。お待ちしています」小方が靴を脱いで上がると久子が心配そうに「昼過ぎ来て、小浜に行っているから夕方帰るだろうと言うと、一度帰って夕方又やってきました。何でしょう」と伝えた。「まあ飯を食うて」と腰を下ろした。「一体何のことか。商売のことで夕方来るのは怪しい。少々変だぞ」と考えたが、素知らぬ顔をして飯を食った。「大したこともあるまい」と久子には言ったが、義兄を呼んでもしもの時のことを頼んでおいた。子供達は風呂から上がって来た所だった。「大人しくしていなさいよ」と頭を撫でてやった。これがお別れになるかもしれないという気持が一瞬胸をよぎった。一服して出ると、刑事は玄関で待っていた。刑事が店のこと等話しかけてきた。「店のことかな」出がけに洗面具だけ持って出た。警察に着いたらマッカーサー司令部の指令を見せられた。「お気の毒ですが、こちらではどうも出来ませんので」とも言って留置場に連れて行かれた。他の刑事や警部補がやってきた。「小方さん、お気の毒ですがご辛抱願います。この人は大事にしてくれよ」と看守に言っていた。小方は看守に紙と鉛筆をくれと言った。「ここでは禁じられていますから」「然し俺は何のことか判らず連れて来られて、来てみたら戦犯容疑だと言う。家もそのままにしてあるし、商売や事業のことを後で心配のないようにして置かなければならないから紙と鉛筆をくれ」「ではこれを」便箋と鉛筆を貸してくれた。

小方は出がけに煙草を三十本ばかりポケットに入れて来た。看守は煙草がないらしい。小方がそれを出してやると彼は机を譲ってくれた。他に四、五人の留置人がいたが、彼等にも吸わしてやれと小方は更に煙草を出してやった。看守は一人一人出して煙草を吸わした。「有難うございます」皆礼を言いながら火鉢の傍で一本ずつ吸って又入って行った。小方は便箋十枚程を使って、色々店のことや家のことを久子に書き残した。終ったら十一時位になっていた。そこで又煙草を吸いながら色々看守と話した。小方の入る部屋には他の連中が出し合って、二十枚からの毛布があった。十二時頃彼は毛布の中に入った。「一体何のことかなあ」一寸見当がつかなかった。「まあ巣鴨まで行けば判るだろう」いつの間にか眠ってしまった。

翌朝小使の連絡で、義弟が弁当を持って来た。小方は洗面を済ませ、火鉢の傍に腰かけていた。昨夜の手紙を渡し後のことを頼んだ。看守が交替したが、先の男が申し送ったらしく大事にしてくれた。旧部隊にいた者もいて、何かと気遣ってくれた。丁度その日は学校の見学等があって小方は刑事室ででも遊んでくれという事だったので、そちらで一日時間を潰した。義弟が又昼食を持って来た。午前中の話で、もうその日の夜行で福岡に向うことも判っていたのでそれを伝え、夕食には何かご馳走を作って水筒に酒でも入れて来るように、また東京までの弁当四食分、それに金も少し持って来るように頼んだ。自分の財布だけしか持って来なかったので、三百円そこそこしか入っておらず少々心細かった。

県警本部から刑事が一人来て「小方副官殿、今回はお気の毒です。私が東京までお供します。私は七中隊にいた軍曹です」と言って名刺を出した。もう一人は刑事部長の警部補が行くことになった。二人ともまだ東京を見たことがないと言っていた。小方の金で切符も買ってきた。夕方義弟が重箱を運んできた。沢山のご馳走が入っていた。水筒には酒が一杯詰まっていた。看守の机を借りてこれを広げた。湯呑に酒を注いで飲んだ。看守にも少し飲ませた。「良い酒ですね」「うん、一級酒だよ」「こんなものは久しく口にしたことがありません」他の留置人たちが柵の所に覗いている。小方は重箱の一つを看守に渡し「この天麩羅でも皆にやってくれ」と言った。看守が「さあ手を出せ」あちこちから手が出た。二つ位ずつやっていた。「有難いです」皆で喜んで食っていた。

この留置人達が看守と相談して、夕方風呂を沸かしてくれた。「大将、今夜出発だってね。さあ一つ風呂に入って行って下さい」小方はいつの間にか彼等の間でも大将と言われていた。一風呂浴びた後の冷酒の味は格別で腹に応え、飯もよく食えた。

又義弟が弁当を持って来た。久子も来ていると言うので、又刑事部屋を借りて話をした。

「何のことか判らん。巣鴨に来いと言うから行く。後はよく子供を大きくしてくれ。後のことは状況が変わるだろうからお前に一任する。仕事の方も商売の方も皆とよく相談してやってくれ」「承知しました。家のことはご心配なく立派にやって下さい」「うん、今更逃げも隠れもしない。堂々とやるからその点心配してくれるな」夜は冷えてくる。昨日床立ちしたばかりの産後の身体である。「寒いようだから帰ってくれ。お前まで身体を痛めてはならないから。今夜の汽車で発つ。知った刑事がついて行くから途中も安心だしね」別に話もない。とう〳〵久子達を帰した。生別死別、本当に運の悪い女で可哀想だ。幸福であれよと小方は後ろ姿に祈った。

東京の巣鴨へ

刑事が二人揃った。「ぼつぼつ行きましょうか」「さあ行こう」三人は駅に向った。小方は南方に行くかもしれないと考えて、ボストンバッグに衣類も入れていた。刑事が弁当とバッグを持ってくれたので、小方はマントを着たまま手ぶらで歩いた。駅長室で休んだ。誰も来るなと言っておいたので、駅には誰も来ていなかった。汽車は何の用事で乗っているのか一杯の人で混んでいて、刑事も小方も福岡まで立ち通しだった。乗客は皆疲れていた。「生きるための闘いである」「こうして生きている人々皆が幸福だろうか、いや皆が幸福ではない。幸福になろうと闘っているのだ」こんなことを考えているうち夜明け方博多に着いた。

下車すると、まだ人通りもない町に細かい雨がしとしとと降っていた。三人で歩いて県庁に着いたが、まだ誰もいない。取りあえず宿直室で車中の不眠を補うことにした。一眠りして目覚めると、ぼつぼつ登庁する役人がいた。顔を洗ってお茶を買い、弁当を開いた。緑の華蘭

（注　甘蘭？）の上に大きな握り飯が並んでいる。一食ずつに区分してある。するめが添えてあり、白い飯の間から梅干しが赤い顔を出している。どんなにか憂い、悲しみながら握ったであろう妻の顔が浮んで来た。しかし「立派にやって下さい」と健気に言って別れたあの顔がすぐに打ち消した。「心配するな、やるだけはやる」小方は自分に言い聞かせた。

刑事達は何か刑務の人々と話していた。そこを終って連合軍の連絡事務所に行った。ここでも小方は刑事達の話が終るのを腰かけて待っているだけだった。博多から準急に乗る乗車証明書を貰って、そこを出て駅に向った。途中の焼け跡にはバラックが建っていて、雨の上がった町を多くの人が歩いていた。駅は汽車に乗る人で混んでおり、乗車を待つ列が出来ていて小方達もその後ろに並んだ。長い列は幾重にも曲がっていて中々進まなかった。小方は薄くて大した記事もないが、少しは退屈しのぎになるだろうと『キング』（注　戦前からある月刊誌、昭和三十二年廃刊）を買った。刑事が小方の水筒にお茶を詰めてきた。果物屋で蜜柑を買って鞄に入れた。もう一人の刑事も支那事変に山砲隊にいたとかいう曹長とかで小方を知っており、矢張り丁寧にしてくれた。時間になって汽車に乗り込んだが、一人の刑事の席だけ離れた所になった。始発だが既に立っている者も少なくなかった。傍に若い娘と学生が乗っていた。話し具合からあまり親しくはないが知人らしかった。「若い人はいいなあ」小方は華やかなりし若かった頃を思い出していた。

関門トンネルを抜けると伯母の家が山の上に見えた。「伯母も知らないだろうが、知ったら驚くだろう。幸福に暮らして下さい」遥かに祈って通り過ぎた。東進する列車は小方が帰郷の際通り過ぎる町々を通り過ぎていく。広島は十二時少し前に通過した。郷里の一つ前の駅で目が覚めた。周囲の人々も疲れたのか皆眠り続けていた。やがて福山の駅に着く。「ああ今頃、父母や兄弟は何も知らずに寝ていることだろう。今自分が捕えられてここを送られていること は誰も知らない。会いたい、しかし会って皆を嘆かせるには忍びない。どうぞ、皆達者で暮らして下さい」小方は外の闇に向って祈った。列車は段々郷里を離れていく。「さらば故郷よ」彼は頭を振って浮かんで来る人々の姿を打消そうとした。「考えまい、忘れよう。これが運命だ」いつとなく眠っていた。

偶々土曜日で、大阪、京都と走り続ける列車の客は乗ったり下りたりした。大きなリュックを背負った買出しの連中も多かった。どこでも食うことに追われている。もっと何とか出来ないものか。早く食うことから救ってやるような政治は出来ないものか。敗戦後の国民の生活を考えると本当に気の毒である。刑事が「蜜柑水です」と持って来てくれた。隣に座っていた人が酒を魔法瓶の蓋に注いでくれた。「いかがです」よく太った実業家のような人であった。その冷酒が腹にしみた。

二十一時半東京に着く予定だ。刑事二人が着いてからどうしようと話し合っていた。小方は「東京に夜着いても旅館はとても無理だ」と言った。「困りました。どうしましょうか」「君達は熱海に行ったことがあるか」「いいえ、ありません」「それじゃあ、今晩は熱海に泊まって明日東京に行けばいい。一度熱海の湯に入ってみてもいいよ」「そうですね」「そうしようや。夜着いて良い旅館を探すのも大変だ」「ではそうしましょう」とう〳〵そういう事に話がまとまって熱海で下りた。

小方が旅館案内所で交渉して、森田屋という旅館に泊まることにした。道を聞いた小方が先に歩き、刑事が荷物を持ってついて行った。旅館に着くと八畳の立派な間に案内された。夕食の注文をしておいて三人で湯に浸かりに行った。大きな浴槽には青い湯が一杯溢れていた。小方に温泉は珍しくもなかったが、刑事達は久し振りらしく喜んでいた。風呂を出ると食事が運ばれた。刑事達も私服だから、誰も護送犯の一行とは思っていない。丁寧な女中の給仕で楽しく話しながら食事を終った。並べて敷かれた夜具に入るとすぐに眠ってしまった。

翌朝目を覚ますと、既に陽が射していた。女中の話では土曜日は混むという事だった。「今日は日曜日ですね」「そうです」「じゃあ東京に行っても仕方ない。巣鴨も受付けぬだろうから、もう一日ここに泊まろう」一人の刑事はすぐ賛成したが、他の男は早く任務を終って東京見物をしたいような口ぶりで渋っていた。結局は彼も同意して三人で町に散歩に出た。日曜のためか、人出も多く店も賑わっていた。海岸を一通り歩いて理髪屋に入った。一人の男も一緒に散髪した。

夕方宿に帰ると一人の刑事が鞄から四合瓶を出してきた。良い酒だった。これを皆で又飲んでとう〳〵二晩熱海に泊まって、翌朝早く東京に向うことにした。小方は名刺の裏に言づてを書いて刑事に渡した。旅館代を久子から払うようにしておいた。早めに朝食を済ませ駅に行った。東京行きの列車は結構混んでいた。途中でユーモアを飛ばして皆を笑わせている愉快な婦人がいた。顔を見ると飯田蝶子（注　松竹映画を中心に活動していた女優）に似ていた。「今の人は面白い女だね。飯田蝶子にそっくりだ」小方が言うと傍の乗客が「あれは本物の飯田蝶子ですよ。毎日この列車で通ってます」「道理でよく似ていると思ったよ」改めて皆で大笑いした。

容疑は慰安所問題

東京駅に着いた時はラッシュアワーで刑事達はぼんやりしている。小方が先に立って省線のホームに行き、山手線に乗って大塚で下りた。巣鴨は目の前である。この辺も大分やられていた。復員省の連絡所が造幣廠の一部にあって三人はそこに入って行った。事務員が多くの名簿を繰っていたが「小方さんは南方軍の幹候隊におられましたか」「おりました」その名簿には河村大尉も能崎少将も載っていた。「ジャワか」「何か慰安所のことらしいですよ。中島さんと蔦木さんが先日向うに行かれました」「慰安所……あれか。何だ、大したことじゃないじゃないか」と考えた。紙片に所要のことを記入させられた。位階勲等、留守宅などを記入した。別の一人と一緒に案内されて巣鴨拘置所に向った。「この頃は一切私物は許しませんから皆持って帰って貰いなさい」と言われ、小方は着のみ着のままで行った。受付は米軍のＭＰがいた。

ここで刑事達と別れて中に入って行った。別の背広の人も中佐で昭南関係だと言っていた。二人は六尺腰掛が二つ置いてあるだけの広い部屋で待たされた。その中佐はまだ復員間もなくで、何もしていないらしかった。子供も大分大きく学校に行っているが、家が困ると話していた。米兵は目の前で煙草をぷかぷか吸っている。「一本くれ」と言いたかったが、日本軍人の名誉を考えて口に出せなかった。

やっと昼休みが終ったらしく次の部屋に通されて裸にされ、汚い寝巻のようなものを一枚くれた。「これを着るのか」と思うといよいよ罪人になったような気がした。私物の被服は受取をくれ、拇印を押して指紋を取られた。次の部屋で写真を撮られ、別の部屋に行って身体検査が行われた。何かガラス管の先で左肩に傷をつけられた。何か青い液が浸み込んで「刺青をされた」と思い、少々腹が立って来た。後でこれは種痘と判った。

次の部屋で米軍の被服一式支給された。「着ろ」と言われて、二人は顔を見合わせながら身に着けた。いよいよMPに連れられて鉄格子の中に入った。二重の鉄格子の所にはそれぞれ白い棍棒を持ったMPが立っている。小方は57号という独房に入れられた。通訳が来て氏名や宗教を聞いてマッチを一つくれ、ガチャンと戸を閉めて出て行った。ハンドルを回して見たがもう動かなかった。

部屋は三畳位の広さで畳が二枚敷いてあった。一番奥は板の間で、机のような物がある。開けてみたら中が洗面所になっていた。腰掛のようなものもあるので、開けてみると水洗の便器だった。丁度船のキャビンのように出来ていた。腹が減って来た。早朝に食べただけである。洗面所の水を飲んでみた。冷たいがきれいな水道の水で五臓六腑にしみ渡った。「水腹一時」だ。煙草が吸いたいがない。荷物の中に残してきた煙草が思い出される。ないとなると余計吸いたくなる。マッチを擦って見た。硫黄の匂いが鼻を刺した。

外はコトリとも音がしない。「今夜からここに寝るのか、これは寒いぞ」外套でも着るかなと考えていたら、ガチャッとまた戸が開いた。通訳が「余り上等ではありませんが、これを着て寝て下さい」と言って布団を置くと、またすぐガチャッと閉めて行った。安宿にでもありそうなものだが、敷布団二枚と掛布団一枚があった。「よしよし、これでまあ寝られそうだ」腹は減っている。煙草はない。またガチャリと開いて歯磨き粉一袋、歯ブラシ一本、石鹸一つくれて又ガチャリと閉められた。窓はあるが外は見えない。大分時間も経って急に外から人のざわめきが伝わってきた。

「何だろう」ガチャッと戸が開いた。出て見ると食事に並んでいる。小方も靴をひっかけて列の後につく。ランチ皿のような凸凹のある食器を持って食事を受取る。小方も行列の後について並んだ。「少佐殿」「俺かい」「そうです」「君誰だい」「スマトラの幹候隊でお世話になりました」「そうか、いつからここに」「随分前からです」「そうだ、煙草ないかね。朝から一本も吸ってないのだ」「そうですか」その男は自分の部屋に帰ってすぐ戻って来た。「明朝くれます。それまでこれで辛抱して下さい」光を一本くれた。小方は食事を受取って部屋に帰った。箸がなくスプーンだが案外食える。「腹が減っているからだろう」きれいに平らげて食器を返納に行った。

白井歯科医と出会ったが「明日の散歩に」と一言交わしただけで別れた。部屋に入るとガチャンと扉が閉まったが、今度は腹も出来ているし、一本ながら煙草もある。便箋一冊、封筒一枚と鉛筆一本もくれた。小方は取りあえず煙草を四つに切り、その一つを便箋の切れ端に巻いて火をつけた。「美味い」何とも言えない煙草の味である。然し瞬時に燃え尽きてしまった。「せめてもう一服」と手が出そうになるが「待て待て、明日まで持たさなければならない」自分に言い聞かせて我慢する。

よく見ると扉に金網を張った小さな孔があり、そこから廊下が見える。突然笛が鳴る、「笛が鳴ったら立て」と書いてある。立上るとコツコツと靴音が廊下を通り過ぎて行った。点呼である。「ネムルヨロシイ」小窓から米兵が言ってくれた。布団を敷いてもぐり込むが中々寝つかれない。「慰安所に欧州婦人を使ったのがいかんのかなあ。然しあれほど可愛がってやったし、彼女達も朗らかにやっていたがなあ」一寸起きて煙草を一服、小さな電灯が一個、侘しい光を投げかけているだけで辺りはすっかり静かになっている。「今日は陸軍記念日だ。とんだ記念日になったものだなあ」色々考えている内、疲れが出ていつの間にか眠ってしまい、翌朝目が覚めた時は既に明るくなっていた。「とう〳〵こんな所に来てしまった」

巣鴨拘置所の風景

周囲がひとしきり騒がしくなった。朝の掃除だ。小方も布団を片付け部屋の掃除をする。何分狭い所なのですぐ終る。続いて朝食、パンとコーヒー、それにポタージュとバターも付いていて悪くはない。食べ終わって食器を返すと新聞が回ってきた。古いものばかりなのですぐ次に回す。昨夜の若い男がそっと本を貸してくれた。残りの煙草に火をつける。貴重な少しの煙も無駄にすまいと腹一杯吸い込む。

小説を読んでいたら扉が開いて散歩を知らせられた。靴を履いて廊下に並び、すぐ近くの庭に出る。古谷、三橋（注　スマラン州庁司政官）、白井の三君と一緒になった。同じ聯隊の大隊長だった林少佐の顔も見える。「何だ、こんな所で会うなんて」「僕は三、四日中に昭南に送られるそうです」浮かぬ顔で告げる。「大久保中佐は自殺しましたよ」これは小方には初耳だった。古谷君もしょげていたが、三橋君はニヤニヤ笑っていた。狭いながらも青空の下、柵の中を一時間程歩き回った。散歩から帰ると光を五本くれた。一本で一日過ごしたことを考えると、これでも有難い。一日小説を読んで過ごした。昼食は夕食と大差のないものだった。

毎日の散歩が楽しみになった。色々の人がいたが、小方は自分から話をする気持には余りならなかった。若い候補生隊出身者はビルマに行っていたそうで、陸士出の若い中尉は風邪を引いて受診したことを話していた。コカインらしきものを鼻の中に流し込まれ、一遍で通りが良くなったし、咳も薬ですぐ止まったそうである。「いい薬を使っているのだなあ、矢張り持てる国は違う」と感心した。監視の米兵は武器は持っていないが、きちんとネクタイを締めて勤務している。週に二回入浴がある。十分間で髭も剃らなければならない忙しい入浴だが、出た後の気持がよい。

七日目に入浴を終って帰った時、取調べに呼び出された。MPに連れられて入った部屋に蘭軍の大尉が待っていた。一応の経歴調査の後、幹候隊の幹部の名前を聞かれたが、小方は他人の名前を出したくなかったし、昔のことで忘れた方も多かった。「忘れました」相手が名前をあげれば「そうでしたね」と相槌を打った。「君はよく忘れるなあ。何もかも忘れているじゃあないか」と笑われた。「古いことだし、その後色々ありましたから」取調べはそれだけで、その日は部屋に帰された。

二、三日後、急にMPに連れ出され、六人部屋に移された。能崎閣下、村上さん（注　幹候隊付軍医）、九大の医学者二人、それにマレーで検事をしていたという五人が同室になった。独房と違い、他人と話が出来ることは何より嬉しかった。九大の教授と助教授は米兵の施術したのを解剖したとされて取調べを受けたが、その後呼出しもないと話していた。退屈な明け暮れに煙草の空き箱で麻雀を作って遊んだり、俳句をやる九大の助教授から手ほどきを受けて句会をしたりして時間を潰していた。横浜の裁判もぼつぼつ始まっているようだった。

東條さんや南さん、荒木さんたち（注　東條英機、南次郎、荒木貞夫）が散歩する姿を目にすることもあった。佐藤賢了さんなど大声で笑いながら狭い庭を闊歩していた。時には運動という名目で、所外に出て草むしりをさせられることもあった。食事は不味くはなかったが、量が十分でなく皆少々衰弱気味で、急に立上ったりすると眩暈《めまい》を起すことがあった。中部軍司令官や東部軍司令官も収容されていたが、皆同じように暮らしておられた。イタリーの講和条約の話題も伝わって来て、皆の関心を集めた。

週に一度は手紙を出すことも出来、往復に約一月かかったが、家からの返事を受取ることも出来た。僅か四十分の面会だったが、上京して来た久子の従兄に会う機会もあって、色々言づてを託すことも出来た。四月に入ると庭の桜が咲き、散歩の度に春の息吹を感じるようになり、やがて葉桜の季節になった。

七月の初めに又部屋替えがあり、今度は三階の町屋が見える所に移された。大佐と上等兵、船員、炭鉱関係者、まもなく釈放されたが、通訳をしていたという学生の五人が同室になった。ここでも将棋、囲碁、麻雀、トランプ等をして暇をつぶしていた。米軍の夏服一式が支給されたが、暑いので部屋の中ではパンツ一つで暮らしていた。食事を受領する時は上着を着ていなければならなかった。

新聞で見ると、ジャワではインドネシヤ軍との戦闘が拡がり一寸片付きそうにもなかった。この分では裁判どころではないだろうと、小方達は原住民の反乱に好意を感じ、戦火の拡大を願っていた。

ジャワ送りとなる

七月二十九日、米兵が「オガタサン、アサッテ、ゴーホーム」と言って来た。「帰宅？　おかしいな」小方は首を傾げたが、同室の連中はゴーホームだから帰宅に間違いなかろうと言ってくれた。散歩の時村上さんに会ったら、彼も同じように言われたらしく「戦乱でとても手が回らなくなったのだろう」とお互い都合のいい解釈に落着いて別れた。部屋に帰ると、被服や健康のことを聞いてきた。「いよいよ本当の釈放だ」と同室の人達も喜んでくれた。小方も何となくその気になっていたが、翌日散歩に出た時、隣の庭を歩いていた古谷君が寄ってきて「いよいよジャワ送りですね」と耳打ちした。皆一緒らしい。「これはおかしいぞ」小方も少々不安になった。

三十一日の朝食後「荷物をまとめて出て来い」と言われ、同室の人々に別れを告げて廊下に出て見ると、丸山閣下（注　丸山政男。昭和十七年蘭印攻略時の第二師団長）を始め、白井歯科医を除くオランダ関係者全員が集まっている。指示に従って廊下を歩いて行くと、私物の被服を渡された。冬物を受取った小方はまだ完全には釈放の希望を捨てていなかった。

一室に呼ばれ、オランダの大尉に写真と照合され次の部屋に通された。そこからは門の外にＭＰに守られたトラック二、三台と警戒のサイドカーが待機している姿が見受けられた。「これはいかん。いよいよジャワ送りだ」この期に及んでは腹を決めざるを得なくなった。

やがて連れ立ってトラックに乗せられ、厳重な警戒の下に町中を走り抜け東京駅に着いた。人々が立止まって見ている中を二人ずつ手錠で繋がれて進駐軍専用ホームに連行された。列車が到着し、一行二十七名二等客車の一隅に収容された。下士官を長とする護送の米兵も乗込んで来た。行先は名古屋か大阪か、それとも神戸か。列車は一路、西に向けて走り続けた。

昼になると、米兵がレーションを配ってくれた。乾パン、菓子、煙草と色々入っていて、中々美味かった。京都を過ぎた所で又夕食にレーションが渡された。神戸で下ろされ、再びトラックに乗せられて埠頭に連行された。岸壁には大きな客船が横付けになっている。「いよいよハッチの底に押し込まれるのか」嫌な予感がしたが、乗船してみるとハッチではなくベッドもついている二等客室に収容された。そこで一夜を過ごし、八月一日出航、由良海峡を抜けて太平洋に出た。小さな窓からは日本の姿が段々小さくなり、やがて見えなくなった。「日本よ、さようなら。再び帰れるか帰れないか判らない」今迄に何度も出征したが祖国が見えなくなる時、こんなに淋しい思いをしたことはなかった。

船にはオランダの監視兵が乗っていた。この船は蘭支合弁らしく乗組員の大部分は支那人であった。食事は量は足りないが、支那料理で比較的口に合う。マンデーも日に一度はさせてくれるし、洗面トイレも監視兵が付いて来て自由にさせてくれる。待遇は全体的に悪い方ではなかった。只窓を閉め切った船室が暑くて堪らない。丸山閣下の英語で抗議して貰ってやっと窓を開けてくれた。若い監視兵は退屈すると歌を唄ったり、時々マレー語で話しかけたり、たまには煙草をくれることもある。

最初の寄港地は上海だった。ライジングサンのタンクが白く輝いている。沢山の支那人が岸に群がっている。かつて駐留したこともある懐かしい所である。一泊して沢山の支那人を乗せて翌朝出港した。窓から覗いていた色の黒い青年が煙草を一袋投げ込んでくれた。皆で分け合って吸う。厦門《アモイ》でも戦乱の故郷（注　中国は国共内戦中）を捨ててシンガポール辺りにでも行くのだろうか、ここでも荷物と一緒に多くの支那人が乗込んで来た。香港ではかつては日章旗を掲げた旗竿にユニオンジャックの旗が翻り、夜景も美しさを取戻していた。シンガポールで荷物の積卸しが終った船は、すぐ碇をあげ目的地に急いだ。蒼い海、小さな島、よく飛行機の窓から眺めた思い出の海を走り続け、翌日ジャワの港タンジョン（注　ジャカルタの外港・タンジュンプリオク）に着いた。あちこちに日本船の痛ましい残骸が見える。

チピナンの刑務所

一夜明けて下船させられ、トラックで華人や現地人で賑わうジャカルタの町を通り抜け、チピナンの刑務所に到着する。事務所に日本人が働いているのも一寸変な空気である。姓名、本籍等を書かせられる。山口という男の腐ったような奴である。「あの事件はよく判っているのですから、その積りで。又、佐藤参謀も来るでしょうから困らないようにして下さい」「承知した」小方は軽くいなした。「何が皆判っているだ。誰がそんなによく知っているのか。俺が一番よく知っている筈だ。変な奴」小方は不愉快な第一印象を持った。被服を預けて一先ず部屋に案内される。コンクリートの床、冷たいボロボロの飯、アンペラ一枚「これでも少し良くなった方です」安保君が言う。「これで良くなった方か。こんなにしてまで生きなければならないのか」考えれば情けなくなる。

翌日は休日とかで何もなかった。池田さんがマンデーの帰りに顔を出した。「おい、小方。お前生きていたのか。何で逃げんじゃやった」そうそうに走って帰ってしまった。他にも知った人がいて、ちょいちょい顔を出した。安保君が煙草を持って来たので皆で分配した。取りあえず小方が室長に推されて、皆の面倒を見ることになった。三日目、事務所で被服の整理や不足品の受領をしていると「強そうな人四人欲しい」という求人があり、作業場に連れて行かれた。

小方は強そうな部に選ばれた。「これは困ったぞ。強そうな人というからには仕事も酷かろう」と心配しながらついて行った。木工、鉄工の作業に行く者もあった。

小方達の仕事は倉庫整理だった。古い人も何人かいたが、皆良い人ばかりですぐ心安くなった。「これは面白い。部屋で退屈しているよりましだ」たまには汗の出ることもあったが、連続した作業でなく適当に休むことも出来た。今更、木工、鉄工、縫工など手に職を覚える必要もなく、小方は気楽な気持で作業場に通っていた。夜は毎晩のように演芸会が開かれていた。

取調べの開始

一週間ほど経って取調べに呼び出された。タンネンベルグという表面物腰の柔らかそうな取調官が、親切ごかしに色々質問した。誘導尋問で何か引出そうとするが、小方は知っていることは正直に話したが、知らないことは飽くまで知らぬと突っぱねた。「武士道を知っているか」「知っている」「それなら本当のことを言え」「武士道を知っているからこそ、知らないことは知らないと言うのだ」傍に日本の憲兵下士官とかいう小さな男がマレー語で所々通訳する。その男まで自分が取調官のような口調でしゃべる。然しどう言われようと、知らないことを知っているとは言えない。そのうち気がついた。「これはどうもおかしいぞ。俺が死んだものと見て、色々俺にかぶせているな」小方はもう直感した。しかし飽くまで自説を主張して休憩に入った。コーヒーを飲ませ、煙草もくれて第一日目の調査は終った。その日の内に、Cブロックの11号室に移された。

第二日目の調査も大体前日同様だった。色々の証言が出て来る。皆なってない。大久保中佐の遺書も出た。「皆何という腰抜けだろう。これでは全く事件が輪に輪をかけられている。猫の絵を虎に仕立てているようなもので、他の腰抜けどもがその絵に藪を作り、山を描き、髭や爪を添え、鳴き声まで作り出して、一匹の虎を仕立てている」

小方は将校倶楽部の婦人達をよく可愛がってやったつもりである。あんなにしてあるから、まさか彼女が色々せんだろう位に考えていた。その御本尊さんが告訴している。それも嘘八百を並べている。時世が変ったので我々に協力していたことになっては彼女達の立場がないので、こんなことを言っているのだろう。「今はもう又何をか言わんや」である。二日目の午後、小方は死刑囚の独房に移された。

周囲には多くの刑の確定した人達が収容されていた。何れも任務のために一生懸命働いた人達であろう。平然と囲碁、将棋、麻雀に打ち興じ、屈託なく余生を送っている。悪びれた所は少しも見えない。若い人達も少なくないが、皆落着いている。「流石は日本軍人じゃ」小方は感心した。彼等と交じって色々話をした。数日して五名一度に処刑された。

その中に一人、鮮人の大山という男がいた。小方が移った時、一人淋しそうにしていた。鉄工場の壁の所で小方が本を読んでいると、彼が傍に来て並んで腰を下ろした。日本人なら日本に殉じてもいいが、この鮮人は気の毒でならない。「日本のために働いて貰ってその結果、これでは全くお気の毒ですね」「いいえ、私は日本人として御奉公しました。日本人として死んでゆければ本望です」何という言い方だろう。小方は目頭が熱くなった。「そうまで言ってくれるのですか。有難いことです。日本人の一人として感謝します」

大山君は煙草を取りに行った。「どうぞ」と小方に差し出したので快く貰って一本吸った。

「貴方は？」「私は止めました。どうせ死ぬ者が吸っても吸わなくても同じです。どうぞ吸って下さい」小方に全部くれた。日本のことや朝鮮のことを色々話した。「朝鮮はどうしても日本と仲良くしていかなければなりません」彼は強く言った。「貴方は日本の学校に行ったのですか」「いいえ、加藤さんの農民道場に暫くおりました」。

その後、朝晩顔を合わす度に大山君は挨拶をした。葉巻が一本ずつ配給された時も彼は早速小方の所に持って来た。いよいよ刑の執行に出かける時「元気でね」と声をかけると「御機嫌よう」と小方の手を強く握って去って行った。（注　フロレス俘虜収容所での俘虜虐待の責任を問われ、昭和二十二年九月五日に処刑された三名の朝鮮人軍属がいる。大山はその一人と思われる。農民道場とは加藤完治の満蒙開拓義勇軍訓練所だろう）

覚悟を決めた小方

明日知れぬ命の死刑囚が汗を流して平気で麻雀を楽しんでいる。「明日終焉《おわ》る身に麻雀の汗をかき」小方は一週間位して又取調べがあり調書にサインした。その後何の連絡もなかったが、独房の暮らしは変らなかった。ここの人々は親切であり居心地もよかった。「今の分なら俺も必ずここに来るわ」彼は全般の状勢からもう察していた。オランダはこの事件を大袈裟に宣伝した手前、真相は或はわかっても今のままで押し通すだろう。小方はそれでは余りにも国と皇軍に不名誉だ、どんなことがあっても闘うぞと腹を決めた。成否は問題ではない。これが国と皇軍に対する彼の最後の御奉公であると思った。

毎日平凡な日々が続き、小方も麻雀で時間を潰していた。時に若い連中が話しに来る。「死んだら何処に行くのでしょうか」「何処にも行きませんよ。僕は死んだらそれで終りと思っていえます。もし魂があればそれは母の懐に帰るのでしょう」「地獄なんかあるのでしょうか」「僕はないと思います。今が地獄でしょう。これ以上の所は恐らくないと思います」「死ぬという事は恐ろしいことでしょうか」「恐ろしいことはありません。自分では殆ど意識しない間に死ぬでしょう」「弾が当ったら痛いでしょうか」「痛いと思わぬ間に死んでしまいますよ」「そうでしょうね。どう考えて死ぬのが一番良いでしょうか」「人間は運命です。生れたら必ず死ぬ運命を持っております。隠れても逃げても死ぬ時はどうしても死ぬものです。三歳で死ぬ人もある。二十歳で死ぬ人も居る。七十歳、八十歳と生きる人も居るが、皆死ぬことに変りはありません。七、八十歳の人でも矢張り死ぬことは嫌なようですが、運命です。今夜脳溢血か心臓麻痺で誰が死ぬかも判りません。しかし皆それを知らないから平気でいるのです。それは考えようです。ガダルカナルやニューギニヤで食糧がなくなって、飢えて死んだ人のことを考えるとお気の毒です。一日一日生命が刻まれるのですから辛いでしょう。このことを考えると、まだ芋でもジャゴン飯でも食っていて死ぬ方がいいでしょう」「そうですね」小方の人生観、死生観を少しずつ教えてやった。「何か落着いたようです。また話を聞かせて下さい」若い男は去って行った。

郷里の近くの人がいたので伝言を頼んだ。何年後に伝えられるか知らないが、小方は肩の荷を下ろした気持になった。四十日間の独房生活、散歩の時間が来ると彼は精一杯歩いた。看守から「もう日本に何度行ったか」とからかわれるほど歩いた。陽に焼けて色も濃くなり身体も肥えた。死ぬまでは大事な身体である。先ず健康第一と心掛けていた。四十日目に再び一般のブロックに帰された。雑居部屋は賑やかであった。その日から又倉庫に行って前と同じ仕事をするようになった。

十一月に一部の者が釈放され、彼の部屋からも帰国する者が出た。小方は内地のことを話して「働けば必ず食える」と励ましてやった。その後は人数が減った関係で驚くほど給養がよくなった。再び倉庫に通う日々が繰返され、反物を運んだり釘を数えたりする作業が続いた。倉庫にあった塗料用のアルコールがエチルだと気づいて、少々失敬して紅茶に入れて飲んでみると、安物のブランデーのようで結構いけることが判ったので時々頂戴することにした。正月前にも水筒に何本か持ち帰って同室の連中と忘年会をやった。同好の先輩達にも少しずつ贈って喜ばれた。年が変って正月になったが、獄舎の中に格別の変化はない。

明けまして何と言おうか獄の春

公判が開始される

正月が過ぎて起訴状を受取った。酷いことが書いてある。小方が一番主要人物である。公判は一月二十六日からであった。公判待機として部屋を移った。まだ関係書類は来なかった。準備も出来なかった。小方はせめては国家と皇軍の名誉のために闘おうと決心していたので、呑気に麻雀などして遊んでいた。弁護士が打合せにやって来て「いずれにしても難しい、お覚悟を」と言う。小方は「承知しています。只、国と皇軍のために頑張ります。成否は問題にしておりません」と答えた。

覚悟を決めれば何も恐れるものはないのである。いかにして統制のない連中を連れて公判を受けるかが一つ問題であった。関係書類が来た。見ると、将校倶楽部の女の告訴がある。小方が可愛がってやった女のものもある。しかも他の証人も、同じ被告の中にも、それと口裏を合わせているのがいる。「飼い犬に手を咬まれたのだ」もう何も言うことはない。しかし真実が一番強いのだ。小方は一通り見ただけで見るのをやめた。「只自分の知っている事だけが正しいのだ。これで国の名誉と皇軍の名誉を少しでも守れたらいい」すっかりあきらめた。

業者の間の話もなか〳〵合わない。本田大尉が色々指導するが、駄目で投げ出した。「小方さん、少し何とかして下さい。巧くいきません」小方は業者を集めて相談してやった。何とか皆の話も合うことができた。後は本田大尉が指導してくれた。池田大佐もいることだし、小方が余り切り回すことは遠慮した。小方は自己を投げ出しているから他の連中とも虚心坦懐に話も出来る。池田大佐は何とか責任を逃れようとかかっているから難しい。公判の前までに業者達の話も他の人々のも、大体型が出来た。池田大佐だけが少々あぶない。彼は夜もろくに眠らないようである。少々神経衰弱のようにも思われる。一番の御大がこれでは心細い。

公判の日が来た。ＭＰに守られて公判廷に行った。公判が始まると、初めはそうでもなかったが、途中池田大佐が少々変である。小方は裁判長に池田大佐の精神鑑定を申告した。裁判長が承認し、二日かかるからと言って、事件の全貌について殆ど小方一人で答弁した。彼は丁寧な言葉で事件の真相を陳述して、裁判長はよく聞いていていた。

次の日も又、殆ど小方一人が答弁していた。池田大佐がふと立上って変な事をした。夕方帰って、池田大佐は部屋で暴れ出した。軍医を呼んで眠り薬を注射して貰った。第三日目から各人の個人審査が始まった。池田大佐はこの日は休んでいたが、又次の日に連れ出された。法廷で暴れ出し、ＭＰに連れ出された。日本軍の大佐が狂っているのである。小方は穴にでも入りたいほど恥かしかった。

他の人々は皆良く奮闘した。只、石田大尉の証言がどうも小方のと食い違っている。小方は違うと言うが、石田は言を左右にしてなか〳〵うまく行かぬ。とう〳〵石田一人の審理を始めた。皆は裏の壊れた部屋で待たされた。これは事件全体を不利に導いた。小方は何としても認めなかった。小方には堂々と認めぬ理由がある。それを説明した。しかし裁判長は小方のそれを認めれば、小方を逃がすので、矢張り石田の方を採用したようであった。

証拠調べの段階に入った。収容所の連中や軍参謀が自己の責任を逃れるために色々と言っていた。女の告訴も矛盾だらけである。小方は片端から痛烈に論破して行った。堂々と理由は成り立っている。真実が何より強いのである。「なぜそれでは何故君の戦友達がこんな証言をしているのか」と聞かれた。「命の惜しい人間が自分の責任を逃れるために、こんなことを言ったと思う。日本は負けた。然しこのような軍人がいると思えば情けない」と言った。眼に涙さえ浮んできた。「では婦人達がどうしてこんな告訴をしたのだろうか」「それは情勢が逆転して、勝っていた日本が負けたので日本に協力していたとなれば身が危ない。それでこのような告訴をして身を守っているのである」と答えた。その婦人達の立場には同情するが、その受訴は余りにも酷い。小方は否認した。

他の人々の審理も終った。最後陳述において小方は「本事件は元々、合法的且つ親切心から出たものであるが、一部に何かの間違いがあってかかる事件が起ったことは遺憾である。次に本件に関係の婦人達の現在の立場には同情する。寛大なご処置と慈悲をこの婦人達の上にお願いする。この自分の気持をいつの日か、何らかの方法で婦人達に伝えて貰えれば幸いである。なお本件が日蘭両国の将来の親善を妨害しないように、又将来両国の親善がよりよく行われることを祈る。池田大佐が病気とは雖も、かかる醜状をお目にかけて日本軍人として恥かしく思う。色々お手数もかけて、一同に代わってお詫びする。裁判長が寛大な度量を持ってよく話を聞いてくれたことを感謝する」と言った。

皆の最後陳述もあった。求刑の筈を、十日延ばされた。二月四日で公判は終了した。一同やれやれと手足を伸ばした。後は運を待つだけである。一つ付言すると、公判の中で小方がじわりと攻撃をした事がある。「この事件は実は私の述べた通りであるが、何者かによって、より誇大により悪質に造り上げられて宣伝されたように思う。日本の名誉と皇軍の信用を更に大きく傷つけようとしていると思う」と言った。裁判長は「その何者かは誰か」と聞いた。小方は「他の被告が拷問された取調官だと思う」「それはソホーテンか」「そうなりますね。ある被告は告訴した婦人とその取調官と一緒に、一つの自動車に乗ったことがある。これは何を意味するか。その被告の陳述と告訴の内容はよく符合し、その利害は一致している。裁判長はこれを何と判断されるか」とう〳〵最後の切り札を出した。裁判長は陪席と顔を見合わせていたが何とも言わなかった。

小方は言いたいことは殆ど皆言った。通訳の松浦、中村両君も熱心によくやってくれた。小方は全力で闘ったので、正否は問題ではなかった。総てを終って悠々と部屋で遊んでいた。二月十四日に判決が出て、死刑を求刑されたが予期していたことで、別に驚くこともなく平然としていた。「来るものが来た」位にしか考えていなかった。只意外だったのは、業者の中に死刑を求刑された者が出たことであった。小方とその一人、古谷は死刑囚房に移されて隣同士の部屋に入った。古谷も諦めてはいたが、何と言っても業者である。小方は気の毒に思い、色々慰めてやったが、やはり死ぬという事に執着していた。小方としてこの男を連れて死ぬ気にはなれなかった。それでも古谷は段々落着いてきて、庭作りなどして気持を静めようと努力していた。

小方は相変わらず麻雀したり、本を読んだりして時間を過ごしていた。池田大佐は独房に収容されていたが、健康も恢復した様子で個別に裁判が行われ、やはり死刑を求刑された。小方には同情する人が多く、彼は只好意を感謝していた。

死刑の判決が下る

三月二十三日、急に判決を言い渡されることになり、又皆と一緒に公判廷に連れ出された。小方は求刑通り死刑を言い渡されたが、古谷が二十年に減刑されたので「良かった、良かった」小方は我が事のように喜んだ。その日の夕方に古谷が皆のいるブロックに帰って行ったので、小方は晴れ晴れとした気持になり、いよいよ落着いて暮らせるようになった。

彼自身は幼にして軍人を志し、希望通り幼年学校、士官学校と進んで、昭和六年十月末に陸軍少尉に任官した。その年から満洲事変が始まり、続いて支那事変、大東亜戦争と拡がっていった。彼は独立守備隊を振出しに戦地を走り回った。その間男性的快感を満喫して力の限り御奉公した。酒も飲んだし女も買った。思い通りの結婚もした。至る所で思い通りに振舞い、したい放題のことをしてきた。周りの人々はいつも彼を愛し、尊敬してくれた。豪華な生活も体験したし、楽しい夢も見た。上司によっては時に彼を虐待する者もあったが、彼は常に部下と親しくし、部下も又よく彼に親しみ、戦闘はいつも巧く行ったし、損害は常に少なかった。

彼の今迄の生活は思い出しても楽しいことで一杯であった。人生五十と言うが、五十年、百年生きても彼だけのことを成し得る人間が幾人あるだろうか。彼は乱世の雄を以て自ら任じている。まさしく小さな一人の英雄であると考えている。

彼はその一生を振返ってみて、その思い出を整理してみることも楽しい仕事であると考えた。書き終って「青春日記」「青壮日記」と名付けた。嘘も誇張もない彼のありのままを書き綴った彼の一生の絵巻である。書きながら楽しかったこと、苦しかったことが昨日のことのように、ありありと思い浮かんでくる。彼は心から楽しくこの日記を書くことが出来た。六十歳、七十歳になって未だ生きているとしたら、どうなることだろう。歯痛に苦しむことがあるかもしれない。老衰の悩みもあるだろう。逆風に吹きまくられることもあるかもしれない。そうして淋しく畳の上で最期の息を引取ったとしたら、彼の日記は有終の美を収めることが出来るだろうか。英雄の末路は只、一掬《いっきく》の涙でなくてはならぬとしたら、今彼が死んでいくことが最も相応《ふさわ》しい幕引きと言うべきではなかろうか。歯の痛さも知らぬ、老衰の侘しさも知らぬ、強い元気な気力の充実した身体を忽然とこの世から消すことが出来たら、この終止符はこの小英雄の末路をより美しく飾ることにはならないだろうか。

満洲でモーターカーが転覆した時死んだのだと思えば、その後の一生は儲け物ではないか。それから後の戦場ではいつ死んでも仕方のない日々の連続だった。生死の巷を歩きつつ、今日まで生きて来たことが不思議な位である。ボルネオで死んでも誰にも文句は言えまい。それが助かって復員し、内地の土を踏むことが出来た。優しい妻と可愛い子供達に迎えられて、好きな魚釣りも出来た。親類縁者とも再会し、生きている内に親にも会えた。兄弟にも戦友にも旧部下にも会った。皆喜んで迎えてくれた。十一ヶ月にして捕えられたとはいえ、一度も日本に帰られなかった人々に較べたなら何という幸福な身だろう。

子として親に孝行したい。夫として、妻にももっと親切にしてやりたい。父として、子供達にどんなにでもしてやりたい。友として世の人として、世のため人のため働きたい。働く自信もある。ああもしたい、こうもしたい。然しそれは人間の限りのない欲望である。人間として欲を言えばきりがない。祖国は敗れた。軍人小方の生命はなくなったのだ。人間小方として欲張りすぎる。軍人小方として最後の責任を果たすこと、それは常々覚悟していた通り敵の銃口の前に立って、日本軍人の死にざまをみせてやることではなかろうか。

狭いながらも独房で手足を伸ばすことも出来る。煙草を吸うだけは何とかある。不味いながらも一日三度の食事も食える。残飯で甘酒を作ることも出来、それで毎日晩酌もやっている。今迄どんな不遇に遭っても、どんな困難に行き当たっても挫けなかった小方である。悠々とした生活態度を変えてはいない。最後まで何者も彼を屈することは出来ないのである。彼の肉体は滅んでも彼の精神は子に、妻に、部下に、戦友にと受継がれている。彼の血は子から孫へと流れて行くことだろう。

甘酒の晩酌で夕食を済ませた彼は今、歌を唄っている。元気な声で軍歌や小唄、流行歌と続く。その声はかつては部下に号令して満洲の山野に、或る時はビルマ、ジャワ、スマトラに、時にボルネオのジャングルに響き渡った活力に満ちた声である。その歌は戦塵の合間にカフェーや料亭で、或る時は部下との会食の席で、又時には川の畔で馬の背に揺られながら歌い口ずさんだ思い出の節々である。その一つ一つに懐かしい思い出があり、人間として軍人として、小方の歴史に彩りを添える数々の物である。

南十字星が鉄工場の屋根の上に輝く時、鉄窓の中に夢多き小英雄は煙草を吸い、歌を唄い、五尺六寸の身体を構えて楽しい思い出に浸っている。彼の愛唱する「国境の月」のように一点の曇りなく、又「日本人ここにあり」を歌いつつ、彼自身が歌詞の中に溶け込んで己の存在を常に強く自負している。その身はこの地で果てるとも、魂は天国で中支やビルマ、ボルネオで戦死した部下や上官と楽しく語らうことになるであろう。

彼の弟もニューギニヤで戦死している。再会して又支那料理を一緒に食べることがあるかもしれない。只彼がこの期に臨んで一番残念に思うことは、朽ちた肉体が日本の肥料にならず、徒らにジャワの椰子を肥やすだけだという事である。今彼は色々の人々の親切に感謝しつつ残り少ない余生を静かに送っている。しかし散弾による彼の最期は、けだし武人小方の本望ではあるまいか。

本日記を書くために消耗品のお世話下さった方々に厚く感謝します。終り

昭和二十三年十一月二十五日　　岡田慶治

道楽も三人分の男かな

戦友と共に唄わん再建譜

【解説】フェミニスト岡田慶治

田中　秀雄

勇壮な戦記の展開を予想された読者の中には、本書を読み始めてまもなくかなり困惑された方もあるかもしれない。岡田慶治が毎日酒を飲むだけでなく、フランス人女性や娼婦と次々に関係するという展開にである。しかも彼は妻も二人の娘もいるのである。

結論から言えば、岡田慶治は女性に優しく、その心理によく通じた人物で、また自分の男性としての欲望にも極めて忠実な生き方をした人物だったということである。岡田はその当時の日本人としては百七十センチ超、八十キロ超の大柄な体格であった。そしていつも楽天的で朗らかな性格、正義感が強く頼りがいがある。頭が良くて弁舌もさわやか、歌もうまいとなれば、女性にもてないはずがないだろう。彼が女に近づくというよりは、女が寄ってくるという艶福家であった。

手記全体を通して登場する、彼が関係を持った女性は相当数にのぼる。日本人、中国人、ロシア人、フランス人、ベトナム人、ビルマ人、インドネシア人、そしてオランダ人と多岐にわたる。またその職業の貴賤を問わない。

女性たちとの交渉が頻繁なのは『青春日記』の始まりからしてそうなのである。つまり士官学校を卒業したその日に、既に親しくなっていたカフェーの女給、倫子と一夜を過ごすのである。その後、新発田の聯隊で勤務するようになるのだが、この時代も彼はカフェーの女給や芸者、娼妓たちと次々に関係を持っていく。果ては少尉の安月給でカフェーの女を囲う生活となる。またそれを部隊長に注意されている。芸者を妻にすれば軍人を辞めなければならないという内部規定もある。小方はその女と一緒になるつもりだったが、結果的に女の方が身分不相応だからと姿を消す場面もある。

身分というのは、当時の陸軍士官という立場が、比類なき憧れの的だった時代背景を考える必要がある。彼が新発田の町中を通ると、娘たちが陰から覗き見るという光景もあった。そうして彼に憧れを持った娘との縁談話も新発田であった。しかし彼が相手側の親に「自分は酒が大好きで、芸者も買う」と遠慮なく発言したことから破談となる。

満洲の部隊の上司が自分の娘を貰ってくれと言ったこともあるが、岡田はこの上司の金まみれの醜聞が嫌いで、それを面罵して結婚も断った。その時思い出したのが大村で勤務中に時折口を聞いたことのある女学生の久子だった。既に卒業していたが、岡田は猛烈な手紙攻勢で久子の心を射止めた。

この時も岡田の芸者遊びが結婚の障碍《しょうがい》となったが、岡田を知る久子側の遠縁の軍人が、「岡田は大酒飲みの芸者買いだが、仕事は二人前も三人前もできる優秀な奴だ」との保証があり、婚約の運びとなっている。それだけでは終らない。岡田は大村では妻の実家に住んでいたのだが、妻と一緒に料理屋に飲みに行き、そこに芸者を呼んで遊んだ。久子は芸者らと親しくなった。昭和十二年の正月に岡田の部下たちが自宅に遊びに来た時は、芸者たちを呼んで騒いだ。芸者たちもその内、休日には岡田の自宅に来て久子と共に料理を作ったりするようになっている。岡田夫妻は彼女らを対等に扱い、〝芸者ふぜい〟という考えを全くしなかった。岡田は関係のあった女たちの写真を妻に見せてもいる。自分の赤裸々な〝ヰタ・セクスアリス〟を隠そうともしなかった。誤解を恐れず言えば、岡田慶治という人物は本当のフェミニストだったのではないかと私は思う。

未だ終わらないスマラン事件

岡田慶治が唯一銃殺刑となり、軍人六名（医官二名を含む）と業者四名が有期刑となったスマラン慰安所事件は、この判決で一旦は終わった事件であった。懲役十六年の刑を受けた中島軍医も、実際は一九五二年には帰国している。他の受刑者も同様である。これは日本敗戦後に戻ってきた元の支配者オランダにインドネシア独立派が勝利し、一九五〇年にはオランダもインドネシアの独立を認めたからだろう。戦犯裁判の法的根拠が失われたので、釈放せざるを得なかったのである。

終わったはずのスマラン事件が再度浮上したのは、韓国の慰安婦問題が外交問題となったことがきっかけである。

一九九一〜一九九三年にかけて、韓国在住の元慰安婦たちが日本政府に賠償を求めて提訴し、宮澤喜一首相が訪韓中に何度も謝罪し、河野洋平官房長官（村山富市内閣）が、日本軍の慰安婦強制連行を認めた「河野談話」を出すという一連の流れの中で、スマラン事件も日本軍の慰安婦強制連行の具体的事例として、注目を集めるようになった。

スマラン事件の被害者という女性が体験を公表し、別の女性は東京地検に補償を求めて提訴するというのも、この韓国と同じ一九九二〜一九九四年にかけてのことである。

日本はアジア女性基金を設立し、韓国と同様にオランダの被害者にも手当てした。しかし今も慰安婦問題が日韓関係の大きなしこりとなっているように、オランダ政府も日本に対して道義的責任を二一世紀になっても求め続けている。

日本は慰安婦問題で外交的には敗北に次ぐ敗北を重ねている。これで良いのだろうか。河野談話はスマラン事件という〝事実〟を念頭に出されたものだという説もある。これだけは強制性を認めざるを得ないという意見も保守派にある。岡田手記はその真相に大きく迫る資料なのである。

岡田慶治は強姦したのか？

国立公文書館所蔵の「バタビア裁判における慰安所関係開示資料筆耕」（須磨明）https://drive.google.com/file/d/0Bwb7N7Wve2RRNnNIZkNaSlByOEE/edit という資料（以下

筆耕）がある。ここに出て来るL・F嬢（二十四歳）、つまり本書に出て来る「道子」を岡田は暴力で犯したことになっている。告発状を読んで、岡田は唖然とせざるを得なかった。そうした思いも、膨大な手記を書き留めておこうという気持ちにさせたのに違いない。むろん尋問調書でも断固否定している。岡田は力で以て女性を征服しなければならないほど、女性に不自由していなかった。本書には書かれていないが、「愛子」との間にも性関係があったかもしれない。

彼の監督下にあった「将校倶楽部」においても、女性側の気持を尊重し、女性がその気になれば性行為も可能であるとされていた。岡田もその段階を踏んで「道子」と交渉を持ったのである。本書を読めば、徐々に道子が岡田を好きになる過程もほの見えてくる。他の女性たちも日本軍人たちと楽しく過ごしていた様子も本書では見て取れる。

ではどうして「道子」は岡田を告発したのだろうか。それは日本が敗戦して、オランダがインドネシアに凱旋して来るという情勢の大変化があるからである。米国との戦争に際し、石油資源獲得というやむを得ない事情から日本はオランダに宣戦布告し、パレンバン石油地帯を持つインドネシアを占領し、敗戦まで軍政下に置いた。しかしオランダにとっては〝蘭領印度〟は石油、珈琲、香辛料など資源の宝庫で、自国の繁栄のために欠かせない植民地であった。

彼らはインドネシアを〝エメラルドの帯〟と呼んで誇っていた（『西欧の植民地喪失と日本』）。これをたった八日間の戦争で全喪失したのである。こんな屈辱はなかっただろう。『西欧の植民地喪失と日本』を読むと、オランダ人が日本人を「黄色い猿」と蔑んでいたことが分かる。

ちなみに著者のルディ・カウスブルックは昭和四（一九二九）年に蘭領印度に生まれ、戦時中をスマトラ島の収容所で過ごしたオランダ人である。飢えを含む過酷な収容所体験をしながら、日本に対して公平な視線を注ぐ作家である。

当初は民間人は自由に行動できたが、昭和十八年後半から防諜対策と戦局の悪化のために男女別の収容所が設置されたのである。同時に食糧の補給も大変になり、収容所では飢えから病気になり死ぬ人も多かった。

英米の多大な協力を得たにせよ、オランダは戦勝国であった。彼らが〝黄色い猿ども〟への復讐の念を持ってインドネシアに凱旋して来たことは言うまでもない。降伏した日本人に対して、彼らは戦犯裁判という名の復讐劇を敢行したのである。おまけに裁判官や検察官は抑留されていた軍人や行政官が多かった。

「憎悪に満ちた裁判の結果、他地区に比較して蘭印が最もその受刑者を作り、また受刑総人数九五二名のうち、死刑に処せられた者が二三三名という比率も一番高い」（『虐待の記録』）

佐藤源治ジャワ憲兵隊曹長のように、被疑者を殴っただけで銃殺刑になっているのだ（昭和二十三年九月二十二日執行）。ちなみに彼の『ジャワ獄中記』には一度だけ「岡田少佐」の名前が登場する。岡田は死刑囚棟の扉を閉める役目を担っていたらしい。

連合軍によるフランスの解放後、ドイツ軍人と親しくし、愛人関係にあったフランス人女性たちが自国民によって痛ましくも坊主頭にされ、蔑まれ、晒し者にされた写真が残っている。

こうした情報が蘭領印度にもたらされたことは疑いない。食べるためであったとはいえ、日本軍人と愛人関係にあったということは死んでも認められないことだった。ましてや相手は「黄色い猿」である。「道子」たちは身を守るために偽証をしたのだろう。岡田はそういう道子たちの立場を良く理解していた。本書にある岡田の最後の陳述はそういう観点から読まれなければならない。

もう一つの観点がある。岡田は釣りやピクニックに連れて行ってやると道子に約束していた。しかし慰安所は急に閉鎖され、立場上から岡田は慰安所に行くことを避けた。連絡もなく、道子は裏切られた、捨てられたと思い、憎んだかもしれない。そうであれば、その責任は自分が負うと岡田は考えたかもしれない。

スケープゴートにされた岡田慶治

岡田は手記で「ソホーテン」という取調官のことを、被告を拷問したとして裁判長の前で告発している。どういう拷問だったのか。同じく被告となった中島軍医は岡田より半年早くチピナン刑務所に入れられているが、帰国後、次のように証言している。

「取調官の名はスホーテン《ママ》という和蘭人で、取調室に入り腰掛に掛けるや否や背後から両頬を続けざまに平手で殴打され、更に取調に際しては全然知らない事を知って居ると云えと云って、ゴム製の長い棒で身体の至る処を殴打され、其の一つは右眼に当り、内出血の為約一ヶ月全然見えなかった。又或は腰掛より引倒して足に裂傷を受け、全く言語に絶した拷問を受けたが、頑として知らないと突放した為益々感情的となり、お前の様な者は生かして置かないと脅迫された」(『戦犯裁判の実相』)

「筆耕」にある中島の尋問調書を見ても、彼に対し厳しい質問が浴びせられているのが分かる。岡田は拷問を受けなかったようだが、他の被告たちが中島と同じく脅迫や拷問を受け、取調官の意に沿った供述書にサインさせられている可能性は高い。

岡田は「ある被告は告訴した婦人とソホーテンと一緒に一つの自動車に乗ったことがある」と言い、「その被告の陳述と告訴の内容はよく符合し」ていると述べている。原告とはL・F嬢で、被告とは「将校倶楽部」の経営者・蔦木ではないか。

「筆耕」にある蔦木の証言は驚くべきものである。「自由意志による婦人は二、三名だったため、自分は岡田少佐から警察官と共にキャンプより婦女を選出すべく命ぜられた」「彼女らの第一夜では一、二名の泣声を聞いた」「彼女らの一名から、彼女らが岡田を嫌っているという話を聞いたことがある。又自分は婦人達が泣いているのを何度も見た」「L・Fの証言は事実である」「婦人達は不承不承慰安婦をやっていた」「岡田は自分が全責任を負うから心配無用と言った」

この調書が作られたのは一九四七年四月十一日で、岡田はまだ日本にいる。岡田が責任を負うと言ったというのは慰安所開設の時期かもしれない。しかし岡田がそう言ったとは手記からは信じられないし、強制的に「婦女を選出すべく命」じたというのも嘘である。女性たちが泣いているのを知れば、岡田は直ちに必要な措置を講じるはずだ。

　女性たちが岡田を嫌っていたというのも手記を読めば信じられない。「筆耕」にある岡田の供述書もそう述べている。しかしL・Fが犯されたという証言と辻褄を合わせるためには、こう証言せざるを得ないだろう。蔦木の判決は七年の有期刑であるが、スマラン倶楽部の経営者の古谷は死刑の求刑を受けているのである（判決は二十年の有期刑）。蔦木が「お前は死刑だ」とソホーテンに脅迫された可能性は高い。

　岡田は手記で「石田大尉の証言がどうも小方のと食い違っている。小方は違うと言うが、石田は言を左右にしてなか〳〵うまく行かぬ。とう〳〵石田一人の審理を始めた。（中略）これは事件全体を不利に導いた」と述べている。

　「筆耕」にある石田の尋問調書は判読不能の部分が多いようで不完全なものである。それでも強制売春に責任ある者の名前を八名上げており、一番目が池田、二番目が岡田、自らは八番目だとしている。これは責任逃れではないのか。彼が抑留所における選出の直接の指揮官なのである。

　「筆耕」には、この裁判で通訳を務めた松浦攻次郎が昭和三十七（一九六二）年に法務省の調査官に話した供述書がある。松浦は「岡田少佐の命令を受けて要員の選考に当ったのは石田英一大尉で、岡田少佐からは厳重に希望者に限る旨の注意を受けて引取りに行っている。（中略）選考に際して希望者を確かめず、また趣旨を徹底させなかったことは石田大尉の重大な過失であった」と証言する。

Ｌ・Ｆ嬢は「私は又石田中尉《ママ》と話をした。此の人は常に公正で而も態度も良かった。彼は将校倶楽部では決して婦女に性交を強要しなかった。又石田は私や他の人に私達を入れたのは、彼の意志ではない、之は岡田から協力を強制されたのだと語っていた」と供述している。これもおかしい。彼女とソホーテンと車に同乗していたのは、石田かも知れない。

ともあれ岡田が、命の惜しい人間がその責任を逃れようと嘘の証言をしていると公判で批判した人物に石田がいるのは間違いない。むろん岡田は石田の供述はすべて嘘だと供述書に述べ、「カナリーラーン《ママ》以前のことは自分に責任はない、州庁か石田に責任がある」と述べている。松浦が「岡田少佐の命令を受けて」と証言しているのは、時間的経過からの記憶違いであろう。手記によれば、石田がオランダ婦人たちと同じバスから降りてきた理由を岡田は知らないのだ。（自分がカナリーランに行くよう高橋少佐から頼まれたのと同じように）石田も高橋から頼まれたのだろうと供述書では述べている。

慰安所開設に大きな責任があると思われる大久保中佐（「筆耕」では大佐）が、仙台で自殺したのは昭和二十二年一月十七日である。何で自殺したのか。「筆耕」を読むと、召喚を恐れた形跡がある。

岡田は大久保の遺書を読んで怒りを爆発させている。「筆耕」に遺書全文が紹介されているが、能崎中将（終戦時は中将）が「岡田少佐に命じ、スマランに拘禁せる和蘭婦女子数十名を抽出し、（中略）之れを娼婦的行動を強請せるものにして」「その強請に於て岡田少佐は若干強引なる言動ありしが如く」とあり、全責任が岡田にあるように読める。しかしその後には、責任は軍司令部にあり、岡田にのみ責任を負わせるのは不当であるとも述べている。一貫性がなく揺れている。大久保も池田も岡田の上司である。公務に関して、彼らの許可なく岡田が動けるわけがない。だから岡田は「腰抜け」と記したのだろう。

恐らくこの遺書を土台に、岡田全責任論が作り上げられていったのだ。日本側被告らには岡田は死んだもの、あるいは逃げているという期待があったのかもしれない。慰安婦募集の経緯をよく知る高橋少佐は戦死している。池田中佐（『筆耕』では大佐）は、チピラン刑務所で再会した岡田に「お前生きていたのか。何で逃げんじゃやった」と声をかけている。その後の岡田の手記には、自分が「死んだものと見て、色々俺にかぶせているな」と記されてある。彼がチピランに来た時には、彼にあらゆる責任を負わせた供述書が作成されていたのである。死んだはずの岡田がやって来た。池田は驚き、ノイローゼになる。

強制性の問題

岡田が公判で「日本軍人として恥かしい」と述べたように、裁判は池田が半狂乱になる異様な展開を見せている。『筆耕』によれば、これは一九四八年一月二十六日と三十一日の公判両日のことらしい。三十一日には、「抑留婦人を慰安所に使うのは自分の立案で、欧州婦人で日本人に進んで身を委す者はないだろうと能崎に言ったことはない」と池田は述べた。これは責任が自分にあるとの言明だが、それを言って半狂乱になったわけだ。岡田が傍にいる以上、嘘はつけなかったのだろう。

岡田は供述書で慰安所開設案は池田から出たものだと述べている。池田は鎮静剤を注射されて入院、一週間後に回復し、三月二十四日に個別の裁判が再開されている。岡田の死刑が決定した翌日である。九月十一日作成の供述調書を読むと、慰安所設立の件で何度も能崎と談合をしていたと述べながら、自分には全然責任はないと言い募っている。死刑を免れようと必死だった様子が窺える。岡田と違って肝の小さい人だったようだ。結局死刑を求刑されたが、十五年の有期刑となっている。

抑留所の女性を慰安婦として募集することは、既に数か所スマランにあった慰安所の女性が多く性病にかかっているという事態から発想されたものである。〃健全な〃慰安婦を軍は求めたようである。また戦況が思わしくなくなり、抑留所に飢えが迫っていたことは『西欧の植民地喪失と日本』にも描かれている。日本軍側に慰安所でも働く女性はいるだろうとの期待があった。抑留所の女子総数は二万名で、百名位は応募者がいようとの予測があったと能崎は述べている。しかし志願女性が僅少にして五十名案となる。実際にカナリーランにやって来た女性は三十六名（岡田手記）だった。

「筆耕」に従って、配分数と経営者を見てみる。合計数が一致しない問題は置いておく。

将校倶楽部　八名　蔦木（元々写真屋）
星雲荘　七名　下田（レストラン双葉荘経営者）
スマラン倶楽部　十二名　古谷（元ジャワホテルなる慰安所を経営）

日の丸倶楽部　十二〜三名　森本（元々仕立て屋、昭和十七年、軍命令により慰安所の仕事に就く）

三月一日の設置後、星雲荘で二名、意に副わぬ仕事だと申し出られてキャンプに帰した。スマラン倶楽部でも二名が辞めたいと言い、日の丸倶楽部でも三名が申し出た。こういうことがジャワの日本軍上層部に徐々に知られていった。一部女性を強制しているのではないかというのである。この問題が日本から抑留所の調査にやって来た小田島大佐の耳に偶々入って、これは良くないことであるとなった。小田島は抑留所の親族に訴えられたようだ。慰安所閉鎖の命令は東京の陸軍省から来たのである。

将校倶楽部では申し出た者はいない。四月初めに佐藤参謀が慰安所の調査にやって来て、将校倶楽部に泊まった記述が本書にある。佐藤はそれとなく将校倶楽部を調べていたのかもしれない。結局ここではおかしいことはなかったわけだ。「筆耕」には佐藤の供述書はない。

また女性たちにも問題がある。どういう仕事か分かっていても、実際その場になると嫌だとなる者も少なくなかったようだ。将校倶楽部の女性たちは結局美味しいものを食べられ、テニスもできる環境に満足していたのだろう。

日本軍は手違いを放置したのではない。手違いがあって、それを矯正したのである。このことはスマラン事件ではきちんと把握しておかなければいけないことである。

また被害者だという女性たちの証言によれば、明らかにプロの女性が混じっていることが判明する。G・M・v・d・H嬢によれば、集められたホテルには「札付きの女ばかりがいた」。

そしてJ・D夫人を始めとしたその八名の女性の実名を上げている。またこれはスマランでなくマゲランの慰安所だが、タバリンダンスホールで酒場女をやっていたというT・Pは、連れて行かれる時に「私が娘たちの面倒を見る」と叫んでいる。

ともあれスマランでは、抑留所から女性たちを抽出する際、石田大尉がかなりいい加減で「選考に際して希望者を確かめず、また趣旨を徹底させなかった」と批判する松浦攻次郎の見解が一番正しいのであろう。その石田大尉が有期刑二年という軽い刑で済んでいるのはなぜだろう。「筆耕」を見ると、戦後すぐ起きたインドネシア人の反乱事件の際、石田がオランダ人たちの命を救ったという功績があり、減刑嘆願があったことによるようだ。このこと自体、慰安婦裁判が恣意的だったことの証しである。

スマラン州庁に保管されていたと思われる女性たちがサインした承諾書は、戦後の混乱の中で紛失、あるいは焼却されたのだろう。

岡田慶治の立派さ

松浦攻次郎は「岡田慶治少佐の陳述態度が立派であった」と述べているが、これはこの手記を読まれた方には理解できるだろう。彼は正々堂々と報復裁判に立ち向かい、大久保や池田のように逃げ回りはしなかったのである。これは裁判長も認めていたことで、「岡田ほど、堂々と闘った者は、いままでの日本人には一人もいない。立派な男だ……」(『蘭印法廷』)と日本人弁護人に告げている。

本書を読めば分かるように、岡田は勝ち戦でも負け戦でも戦争巧者で、部下に尊敬され、現地人を味方につける名人であった。彼は現地人を知らずして、何が戦争かと考えていた。現地人を味方にすれば、自分の部隊の被害も少ないのだ。満洲国での治安維持のために取った方略もそうだった。結果的に皆岡田の人柄や治安維持能力に感謝したのである。

昭和十一年、北満の勃利に駐屯していた時、岡田は汽車で牡丹江へ行く用事があった。どこかでその情報が漏れたようで、止まる駅、止まる駅で部下や現地人、そして飲み屋の女たちが次々に挨拶に来て、飲み物、食べ物その他、大量の差入れがある。持ち運べるはずもなく、同乗者たちに配って処分したというエピソードがある。驚くべきことに、この時まだ彼は二十六歳なのである。

上官にずけずけ言うのも、彼の真骨頂である。昭和十三年十二月、広東で竹原三郎聯隊長着任の際、不満なことがあって竹原に面と向かって抗議した。そして聯隊長を囲んでの会食中、その食卓の上を軍靴で通り抜けた。しかし翌年三月、聯隊副官に抜擢された。竹原が転任となった際には「お前のような副官は全くおらぬ、最も不適当で最も適当な奴じゃ」と言われ、しっかり握手して別れた。

また彼は聯隊から特に選ばれて陸軍大学校を受験させられているが、全くやる気がなく、三日間の試験中遊郭で酒を飲み続け、女と遊んでいた。「勉強ができるだけで、戦争に勝てるか」というのが彼の頭にあったようで、同期生で参謀肩章をつけた者たちを見下していた。

岡田の組織を蘇生させる能力は、パレンバンの臨時施設隊時代の際立った行動力でも分かるが、広島幼年学校に生徒監として就任した際のエピソードは、一篇の痛快青春小説である。生徒が理想とする颯爽とした先生による、旧套墨守の学校の刷新と改革の物語である。どこか夏目漱石の『坊ちゃん』を思わせるところもある。この時強烈な影響を与えられた生徒たちは、戦後岡田亡き後も、ずっと岡田を慕い続けていた。

その一人が松木信《ただし》氏（陸士第五十八期）で、インドネシアから密かに持ち帰られた「青春日記」「青壮日記」の原本を遺族から借り、およそ五十万字に及ぶ遺稿をワープロで打ち直し、製本して関係者に配布したのである（平成三年）。これは約三三〇頁、B５判用紙の表裏にびっしりと印字され、右側で綴じてある。本書はその後半三分の一であり、原本と松木本とを照合してできたものである。

残念ながら、松木本には間違いがあった。原本の原稿用紙には一か所の改行もない。岡田は一行も無駄にできなかったのだ。しかし読みにくいので本書では適宜改行している。そして新仮名遣いに改めてある。

各章のタイトルと小見出し、そして「注」は筆者（田中）がつけたものである。各章タイトルの下にある「青壮日記10〜13」を含む各表題は原本にあるもので、岡田慶治自らがつけたものである。

岡田の手記は戦中から戦後にかけて日本人が体験した、栄光と苦難の一大叙事詩の感がある。パソコンに「青壮日記」を打込みながら、私は岡田慶治の豪快で破天荒な人生を様々に考え、戦国時代の英傑とはこんな人物だったのだろうかと想像した。ビルマのモンナイに軍政を布く岡田は一種、王侯の支配者かと錯覚するし、その現地民の生活を観察する視線はひとかどの民族学者を思わせる。

岡田の銃殺刑は昭和二十三年十一月二十七日に執行された。彼はどんな困難な時でも、日本人としての誇りを忘れずに戦い続けた男である。英雄は作られるものでなく、生まれるものである。岡田が刑死されていなかったなら、戦後日本は歴史に残る実業家、あるいは国家の指導者を持っていたに違いない。

「青春日記」「青壮日記」原本を貸与して頂いた岡田少佐のご遺族や、ご遺族との連絡や資料読解のアドバイスを頂いた奈良保男氏（広島幼年学校在学中終戦）には深く感謝したい。

参考文献

「バタビア裁判における慰安所関係開示資料筆耕」須磨明、二〇一四年
『慰安婦と戦場の性』秦郁彦、新潮社、一九九九年
「スマランの慰安婦～『青壮日記』は語る」秦郁彦、『文藏』二〇一二年一月号
『戦犯裁判の実相』巣鴨法務委員会、一九五二年
『虐待の記録』　佐藤亮一編　潮書房　一九五三年
『蘭印法廷　戦争裁判　史実記録』坂邦康編、一九六八年
『西欧の植民地喪失と日本』ルディ・カウスブルック、草思社、一九九八年
『ジャワ獄中記』佐藤源治、草思社、一九八五年

岡田慶治の遺書

私の良き妻久子へ

大村の警察署で別れて大方二年になるね。寒い晩だつたね。その後お前はどんなにか心配をし、どんなにか尽力して呉れた事でせう。二度目のこちら宛の手紙も今日初めて受取りました。色々お骨折り有難う感謝に堪えない。

その後子供達も丈夫に大きくなつてゐる事でせうね。久子！　と呼べば「何ね」と笑つてるお前の顔が見える様です。昨日別れた様な気がします。とう〳〵お別れする日が来たよ。お前にも、可愛い子供達にも此の世ではもう会ふ事が出来なくなりました。眼の奥の方が熱くなります。お前と知り合つてお前と結婚してお前と暮したそのお前ともお別れせねばならない時が来たのだ。お前は多く留守宅に在り、私は多く戦地に在つて別れ〳〵の生活が多かつた。しかし時には倶に暮したね。お前はいつもよく尽してくれた。子供の母としてよく努力して呉れた。私は感謝に堪へない。短い縁であつた様にも思ふが深い縁であつた様にも思ひます。今三人の幼児を残して逝かねばならぬ事は残念である。併しこれも運命だ。お互いに諦めねばならない事です。お前の今からの事を考へると全く気の毒に思ひます。三人の子供の事を考へても可哀想でなりません。しかし私は軍人です。何処かの戦場でもつと早く戦死して居たかも知れません。今度の戦争でも多くの夫や父が戦死しました。気の毒な妻や子供が多いのです。お前は私の妻として早くからこの事は承知してゐたでせう。今私はお前に安心して三人の子供を委せて逝く事が出来る事を嬉しく思ひます。子供達もどんなにか淋しがるでせう。しかし母が居る、子供達はまだ幸福です。私はどんなにかお前を幸にし、子供達を可愛がつてやる積りでした。よき夫として良き父としてどんなにか考へてゐたのです。しかしすべては画餅に帰しました。どうぞ私の分まで子供を可愛がつてやつて下さい。子供達にも一筆づつ認めました。判る様になつてから読んでやつて下さい。

お前と約束した通り私は堂々と闘ひました。全力をつくしてやりました。しかし結果は今日に至りました。しかし私はお前との約束を果し且つ国軍の将校としてやるだけやつた事に就いて満足して居ります。結果は問ふ所ではありません。神様に任せてある身です。神の意志の通りになるのが当然です。何も悔いる事はありません。今後三人の幼児を連れて世渡りも一通りではないでせう。よくわかります。お前の責任の重い事も苦労するであらう事もよくわかります。気の毒に思ひますが勇気を出して生き抜いて下さい。

「渡る世間に鬼はない」お前ともよくこの事で話しあつたね。世の中です。必ず悪い事ばかりでは無いでせう。お母さん、兄さん、ねえさんともよく相談して、仲よくして子供達と少しでも幸福に暮して下さい。お前は必ず私のこの願ひを叶へてくれると信じてをります。強く正しく朗らかに生きて下さい。

新婚早々の人々も多く逝きました。又終戦後そのまま捕へられた人々も多いのです。十一ヶ月ではあつたが復員して、一緒に暮せたのも神の恵みでせう。楽しかつた日の事なども考へつつ私は朗らかに暮して来ました。

今からの幾時間かもこれで過すつもりです。私は良い妻を得た事を満足し感謝して居ります。同時に今後の事についても同情に堪へぬと共に大安心して委して逝きます。老いた両親も気の毒に思ひます。孝行しようと思つてゐたのにこれも仕方がありません。出来るだけ良くしてあげて下さい。保険は父の名義ですが子供の養育費として貰ふ様に兄の方にも云つてやつてありますから然るべくやつて下さい。いくら書いても切りが無いからこれで「さよなら」しませう。帰られる人々が色々な事を伝へて下さると思ひます。これもいつの事やらわかりませんが、それによつてこちらの事を御了承下さい。只お前は私を信じてくれると思つて居ります。お前一人信じて呉れると思ふと安心して逝けます。最後まで元気で行きます。戦友諸君の御厚意によつて煙草も常に充分に喫つて来ました。よく肥つており元気です。この点も安心して下さい。お母さんはじめ兄さん、ねえさんによろしく。

最後の駄句を書きます。私の心境もおわかり下さる事と思ひます。

切れ凧の落ちたりジャワの椰子の根元
紅葉せる故郷の山や父母の顔
妻や娘の夢な破りそ凧よ

（中略）

今こうして書いてゐると皆さんの顔が見える様です。では体を大切にして健康で元気に暮して下さい。子供達の健康にもよく気をつけてやつて下さい。皆よい子供ですから、必ずよい人になるでせう。そしてお前を大切にして呉れるでせう。

私の魂はお前の傍に帰つて常にお前達の幸福を守るでせう。否むしろお前達の心の中に入つて行くでせう。

ではさようなら御機嫌よう。

昭和二十三年十一月二十五日夕
慶治
久子殿

原著者
岡田 慶治（おかだ けいじ）
明治43(1910) 年1月14日、広島県福山市生まれ。広島幼年学校第28期生から陸軍士官学校に入学（陸士第43期生）。昭和6（1931）年少尉に任官。新潟県新発田の第16聯隊を皮切りに村松分屯隊（新潟）、長崎県大村の第46聯隊に勤務。昭和9年満洲の独立守備隊に配属され、満洲各地で匪賊討伐の任務に就く。その後、北満治安部隊の大隊副官、杭州湾上陸作戦、バイアス湾（香港東方）上陸作戦に従軍。15年広島幼年学校生徒監。17年2月、第56聯隊大隊長としてビルマ侵攻作戦に従軍。同年11月、ジャワ島幹部候補生教育隊に教官として勤務。19年8月、パレンバンの南方軍臨時施設隊に勤務。同年11月、ボルネオの混成旅団の大隊長に就任。21年3月復員。22年3月巣鴨に収監、同年8月ジャワのチピナン刑務所に移送。バダビア軍事裁判でスマラン慰安所事件の主謀者として有罪となり、昭和23年11月銃殺刑。享年38。

編者
田中 秀雄（たなか ひでお）
1952(昭和27)年福岡県生まれ。慶應義塾大学文学部卒業。日本近代史研究家。著書に『映画に見る東アジアの近代』『石原莞爾の時代』『石原莞爾と小澤開作』（以上芙蓉書房出版)、『朝鮮で聖者と呼ばれた日本人』『日本はいかにして中国との戦争に引きずり込まれたか』(以上草思社)、編書に『もう一つの南京事件』（芙蓉書房出版)、訳書に『中国の戦争宣伝の内幕』(芙蓉書房出版)、『満洲国建国の正当性を弁護する』(草思社)、『暗黒大陸中国の真実』(共訳、芙蓉書房出版）など。

スマラン慰安所事件《いあんじょじけん》の真実《しんじつ》
――ＢＣ級戦犯岡田慶治の獄中手記――

2018年 4月10日 第１刷発行

原著者
岡田《おかだ》 慶治《けいじ》

編 者
田中《たなか》 秀雄《ひでお》

発行所
㈱芙蓉書房出版
（代表 平澤公裕）
〒113-0033東京都文京区本郷3-3-13
TEL 03-3813-4466 FAX 03-3813-4615
http://www.fuyoshobo.co.jp
印刷・製本／モリモト印刷

ISBN978-4-8295-0736-0

【芙蓉書房出版の本】

誰が一木支隊を全滅させたのか

ガダルカナル戦と大本営の迷走

関口高史著　本体 2,000円

無謀な作戦の責任を全て一木支隊長に押しつけたのは誰か？　一木支隊の生還者、一木自身の言葉、長女の回想、軍中央部や司令部参謀などの証言をはじめ、公刊戦史、回想録、未刊行資料などを読み解き、従来の「定説」を覆すノンフィクション。

ソロモンに散った聯合艦隊参謀

伝説の海軍軍人樋端久利雄

髙嶋博視著　本体 2,200円

山本五十六長官の前線視察に同行し戦死した樋端久利雄は“昭和の秋山真之”“帝国海軍の至宝”と言われた伝説の海軍士官。ほとんど知られていなかった樋端の事蹟を長年にわたり調べ続けた元海将がまとめ上げた鎮魂の書。

ゼロ戦特攻隊から刑事へ

友への鎮魂に支えられた90年

西嶋大美・太田茂著　本体 1,800円

８月15日の最後の出撃直前、玉音放送により奇跡的に生還した少年特攻隊員・大舘和夫が、戦後70年の沈黙を破って初めて明かす特攻・戦争の真実。

米海軍から見た太平洋戦争情報戦

ハワイ無線暗号解読機関長と太平洋艦隊情報参謀の活躍

谷光太郎著　本体 1,800円

ミッドウエー海戦で日本海軍敗戦の端緒を作った無線暗号解読機関長ロシュフォート中佐、ニミッツ太平洋艦隊長官を支えた情報参謀レイトンの二人の「日本通」軍人を軸に、日本人には知られていない米国海軍情報機関の実像を生々しく描く。